文春文庫

骨を追え

ラストライン4

堂場瞬一

文藝春秋

骨を追え

ラストライン 4

第一章　古い遺体

1

岩倉剛（いわくらごう）は、立川中央署に赴任してすぐに、立川という街を好きになった。

この街に住むのは初めてだったが、前任地の南大田署がある蒲田近辺と同じぐらい――いや、それ以上に賑やかで暮らしやすそうだ。立川駅には中央本線、青梅線、南武線とJRが三路線乗り入れ、さらに多摩地区の縦のラインとしてモノレールも通っている。まさに交通の要所で、どこへ出るにも便利だ。東京都の出先機関も多く、大災害の時には「第二の都庁」としての役割も期待されている。立川中央署がある辺りはまさに行政の中心地で、裁判所、地検、警視庁と東京消防庁の方面本部、陸上自衛隊の駐屯地などが、広々とした街の中に広がっている。署の後輩刑事で茨城県出身の男は、「つくばによく似てます」と評した。だだっ広いところに、ほぼゼロから新しい街を作ったという意味では、同じようなものかもしれない。ただし、つくば市が農村から大学の街に発展したのと違い、立川の場合、米軍基地の存在が大きく影響している。

立川中央署に赴任してから二週間、岩倉は毎日のように管内——立川市と国立市が管轄だ——視察を続けていた。事件がなくて暇なせいだが、こういう「助走」の時間はやはり必要だ。まずは管内の特徴をしっかり把握すること。立川中央署は、多摩地区の中では比較的忙しい所轄だが、南大田署でひっきりなしに現場に引っ張り出されていた時に比べれば、毎日昼寝しているようなもので、視察の時間はたっぷりある。

今日は、立川駅南口のメーンストリートの一つ、諏訪通りを歩いていた。立川駅の北側は、オフィスビルやデパート、家電量販店などが立ち並ぶ都会的な街で、南側は気やすい呑み屋が密集する繁華街になっている。岩倉としては、南口の雰囲気の方が好みだった。薬局、チェーンの中華料理店、携帯電話販売会社、レンタカー屋と、生活に必要なありとあらゆる店が揃っている便利な界隈である。ないのは高級な店……まあ、そういうのはそもそも、自分には関係ないが。

しかし、今日は何だか歩きにくい。去年のコロナ禍以来必需品になったマスクをしているせいもあるが、隣にいる熊倉恵美に対する警戒心がまだ薄れていないのだ。彼女に関しては、刑事課長の三浦亮子から軽く忠告を受けている。「ややこしい状態だから、あまり刺激しないで下さい」と。

三十五歳の恵美は、機動捜査隊に勤務する同い年の同僚と結婚していたのだが、半年前に離婚したのだという。心機一転ということだろう、自ら異動を願い出て、その頃所属していた本部の捜査三課から立川中央署に赴任してきていた。立川市に実家があるから、出戻りのようなものでもある。そして亮子曰く、「あまりメンタルが強くないから、離婚の話は御法度」だ。

そう言われると逆に気になるのだが、無理に話題にすることはない。岩倉はその件を避けて彼女と接していたが、やはりどうにもやりにくい。暇な時に、互いのプライベートな事情を話題にするのはよくあることだ。だが、恵美の事情は気軽に話せないし、自分も……別居中の妻とは来月にも離婚が成立するのだが、この話題は、今の彼女には刺激が強過ぎるかもしれない。パトロールのつもりか、今日は彼女が道案内を買って出てくれたのだが、一人の方がよほど気楽だった。

「この辺、もう呑みに来ました？」恵美が軽い調子で訊ねる。

「いや、まだだ。家の中も落ち着かなくてね」

「一人なんですよね」

「ああ」

こっちは彼女の問題に触れずにいるのに、彼女の方では遠慮なく突っ込んでくるのも鬱陶しい。岩倉はすかさず話題を変えた。

「この辺、そんなに高くないよな」

「安くていい呑み屋が多いですよ」

「いいね。立川は気楽で住みやすそうだ」

「それは間違いないです」恵美がうなずいた。

「呑み屋はゆっくり開拓するよ。まず、管内の地理に慣れないと」

「岩倉さん、多摩地区の署は初めてですよね？」

「ああ」岩倉の警察官人生は、基本的に本部勤務が中心だった。最初に配属された署から本部に上がってからは、捜査一課一筋——面倒な状況を避けるために本部から逃げ出して赴任した南大田署が、二十数年ぶりの所轄勤務だった。

「ここは、基本的にそんなに事件はないですから」

「発生数からするとそんな感じだね。ただ、立川は大都会だから、いつ何が起きてもおかしくない」

「ですね……早めにお昼でも食べておきます？」恵美が腕時計に視線を落とした。

「お勧めは？」

「この辺には何でもあるけど何もない、という感じですかね」

「チェーン店は一通り揃ってるけど、地元の名店みたいな店はない？」岩倉は恵美の言葉の裏を探って言った。

「そうです」恵美が認める。「名店だったら、国立の方が多いですね」

「昔からの大学街には、だいたいそういう店があるよな」岩倉好みの渋く古い喫茶店なども多そうだ。ただし、昼飯時にちょっと出かけてランチ、というわけにはいかない。国立は中央線の隣駅ではあるのだが、立川中央署からJR立川駅までがそもそも結構遠いのだ。近々視察に行くから、その時に探して立ち寄ってみよう。

「近くに手軽なイタリアンがありますけど、どうですか」

「いいね」

　暇なうちに、使える店のリストを作っておくのもいいだろう。あと、やるべきことは……そうそう、娘の千夏に大学の入学祝いを買わなくてはいけない。エスカレーター式で大学まで行ける高校にいたのに、千夏はワンランク上を目指して受験勉強を続け、無事に城東大法学部に合格した。来月からは大学生活が始まる。千夏は合格祝いは「新しいスマホかタブレットがいい」と言っていたが、岩倉は新しい腕時計を贈るつもりでいた。今時、時刻を確認するために腕時計を欲しがる人もいないだろうし、実際、若い連中は腕時計をしないのだが、こういうのは「記念」である。そういう買い物をするなら、南口よりも北口だ。あちらには伊勢丹と高島屋があるから、何でも揃うだろう。どうせなら、恵美に聞いてみようか。彼女にとって立川は昔からの地元なのだから、買い物情報にも詳しいはずだ。

　既にランチタイムには入っているが、サラリーマンがどっと押し寄せて来るにはまだ早い時間帯──ゆっくり食事できそうだと思った途端、スマートフォンが鳴った。署の刑事課から……途端に嫌な予感が膨らむ。

「今、どこですか？」亮子だった。この女性刑事課長は何かとせっかち──その噂は、南大田署にいた当時の岩倉の耳にも入っていた。まだ数が少ないせいか、女性管理職に関してはいろいろと噂が流れるのだ。しかし、優秀なのは間違いない。岩倉より五歳年下だが、既に階級は警視。上手く波に乗れば、まだまだ上を目指せるだろう。

「立川駅の南口です」

「ちょうどよかった」

「何事ですか？」

「殺しです」

時間は分かっているが、岩倉は反射的に腕時計を見た。間もなく十二時か……真昼間に殺人事件が発覚するのは珍しい。

「現場は？」

「国立と立川のちょうど境ぐらい——住所的には立川です。多摩川沿いの廃屋で、古い遺体が見つかりました」

「室内ですか？」

「室内ではない——詳細は、向こうで話します」亮子は一刻も早く現場に行きたがっているようだ。

「古い遺体ですか？　それなら、殺しとは断定できないでしょう」時折、工事現場などで白骨遺体が見つかることがある。一瞬ひやりとしても、鑑定したら江戸時代のものだった、ということも珍しくない。

「いや、殺しの可能性は高いですね」亮子がきびきびとした口調で言った。

「じゃあ、取り敢えず現場に向かいます」

「どこかで、覆面パトで拾いますよ。正確にはどこにいるんですか?」

「諏訪通りです」

「だったら、そのまま真っ直ぐ西の方へ進んで、立川南通りの交差点にいて下さい。そこでピックアップします」

「了解」

電話を切って、恵美に事情を告げる。

「殺しなんですか?」恵美が小声で訊ねた。

「何とも言えないけど……いや、殺しの可能性が高いな。それに、これは絶対面倒臭い捜査になるはずだ」ふいに記憶がつながり、岩倉は断言した。

「何か知ってるんですか?」

「ちょうど十年前、あの辺で女子高生の失踪事件があったんだ。見つかったという話は聞いていないから、もしかしたら殺されて、埋められていたのかもしれない」

「どうして今になって、その遺体が見つかったんですかね」恵美が首を捻(ひね)る。

「発見の状況がまだ分からないんだ。現場で確認しよう」

覆面パトカーはすぐにはこなかった。立川市の中心部は、中央線によって分断されているせいで、南北のアクセスがよくない。踏切待ちで長い渋滞ができてしまうこともよくある。

十分ほど待っていると、ようやく覆面パトカーがやってきた。助手席には亮子が座っている。この女性課長はやはり出たがり――管理職になっても、現場に一番乗りしないと気が済まないタイプなのは間違いない。窓を下ろすとすぐに、「乗って下さい」と命じる。この世の終わりが近いとでも言うように真剣な口調だった。

言われなくても乗るのだが、と岩倉は苦笑した。出たがりであることに加えて、亮子は劇的な場面を演出するのが好きなのかもしれない。もちろん、殺人事件は十分劇的なもので、刑事が余計な演出をする必要はないのだが。

恵美と二人で、後部座席に座る。ハンドルを握る若手刑事が、サイレンを鳴らして思い切りアクセルを踏みこんだ。乱暴な運転に身を任せながら記憶を探ると、すぐに糸がつながる。

「課長、十年前に当該住所の近くで失踪事件があったはずですが」

「そうなの？」助手席に座る亮子が振り向いた。まったく知らなかったようで、驚きの表情が浮かんでいる。

「失踪したのは、当時十八歳の都立高校三年生、真中礼央(まなかれお)」名前も思い出した。

「礼央って、男？　女？」

「女性ですね」

「男みたいな名前だけど……」

「いや、女子高生です。当時は所轄だけでなく、失踪課――失踪人捜査課も捜査に乗り出していたはずです」話しているうちに記憶がさらにはっきりしてくる。「相当騒がれましたよ。事件性があるかないかで、週刊誌なんかは結構書き立てていました」

「それで、現在も行方不明のままなんですね？」

「ええ」

「さすがガンさんですね——噂は本当だった」亮子が言った。呆れたような、感心したような……。

「噂って何ですか」恵美が遠慮がちに訊ねる。

「ガンさんの記憶力は驚異的なのよ。覚えている必要がないことまで覚えている」

さすがに苦笑してしまった。それは少し言い過ぎ——岩倉が覚えているのは、事件のことだけなのだ。日常生活の細かい話などはつい忘れて、ポカしてしまうことも少なくない。

「当然、立川中央署ではもう捜査もしていないと思います」岩倉はつけ加えた。

「当時、失踪課がどこまで調べていたかも問題ですね」亮子が言った。

「そうですね」十八歳の女子高生が失踪となると、まずは自らの意思による家出が想定される。しかし当時の週刊誌は、いかにも事件に巻きこまれたかのような書き方をしていたはずだ。何か根拠があったのだろうか？　さすがに個別の記事の内容までは覚えていない。

「失踪課に確認してみましょうか？」岩倉はスマートフォンを取り出した。

「お願いします。でも、ちょっと変ね。私は、申し送りではそんな話は聞いてませんよ」亮子が言い訳するように言った。

「古い案件ですし、結局事件性がないという判断だったんじゃないですか？」あるいは完全に失踪課に委ねられて、所轄は手を引いていたとか。

「特異事件だから、申し送りがあってもおかしくないと思うけど」

「全部の事案を引き継げるものじゃないでしょう。とにかく、ちょっと確認してみますよ」

　失踪課は本部の他に、都内三ヶ所に出先の分室を持っている。多摩地区は八方面分室――立川中央署の向かいにある八方面本部の庁舎に間借りしている――の担当だが、古い話なら、データを集約している本部に聞いた方が早いだろう。

　本部の代表番号にかけ、失踪課に回してもらう。野太い、やたら元気のいい声の男が電話に出た。

「失踪課、醍醐です」

「ああ、醍醐君か」知り合いだった。捜査一課にいた頃、結果的に殺人事件になった行方不明事件で、失踪課と共同捜査したことがある。「岩倉です」

「オス。お久しぶりです」

　岩倉は苦笑してしまった。醍醐塁は、異色の経歴の持ち主だ。高校野球で活躍し、ドラフトでプロ入りしたものの、怪我で早々に引退に追いこまれ、その後で警察入りしたのである。そういう経歴のせいか、典型的な体育会系の人間で、挨拶はいつも「オス」だ。

「ちょっと教えて欲しいことがあるんだ。十年前の失踪事件なんだけど」

「現場はどこですか？」

「立川中央署管内」

「あれ？　ガンさん、今立川中央署なんですか？」

「異動から二週間で事件に巻きこまれたんだよ」答えながら岩倉は苦笑してしまった。

「毎度のことじゃないですか。どこかでお祓いしてもらったらどうですか？」

「警察が暇になるのはいいことだけど、そういう状態が続くと俺は死ぬんだ」無駄口はここまでと、岩倉は自分が覚えていることを端的に告げた。

「そういう失踪は記憶にないですね」

「そうか？」

「十年前だと、三方面分室にいた頃ですから……ちょっと資料をひっくり返してみます。出てきたら、そちらの刑事課に送っておけばいいですか？」

「頼む」

岩倉はすぐに電話を切った。醍醐はいい男なのだが、余計な話に流れる癖があったと思い出したのだ。お喋りなのは、子沢山で話し相手がたくさんいるせいだろうか。子どもは三人……いや、四人だったか？　警視庁内では「一人で少子化に争う男」と揶揄されている。

「刑事課にデータを送ってもらうように頼みました」岩倉は亮子に報告した。

「了解しました」亮子が刑事課に電話をかけ、留守番をしている刑事に状況を説明して、資料が届いたら精査しておくように指示した。

これで準備は完了――なのだが、岩倉は妙に落ち着かなかった。行方不明になった人が後に遺体で見つかる事件は、過去に例がないでもない。それはある意味、警察にとっては失敗だ。だいたい、行方不明になった直後に殺されているもので、警察は遺体を見つけられず、犯人逮捕もできずに時間だけが流れてしまったことになる。

この事件を捜査することで、十年前に立川中央署や失踪課で捜索を担当していた連中にも恥をかかせることになるだろう。もちろん事件の解決が最優先なのだが、仲間を貶めることになるかもしれないと思うと、どうしても気が重くなるのだった。

もちろん、今回見つかった白骨遺体は、十年前の失踪事件とは何の関係もないかもしれないが。その場合、捜査はより難しくなる恐れが強い。

2

現場は多摩川沿い、中央道の高架の下を走る「多摩川夕焼け通り」のすぐ近くにあった。この通りは、堤防の上の通りと並行して走っており、完全に地元の人たちのための生活道路である。付近には住宅ばかり。そこにパトカーが何台も停まっているせいで、物々しい雰囲気になっていた。

覆面パトから降りると、堤防を吹きぬける三月の風が頬を撫でていく。まだ少し冷たい——今年は春の訪れが遅いようだ。

現場は既に、制服警官によって封鎖されていた。亮子の説明によると、廃屋の解体作業中、庭を掘り起こしている時に白骨死体が発見されたのだという。解体作業は明日には終わる予定だったというが、これで工事は一時ストップしてしまうだろう。

岩倉は制服警官を摑まえ、第一発見者を確認した。規制線の外で、不安気な表情で集まっている作業服姿の男三人——近づき「最初に遺体を見つけたのはどなたですか?」と訊ねる。

一番背が高く、一番若い男が遠慮がちに手を上げた。

「もう話は聴かれてると思いますが、もう一回、念のために伺います」

「はい」男の声はかすれていた。いきなり白骨死体に出くわした恐怖は、簡単には薄れないだろう。

本当は現場を見ながら話を聴きたかったが、今は鑑識が入っている。その作業を邪魔するわけにはいかなかったので、男を覆面パトカーに誘導する。岩倉と男は後部座席に、恵美が運転席に座った。

手順通り、まず名前から確認する。この手順は時に煩わしいが、相手の名前が分からないと話が詰まってしまうことがある。

「刈谷（かりや）です」

「刈谷さん、ですね」

ちらりと横を見て、改めて刈谷の姿を確認する。百八十センチに少し欠けるぐらいの長身、がっしりした体格だが、顔は蒼褪（あおざ）め、目は充血している。顔だけ見たら、まるで病後のようだ。

「発見は何時頃でした？」岩倉は質問に入った。

「十時……十時半にはなってなかったです」

「家の取り壊し作業中だったそうですね」

「ええ」

「あそこ、民家なんですか？」

「民家ですけど、詳しい事情は分からないんです。不動産屋さんに言われたままにやってるだけなんで」

「その件はまた後ほど伺います。発見時の状況を教えて下さい」

問題の家は、庭が小さな森のような状態になっている。解体作業は上物を取り壊せば済む訳ではなく、庭を完全に更地にするために、一番大きな古い木を重機で引っこ抜いたところ、白骨死体——大腿骨部分を見つけたのだという。

「最初から人骨だと思いましたか？」

「いや」刈谷の声が震えた。「人骨なんて見たことないですから、犬の骨か何かかなと思いました。ペットが死んだ時に、庭に埋めることもあるでしょう？　でも、犬にしては大きい骨で」

刈谷は早口で、まくしたてるように喋る。喋ることで恐怖を乗り越えようとしているようだった。

「見つかったのは骨だけですか？」

「ボロボロになった服みたいなものも見えて……それで、犬じゃないだろうと思って、念のために掘ってみたんです」

「シャベルで、ですか？」

「シャベルです」

岩倉はほっとしてうなずいた。現場に小型のショベルカーがあるのは確認していた。あれで一気に掘り起こしていたら、白骨遺体は粉々になっていたかもしれない。

「どの辺で人骨だと分かりました？」

「すぐに頭蓋骨が見えたんです……」

刈谷が慌てて掌で口を押さえた。ドアを一気に押し開け、外へ転がり出す。吐くか――心配になった岩倉は急いで自分も外に出た。刈谷は何とか吐き気を抑えこんだようで、腰に両手を当て、天を仰いで深呼吸している。

「白骨遺体なんて見たら、ショックですよね」岩倉は同情をこめて言った。

「理科の実験室なんかに置いてあるのとは全然違うんですね」刈谷がかすれた声で言った。「もっと生々しいというか……正直、ビビりました」

「吐きましたか？」

「我慢しました」

「無理しない方がいいですよ。吐いた方が楽になりますから。気分が悪いなら、ちょっと休憩します」

「大丈夫です」自分を鼓舞するように、刈谷が両腕を振り回した。それで何とかすっきりしたようで、両手で腹を叩く。ホッと息を吐き、苦笑しながら岩倉にうなずきかけた。

「服があった、という話でしたね」覆面パトに戻るより青空の下で話す方がいいだろうと判断し、岩倉はそのまま続けた。現場は広く封鎖されており、野次馬は一人もいないから、誰かに聞かれる恐れもない。

「ええ」

「どんな服でした？」

「女もの——スカートみたいなものがあるのは見えましたけど、本当にスカートかどうかは分かりません」

「なるほど」少しでも残っていれば御の字だ。わずかな手がかりでも、鑑識や科捜研の連中は何かを見つけ出してくれるだろう。「今回、誰の依頼だったんですか？」

「あの家の持ち主みたいですよ。坂上(さかがみ)さんって言ったかな」

「いや、それは分からないです。不動産屋経由で話がきたもので」

「坂上さんとは直接話していないんですね？」

「ええ」

岩倉は不動産屋の連絡先を聞き出し、刈谷を解放した。

「どう思う？」やはり外に出てきていた恵美の方を向いて訊ねる。

「まだ何とも言えませんけど……」恵美が肩をすくめる。「どれぐらいの期間空き家になっていたかがポイントですね。人が住まなくなってしばらくしてから埋められたものだとしたら、家の所有者には関係ない可能性が高いでしょう」

「その通りだ」岩倉はうなずき、スマートフォンを取り出した。先ほど刈谷から教えてもらった不動産屋に電話をかけて事情を説明し——向こうはさっぱり要領を得ず、えらく時間がかかった——家を取り壊すことになった経緯を確認する。

通話は二十分ほど続いて、話し終えた時には岩倉はすっかり疲れていた。相手が混乱していて、話があっちへ行ったり戻ったり……それでも何とか、必要な情報は手に入った。

「家主は坂上陽介さん、北海道在住だ」

「北海道ですか？」恵美が目を見開く。

「不動産屋もあまり詳しい事情は知らないんだけど、二十年ぐらい空き家になっていたらしい。元々住んでいた人が亡くなった後、残された家族は住まなかったんだろうな」

「そんなこと、ありますかね？」

「空き家問題は全国共通だよ」

「でも、立川ですよ？　いい場所だし……」

「あまり関係ないんじゃないかな。家族にもそれぞれの事情があるだろう」

子どもが独立して自分の家を構えてしまえば、老親が住んでいた家は、その死後に空き家になってしまう可能性が高い。子どもとしては、わざわざ購入した自分の家を手放してまで、古い家に戻る気にはなれないのではないだろうか。人は誰でも、家を中心に生活を組み立てるものだ。それに、古くなった家をわざわざリフォームして住むのも大変だ。地方の古い豪邸なら、建物の文化的価値を守るために誰かが住む必要があるかもしれないが、立川の外れのこの辺りで、古い家をキープしておく意味はあまり感じられない。市の中心部に近ければ、不動産的な価値が高いかもしれないが。

「現場の様子を見て来てくれないか？　俺は家主と話してみる」

「分かりました」

恵美が駆け出すのを見送ってから、岩倉は堤防沿いの道路まで上がった。そこからだと、現場の家を斜め上から見られる——と思ったが、既に敷地全体がブルーシートで覆われている。庭が小さな森のようになっていることだけは分かった。誰も手入れせず、放置されたまま……いずれにせよ、外からは現場の様子は確認できない。舌打ちして、川の方に目を向けた。広い河川敷にはサッカー場、野球のグラウンド、駐車場などが広がっている。駐車場は無料で開放されているようで、「午後6時にカギをかけます」という立て看板が目に入った。実際、駐車場には車が何台も停まっている。目の前のサッカー場、右手の方にある野球のグラウンドには人はいなかったが、車で来た人は釣りでもしているのだろうか。広々と開けた道路上を、川面から渡ってくる冷たい風が吹き抜けた。

坂上の電話番号にかける。呼び出し音四回で電話に出た坂上は、明らかに用心していた。相手を怖がらせないようにと、岩倉は敢えて快活な声で訊ねた。

「坂上陽介さんですか？」

「坂上です」

「警視庁立川中央署の岩倉と申します」

「警視庁……」坂上の声には戸惑いが感じられた。

「警察です。東京から電話しています」

「東京？　何かあったんですか？」

「確認させて下さい。立川市にある家の取り壊しを依頼しましたよね？」

「ええ、それが何か……何の話ですか」坂上はまだ戸惑っていた。

「実は、その家の庭から、人骨が見つかりまして」

「人骨？」坂上の声のトーンが一気に高くなった。「人骨って……死体っていうことですか」

「そうです」

「いや、そんな……何なんですか、それ」

「それをお伺いしようと思って、電話したんです」

この電話は失敗だったかもしれない、と岩倉は悔いた。事実関係の把握は大事だが、坂上は今のところ、「容疑者に近い存在」とも言えるのではないだろうか。この家の持ち主なら、遺体について何も知らないとは思えない。直接会いに行くか、地元の警察にしっかりした事情聴取を頼むべきだった。

「死体って言われても……その家、ほとんど行ったこともないんですよ」

「そうなんですか？」

「ちょっと——ちょっと待ってもらっていいですか？」

がさがさと音がして、坂上の声が聞こえなくなった。何をしているかと不安になったが、坂上はすぐに電話に戻ってきた。

「すみません、自分の席では話しにくくて」

「急な電話で申し訳ない。こちらは、あなたに関する情報を何も持っていないんですけど、お仕事は何ですか？」

「札幌市役所に勤めています。人事課です」

「立川の家なんですが、解体を頼んだのは間違いなくあなたですね？」岩倉は念押しした。

「ええ」

「どういう事情なのか、教えてもらえますか？」立川の家の取り壊しを、どうして札幌に住む人が頼むのだろう。

「あの家、去年私の名義になったんですよ」

「相続か何かで？」

「ええ」坂上が認めた。「元々、私の祖父母の家だったんですけど、二十年ほど前に相次いで亡くなって、父が相続しました」

「お父さんもそちらに？」

「そうです。学生の頃から北海道で、こっちで就職したんです。私は生まれも育ちもこちらで学生の時には東京に住んでいましたけど、卒業してUターンしたんです」

「お父さんには、他にご兄弟は？」

「姉が一人います。祖父母の面倒は、その姉——私の伯母が見ていました」

最初の動揺が収まると、坂上は冷静に話してくれた。お陰で岩倉は、事情をシンプルに把握することができた。

坂上の祖父が亡くなったのは二十一年前。直後、祖母にも認知症の症状が出てきて、施設に入った。嫁いで栃木県の小山(おやま)市に住んでいた長女——坂上の伯母が時々施設に顔を見せていたが、その祖母も一年後に亡くなる。姉弟は話し合いの末、家の名義を坂上の父親のものにすることにしたのだが、その頃既に札幌で生活のベースを築き上げていた父親は、毎年税金を払い続ける以外に、家を維持する努力をしなかった。結局そのままの状態がずるずると二十年も続いた後、去年、父親も六十歳で突然病死した。既に七十歳になっている伯母も病気がちで、結局家の名義は坂上に移り、処分も任されたのだった。坂上としては特に思い入れがある家でもなく、維持費だけで毎年結構な金が飛んでいくので、更地にした上で土地を売ることにしたのだという。その作業が始まった矢先の出来事だった。

「こちらの家は、全然知らないんですか？」

「いや、何度か行ったことはあります」

「今回はどうですか？　取り壊し前に見たんですか？」

「ええ、一ヶ月ほど前に不動産屋と一緒に見に行きました。でも本当にボロボロで……近所の人からは『幽霊屋敷』って言われていたみたいで、それも申し訳なかったので取り壊すことにしたんです」

　家には、特に未練もなかったのだろう。住む気がなく、持っているだけで金が出ていくなら、まったくの無駄だ。

「それで、死体が見つかったってどういうことなんですか？」坂上が訊ねる。

「まだ何とも言えません。遺体の身元も分かっていないんです」真中礼央は有力な候補だが、今のところは積極的に認める材料はない。

「ええと……私、どうしたらいいんでしょうか」

「もう一度、改めて連絡させていただくことになります。そちらへ行ってお話を聴かせていただくかもしれませんし、東京まで来てもらう必要があるかもしれません」

「まいったな」坂上が溜息をついた。「ろくに知りもしない家で、そんなことが……」

「それはお気の毒に思いますが、殺人事件の可能性が高いですので、ご協力、よろしくお願いします」

「はあ……」

ショックを受けてすっかり落ちこんでしまった坂上を少し慰めてから、岩倉は電話を切った。さて、確認が済んだところで遺体を拝んでおくか。今のところ、殺しとしか思えないのだが、事態がどう転んでいくかは分からない。土手の緩い斜面を降り始めたところで、スマートフォンが鳴った。見慣れぬ携帯電話の番号だったが、反射的に出る。

「岩倉さん？　醍醐です」

「ああ、お疲れ」

「資料は立川中央署に送っておきましたけど、身元が確定したらややこしくなりますよ」

「どういうことだ？」

「十年前、この失踪は事件じゃないかって騒がれたんです」

「覚えてるよ。週刊誌なんかは、結構派手に書きたててたよな」

「その時に、容疑者扱いされた人間がいるんです。うちの八方面分室でも、何度か話を聞いた記録が残っていました」

「そうか、三川康友（みかわやすとも）だ」岩倉はふいに思い出して指摘した。

「何で知ってるんですか」醍醐が驚きの声を上げる。「名前は、オフィシャルには出てないですよ。週刊誌報道でも仮名でした」

「どこかで噂で聞いたんだよ」

「それだけのことを覚えてるんですか？　岩倉さんの記憶力が異常だっていうのは本当なんですね」

「よせよ……つまり君は、三川がまた容疑者として浮上するんじゃないかって心配してるんだな？」

「捜査自体については心配してませんけど、マスコミ対策が厄介になりそうですね」

「ああ」岩倉は一人うなずいた。確かに、これはマスコミが喜んで飛びつきそうな話だ。

「十分気をつけて下さいよ」

「失踪課は手を出さないのか？」

「うちは、生きている人間を相手にする部署ですから」

醍醐の言葉がじわじわと染みてきた。対象は同じ失踪者であっても、生死によって担当部署が変わる。当たり前なのだが、何だか釈然としなかった。

3

遺体の解剖が終わらないと、殺人事件と断定はできない。現段階ではあくまで「死体遺棄」容疑だ。それ故、まだ特捜本部は設置されなかったが、本部の捜査一課からは強行犯係の係長がいち早くやって来ていた。状況次第で、すぐに本部の刑事たちを集めて本格的に捜査を始めるための下準備である。岩倉の感覚では、もう特捜として動き出してもいいのだが……遺体は、勝手に人の家の庭には埋まらないのだから、事件なのは間違いない。

「遺体は死後数年以上が経過、完全に白骨化していました」

その日の夕方に開かれた捜査会議で、亮子が報告に立った。堂々とした報告ぶり——鑑識課や捜査一課を渡り歩き、多摩地区で一番大きな所轄の課長になったぐらいだから、当然能力もあるし、肝も据わっているようだ。何かと噂される人物なのは、ずっと独身を貫き通しているせいかもしれない。まあ、家庭生活よりも仕事を選んだ、ということなのだろう。男だってずっと独身の人間はいるわけだから、これは男女関係ないことだ。

「簡易鑑定では若い女性のようですが、まだ確定はできません。衣類に関しては、短いスカートのようですが、同じ場所から見つかった衣類の鑑定も進めています。こちらもさらに調査が必要です」

亮子が、すっと岩倉に視線を投げてきた。次の説明は頼む、という合図だ。指名を受け、岩倉は立ち上がって、十年前の失踪事件について説明を始めた。

「遺体の身元は確認できていませんが、ちょうど十年前に、現場のすぐ近くで女子高生が行方不明になって、本部の失踪課が調査に乗り出しました。行方不明者は真中礼央、当時は都立高校三年生の十八歳でした。失踪したのは九月六日と見られています。その日は家に帰らず、三日後に家族が警察に届けを出しました」

「三日後？」本部強行犯係の係長・浦田が疑義を呈した。「何でそんなに時間が空いたんだ？」

「実は、普段から問題行動のある子でして」岩倉は説明した。「要するに、地元の不良だったんですね。中学生の頃には補導歴もあります。家族は、見捨てていたわけではないのですが、夜遊びや外泊もしょっちゅうだったので、その時もそういうことだろうと判断していたようです。ところが三日も帰らなかったので、さすがに警察に駆けこんだ」

「そういう人間なら、単なる家出だった可能性が高そうですけど」亮子が疑義を呈する。

「当時の事情はよく分かりませんが、容疑者がいたようです。当時の週刊誌の記事を用意しましたので、見て下さい」醍醐が送ってくれた資料だった。コピーが配られ、刑事たちがそれを読みこむ間、岩倉はずっと立っていた。この辺の説明をずっと任せられるときつい。記憶にははっきり残っているのだが、自分で捜査したわけではないのだ。あくまで伝聞になってしまう。「〜と思われる」「〜だそうだ」というのは、報告とは言わない。

より詳しい人間が説明に来るはずだが、到着が遅れている。さっさとこの役目を引き渡したいのだが……と思っていると、会議室のドアが開いた。

「遅れました！」

大音声（だいおんじょう）を張り上げたのは、醍醐だった。相変わらずでかい。元プロ野球選手といっても、もう二十年も前のことである。それでも体が萎（しぼ）んだわけではなく、まだ迫力を発している。引き連れている小柄な男は、やけに眼光が鋭い。

捜査会議の緊迫した雰囲気がさっと解ける。醍醐が、岩倉を見つけて素早く頭を下げた。会うのは久しぶりだが、そんな感じもしない。一度でも一緒に仕事をした人間に対して、岩倉は妙な連帯感を抱くのだ。相手が鬱陶しい人間でない限り。

二人は会議室の前の席に行き、刑事たちと相対して座った。亮子が二人を紹介する。醍醐が連れて来た男は、十年前に立川中央署刑事課に勤務していた安川（やすかわ）という刑事だった。今は本部の捜査三課にいるという。岩倉は面識がなかった。

「安川部長、十年前の状況を詳しく話してもらえますか？　今、失踪事件の基本的な情報を、全員が共有し終えたところです」亮子が安川に話を振った。

安川が、明らかに怒った表情を浮かべて立ち上がる。

「十年前、私はここの刑事課で駆け出しでした。失踪事件については、地域課と失踪課の分室が主に担当していたんですが、事件の可能性が出てきたので、刑事課としても捜査を始めたんです。容疑者は——」安川が、テーブルに置かれた雑誌のコピーを手にした。「こういう週刊誌でも散々仄めかされていたんですが、同じ高校の同級生で、失踪した女子高生の交際相手でした。こいつがまたろくでもない野郎で、失踪者を殺した可能性があるという見方も出ていたんです」

会議室にざわざわした空気が流れた。ここまで露骨に言われると全体の雰囲気が決まった方向に流れてしまう。

「ちょっと待った」岩倉は手を上げて立ち上がった。「断定的な言い方は勘弁してもらえないかな。現段階では、まだ何も言えないと思う」

安川は何も言わず、岩倉を睨みつけた。岩倉よりはかなり年下のはずだが、相当気が強い。しかし自分の第一印象が誤りだったと、岩倉はすぐに気づいた。安川の目が赤くなっている。泣く直前、という感じなのだ。

「自分は……」安川の声が一瞬かすれる。咳払いすると、今度は張りのある声でまくしたてた。「十年前、この交際相手が何かやったと疑っていました。実際、夜も昼もなく追いかけ回して、何とか尻尾を摑もうとしていたんです。しかしこの男は、大学進学で大阪へ行ってしまって、そこで実質的に捜査が途切れました。こっちとしては……こんなに長く遺体が埋もれたままだったことが悔しいんですよ」

岩倉はのろのろと腰を下ろした。今の「待った」は大失敗だった。この段階ではまだ、捜査に「色」をつけられたくなかったのだが、安川は失踪事件をずっと気にしていて、今回の遺体発見で大きなショックを受けたのだろう。自分の「失態」が、思わぬ形で明らかになるようなものだ。彼を追いこんでしまったことを悔いる。

「安川部長、遺体が真中礼央さんとはまだ確認できていませんよ」

亮子が冷静に釘を刺した。安川が天井を仰ぎ、また咳払いして、ようやく当時の状況を冷静に説明し始める。しかしどうしても、礼央の恋人を疑う方向へ話がシフトしてしまうのだった。

礼央と交際していた三川康友は、礼央と違って決して「問題児」ではなかった。多摩地区で病院などを経営する一族の人間で、身元もしっかりしている。しかし安川たちは「三川が礼央を殺したのではないか」という疑念から逃れることができなかった。当時、二人の間に別れ話が出ていたことを突き止めていたのである。高校生だろうが、別れ話のもつれは犯罪の原因になりうる。

しかし、三川の大学進学が大きな転換点になった。警察は、何度か三川に直接事情聴取したが、礼央の失踪への関与は全面的に否定され、物証も見つからなかった。三川が大阪の大学へ進学したことを、安川たちは「逃亡」とみなしていた。実際、三川の同級生たちは、「あいつがどうして大阪の大学を選んだのかよく分からない」と、口を揃えて証言していたのである。どこの大学へ行っても問題はないが、東京の人間がわざわざ大阪へ行く理由は理解しがたい。どうしてもそこの大学でなければ学べないことがあるなら別だが、三川が進学したのは、ごく普通の経済学部だった。

理由はどうあれ、東京と大阪は遠い。事情聴取も難しくなり、礼央の失踪に関する調査は自然に先細りになってしまった。安川自身、三川が大阪へ引っ越した直後に本部へ異動になり、この一件の捜査からは外れざるを得なかった。彼にすれば、後ろ髪を引かれるような思いだっただろう。

安川は、最後には意気消沈してしまった。気持ちは分かるが、少しデリケート過ぎるな、と岩倉は思った。しかしわだかまりが残るのも嫌だから、後で友好的に話をしておこう。安川が、この後特別に捜査に参加する可能性もないではない。

亮子と浦田がひそひそと話し合い、すぐにこれからの捜査の担当を割り振った。一番重要なのは、白骨遺体の身元の確認だが、これは鑑識と科捜研に任せるしかない。DNA型の判定で身元はすぐに確認できるはずだが、それまでに両親と話をしておかなければならない。礼央の両親はあの空き家のすぐ近くに今も住んでいて、今日の騒ぎはとうに耳にしているだろう。心配しているはずだが、警察はまだ一切説明をしていない。

この件は安川と恵美に任された。会議終了後、二人はすぐに真中家を訪ねて、正式に説明することになっている。

「この件に関しては、被害者支援課にも応援を頼みました」亮子が説明する。

支援課か……確かに連中の出番かもしれない。非常に特殊な事件で、所轄の初期支援員では対応できそうにないのだ。しかし、あいつらが出てくると面倒なことになるんだよな、と岩倉はつい渋い表情になった。支援課は、被害者家族を守ろうとする意識が強いあまり、しばしば捜査に割りこんでストップをかけてくる。普通の事情聴取さえ、スムーズにできなくなることもあるぐらいだ。

「ガンさん、あの空き家の持ち主とは話しましたよね？」亮子が訊ねる。

「ええ」

「できたら、こちらへ呼んでもらえませんか？　もう少し詳しく事情を聴きたいんです」

「分かりました。取り敢えず電話してみましょう」こちらが出張して話を聴く手もあるのだが、現場を見ながら話をする方がいいだろう。

「あとは現場の聞き込み、それと三川という人間の現状確認をします。その担当は――」

やはり三川を犯人扱いするつもりか、と岩倉は嫌な気分になった。あまりそこに拘泥すると、ろくなことにならない。最初の一歩で動き出す方向性を間違うと、捜査は大きくずれてしまうだろう。発生、即捜査開始という状況と違い、今回は突然古い遺体が目の前に現れたのだ。できるだけ慎重に……しかし、まず三川から事情聴取する筋を固めておくのは大事だ。本人の居場所が分からないと、いざという時に話もできなくなる。

捜査会議が終わり、刑事たちが散会した。既に夕方だが、今日中にできることもある。会議室に居残った岩倉は、早速安川と話をしようと思ったが、安川は恵美を連れてさっさと会議室を出て行ってしまった。

仕方なく、腰を据えて坂上に電話をかける。

「何か分かりましたか？」坂上が恐る恐る訊ねる。

「先ほど電話でお話しした時から、あまり状況は進展していないんですが……申し訳ないですけど、こちらへ来ていただくことはできますか？　一度直接現場を見てもらって、そこで話をしたいんです」

「しかし、急に仕事を休むわけには……」

「大丈夫です。事が事ですから必ず休めます」岩倉は断じた。そもそも公務員は、よほどのことがなければ、簡単に休みを取れる。特に坂上は人事課勤務だというから、そんなに忙しいわけでもないだろう。「それに今は、解体工事も止まっていますし、間に入った不動産屋さんも困っています。その辺を話す必要もあるんじゃないですか」

「確かに、不動産屋からも連絡はありましたけど……」坂上はまだ渋っていた。

「警察からの正式なお願いです。是非現場に来て下さい」

「じゃあ——飛行機が取れるかどうか、確認します。チケットが取れれば、明日にでも行きますよ」

「お願いします」

「見なくちゃいけないなら、早く済ませたいので」坂上の言葉は本音に聞こえる。まったく、彼にすればとんでもないトラブルを抱えこんだものだ。

「坂上さん、今、ご親族は？　あの家に関わる人は何人いるんですか？」

「私だけなんですよ」坂上が打ち明けた。「伯母のところは子どもがいないので、結局私が何とかするしかないでしょうね。伯母は今入院中で、あまり面倒な相談もできませんし」

「そうですか……では、チケットが取れ次第、私の方へ連絡していただけますか？　こちらでは私が一緒にいますので」

「分かりました」

　電話を切り、ほっと溜息をつく。いつの間にか、会議室の中には自分と亮子、それに浦田だけになっていた。亮子がすっと近づいて来て、低い声で訊ねる。

「坂上さんは、どうですか？」

「こっちへ来ることは了承しました。後は飛行機のチケットが取れるかどうかです」

「新千歳と羽田だったら、一日何便も飛んでいるから、何とかなるでしょう」亮子がうなずく。その確認だけかと思ったら、近くの椅子を引いてきて座り、小声で話し続ける。

「ガンさん、この件どう思います？」

「まだ何とも」岩倉は肩をすくめた。「身元が確認できないと、仮説も言えませんね。それより、安川部長はずっとここで使うつもりですか？」

「取り敢えず家族とは話してもらうけど、その後は流れですね。彼も捜査三課で本来の仕事があるから、いつまでも引っ張っていられないでしょう」

「ですね」今はあくまで部外者だから、「気持ち」だけで捜査に参加してもらうわけにもいかない。警察は縦割り社会で、所属の枠を超えて仕事をするのは難しいものだ。

「辞令を出してここに来てもらいでもしない限り、彼がやるのは筋違いですね」

「ガンさんだって、昔の事件にこだわってやってたでしょう」

「何の話ですか？」

「三十年前の、浮間公園のバラバラ事件。南大田署にいた時に、だいぶ頑張ったそうじゃないですか」

岩倉は咳払いして「三十二年前です」と訂正した。岩倉が刑事を目指すきっかけになった事件……まさか、時効が成立してから事件の真相に辿り着けるとは思ってもいなかった。

「その件、あまりでかい声で言わないようにお願いしますよ」岩倉は唇の前で人差し指を立てた。

「ずいぶん噂になってますよ」

「警察官は、無駄な噂話をするのが好きだからな」岩倉は苦笑した。「とにかく、時効が成立した事件です。今更言う事は何もないですよ」

「でも、自分が関わった事件が未解決のままだったら、刑事のメンタルにどんな影響を与えるかは、ガンさんならよく分かるでしょう？」

「まあ……いいことじゃないですね」岩倉はうなずいた。

「安川部長のことは、取り敢えず気にしないで」

「してませんよ」

「バリバリに意識してたでしょう」亮子が苦笑した。「ガンさんも分かりやすいですよね」

「まだ人間修行ができていないもので」岩倉は立ち上がった。何となくほっとしている
——この女性課長は人をよく見ているし、指示も的確だ。任せておけば、捜査がおかしな方向へ転がってしまうことはあるまい。「俺ももう少し、現場で聞き込みをしてきます」

「了解」

「十年前に何があったか、今になって掘り起こすのは相当難しいと思いますけどね」実質的には不可能だろう。何かあれば、十年前にとっくに何か見つかっていたはずだ。今になって、新しい証拠なり証言なりが出てくるとは思えない。

　改めて現場を歩き回っているうちに、十年前に、誰もおかしな場面を見ていなかった理由が分かってきた。

　現場付近は、一戸建ての家ばかりの住宅地なのだが、現場の空き家は、他の家と少し離れている。既に鑑識作業は終わっていたので、岩倉はもう一度現場を見てみることにした。廃屋というか、爆撃の跡のようである。建物は取り壊されたものの、作業が途中

で中断されたので、廃材はまだその場に積み重ねられている。掘り起こされた木は倒され、その近くに長さ二メートル、幅一メートルほどの長方形の穴が空いていた。まさにここに、遺体が埋まっていたわけだ。

岩倉は穴の中に降りてみた。街灯の光もここへは届かず、ほぼ真っ暗。マグライトを取り出して、穴の中を照らし出してみる。鑑識が徹底してさらった後だから、何も見つかるはずはないのだが……気配はする。岩倉はスピリチュアルなものをまったく信じていないのだが、時々現場で、えも言われぬ奇妙な感覚を味わうことはある。被害者の怨念のようなものが漂っている気がするのだ。

今回も、急に背筋が冷たくなる感覚を覚えた。被害者が真中礼央だとすれば……岩倉はまだ、礼央がどういう人物だったのか、確固たるイメージを摑めていない。不良高校生だったのは間違いなさそうだが、だからと言って殺されていいわけがない。まさか生き埋めにはされていないだろうから、自分に降りかかる冷たく湿った土を感じることはなかっただろうが、この付近には無念さがまだ漂っている感じがする。

ごくたまに感じるこの感覚は、どういうものだろう。特に被害者が悲惨な殺され方をした事件の場合、この重たい感覚が襲ってくることがあるのだが……脳科学者の妻なら、何か説明してくれるかもしれないが、話す気はない。何しろ、間もなく離婚する相手である。最後に話したのはいつだろう？　既に思い出せないぐらい長い間、顔も見ていないし声も聞いていない。

妻は今も、本部のサイバー犯罪対策課と組んで、岩倉の頭を「分析」しようとしている。独特の記憶力は、脳科学者である妻の感覚でも異常らしく、サイバー犯罪対策課も今後の捜査に生かすために何とか科学的に調べたいと必死になっているのだ。余計なお世話だ。人の記憶力の実態について、現代科学で正確に分析できるはずもない。

穴から外へ出るのに少しだけ難儀する。深さ一メートルほど。ジャンプして出られるほど浅くなく、両手を縁にかけて、思い切り腕に力を入れて自分の体を引っ張り上げる格好になった。

それにしてもこの庭は、本当に鬱蒼とした小さな森のようだ。昼間、堤防から見て分かっていたのだが、実際に中に入るとさらに強く実感する。庭の中からは、外の様子はまったく見えない。これだと、夜中に誰かが入りこんで何かしていても、近所の人は簡単には気づかないだろう。

穴の外へ出て両手を叩き合わせたが、湿った土が掌に残した茶色い汚れは落ちない。どこかで手を洗いたい……もしかしたら河川敷の公園に水道ぐらいあるのではないかと思って降りてみたが、見当たらなかった。そもそも、中央道の灯り（あか）ぐらいしか光はなく、ほぼ真っ暗で何も見えないのだが。

スマートフォンが鳴る。手が汚れているのに……と舌打ちしたが、出ないわけにもいかない。指二本だけを使って背広のポケットから引っ張り出して確認すると、娘の千夏だった。

「ええと——後でかけ直してもいいかな」

「仕事中？」

「いや、手が汚れてるんだ」

「何、それ」

説明するのが面倒になり、岩倉は「まあ、いいよ」と言って取り敢えず会話を続けることにした。

「あの、入学祝いの話」

「ああ。腕時計にしようと思ってるんだけど」

「時計かあ」千夏が渋い声を出した。「腕時計ってしないのよね」

「それは知ってるけど、あって困るもんじゃないだろう」

「バッグとか、駄目？」

「バッグって、通学用？」

「通学っていうか、まあ、普通のバッグかな」

「普通って何だよ」にわかに不安になる。千夏は、十八歳の女の子らしく、ファッションには興味津々だ。岩倉が時々渡していた小遣いもほとんど服に消えていたし、そろそろブランドもののバッグにも興味を持ち始めたのだろうか……最近、若い人はヨーロッパのハイブランドに興味を示さないというが、何事にも例外はある。

「後で候補をメールするから、見ておいてくれない？」

「いいけど」高いのか、という言葉を岩倉は呑みこんだ。娘にケチとは思われたくないし、大学の入学祝いは、基本的には一生に一度なのだ。

「じゃあ、よろしくね」OKが出たと思ったのか、千夏の声が弾む。

まあ、しょうがないだろう。千夏は、大学入試では結構苦労した。エスカレーター式での大学進学から、よりレベルの高い大学へと方向転換。結果的に、妻が教授をしている城東大の、法学部を狙った。本格的に受験勉強を始めたのが夏前だったせいか、追い込みは相当大変だったようで、入試の直後には「出来がよくなかった」と泣きを入れてきたぐらいである。無事に合格して、浮かれるのは当然だろう。それに、父親としても、いつまでもバッグをせびられるとは思えない。そのうち、いくらでもプレゼントしてくれる男ができるだろう——そう考えると急に嫌な気分になってくる。

4

「これは、相当厄介だぞ」夕方、立川へ向かうために新宿から中央線に乗った途端、村野(むらの)秋生(あきお)は思わず漏らした。同行している支援課の後輩、安藤梓(あんどうあずさ)が、不安気な表情を浮かべてうなずく。

「十年前の事件が今になって出てくる……こういうの、あまりないですよね」

「そうなんだよ」立川中央署からヘルプの要請を受けて、村野は大急ぎで資料を集めた。

とはいっても、データは少ない。どうやら調査は、途中で立ち消えになってしまったようだ。追跡捜査係が資料を引き継いだのではないかと思ったが、未解決事件を再捜査するあの部署が担当するような事件ではなかったらしい。結局、失踪課でベーシックな資料をもらうしかなかった。

話をした失踪課の課長・高城賢吾（たかしろけんご）も首を傾げた。

「十年前だろう？　覚えてないな。俺は三方面分室にいたから、この件はノータッチだったんだ」

高城は庁内でも有名な酒呑みで、今でもデスクの引き出しにウイスキーを隠しているという噂だが、刑事としての能力は確かだ。その彼が「ノータッチ」だと言うのだから、本当に知らないのだろう。当時、失踪事件を管轄していた八方面分室にいた担当者に話が聞ければと思ったが、調べてもらうともう退職していた。すぐには接触できそうにない。

どうせなら、立川中央署も、もう少し早く連絡してくれればよかったのに。しかしここがまた難しいところで、遺体はまだ、失踪した真中礼央とは断定されていないのだ。それでも、念のために家族とは話をしなければならない。犯罪被害者をケアする支援課は、これまで様々な難しい状況に対応してきたが、今回はとびきり難しい。今までまったく経験したことのない状況だった。

新宿から立川までは、中央線で四十分弱。しかしそこから現場までが遠い。立川中央署も、こちらの出動を要請したのなら迎えに来てくれてもいいのにと思いながら、村野は駅の南口でタクシーを拾った。運転手に確認すると、当該の住所までは二キロほど、車なら五分ぐらいだという。

タクシーが走り出してすぐ、妙な圧迫感を覚えた。何事か……窓を開けて首を突き出してみると、車はモノレールの高架の真下を走っている。そうか、この辺は多摩都市モノレールが走っているのだった。しばらく前に東大和市で仕事をした時、何度かモノレールに乗ったのを思い出す。多摩地区へ来るのは、その時以来だった。

隣では梓が手帳を開いて必死で読みこみ、時折ペンを走らせていた。関係者の名前を頭に叩きこもうとしているのだろう。

「まだ、中途半端な状況ですよね」梓が顔を伏せたまま言った。

「ああ」村野は認めた。「もしかしたら——というだけで話をするのは初めてかもしれない」

「はっきり分かってからでよかったんじゃないでしょうか」

「おそらく、家族はもう噂を聞いていると思う。だったら、少なくとも状況は正式に伝えて、今後何があっても対応できるように準備しておかなくちゃいけない」

「どういう感じで話しましょうか」

「それはいつも通り——相手の出方を見てだな」

「こっちで主導権を握りますか？　それとも所轄に任せます？」

「そうだな……取り敢えずはそれで……」返事がしにくい。本当は、家族と会う前にきちんと打ち合わせしておきたかったのだが、立川中央署はその時間も取ってくれなかった。そんなに慌てているのだろうか？

立川駅周辺は、都心部のターミナルにも負けない大きな街だが、少し車で走るとあっという間に多摩地区らしい、のんびりした雰囲気になってくる。高い建物はなくなり、道路は直線基調で空は開けてくる——のんびりした感じなのに、現場に近づくと、微妙に居心地が悪くなってきた。道路は車のすれ違いもできないぐらい細く、制限速度は二十キロに指定されている。

被害者——と見られる遺体の家族の家は、鬱蒼とした木立のせいで、細い緑の道のように見える小さな川沿いにあった。近所には、広い敷地を無理に分割して建てられた、同じような建売住宅が建ち並んでいるのだが、その家だけはかなり古い。昔からこの辺に住んでいる人だろうな、と村野は想像した。

家の前に、一台の覆面パトカーが停まっていた。二人がタクシーから降り立つと、待っていたようにドアが開き、運転席から女性が、助手席から男が出て来る。二人ともに、村野は見覚えがなかった。

「立川中央署の熊倉恵美です」女性が最初に挨拶した。ということは、もう一人、男の方が捜査三課の刑事だろうか……失踪事件発生当時、立川中央署にいた刑事が、今回特別に呼ばれたという話を村野は既に聞いている。当時の状況を説明する、臨時の助っ人のようなものだろう。

「支援課の村野と安藤です」村野は挨拶を返してから、男性刑事の方をじっと見た。反応なし。自分の殻に閉じこもっている感じだった。思わず「三課の方ですか」と訊ねる。

「あ――ああ」

惚(ほう)けたように男がうなずいた。それから勢いよく首を横に振り、「三課の安川です」と名乗った。安川と、恵美という女性刑事は同い年ぐらいで、二人とも自分より数年後輩だろうと見当をつける。

「ご家族と話しましたか？」

「まだです」恵美が首を横に振った。「電話でアポは取ったんですが、詳しいことは……直接会って話すべきだと思ったので」

「正解です」村野はうなずいた。「それで、どういう方向へ話を持っていきますか？」

恵美と安川が顔を見合わせたが、二人とも答えを持っていないようだった。確かに、現段階では確定的なことは何も言えないので、通告というより一種の「挨拶」になってしまうのだが。

「安川さんは、失踪事件発生当時に立川中央署にいたんですよね？」村野は確認した。

「ええ」安川は、相変わらずどこか気が抜けたような感じだった。

「今回は、確認のために呼ばれた？」

「そうですね」

「それはないと思いますけど……分かりません」安川が首を横に振った。「俺としては、忸怩たる思いがあるんですが」

「十年前、かなり熱心に捜査していたんですね？」

「中途半端になってしまって、それが心残りだったんです。それが十年後に、いきなりこんなことになるなんて」

安川が唇を嚙む。村野は黙ってうなずいた。気持ちは分かる。刑事なら誰でも、心に引っかかって取れない事件はあるものだ。無事に解決しても、未解決事件であっても同じである。安川にとっては、この失踪事件がまさに「棘」なのだろう。盗犯担当の捜査三課に異動になった後も、ずっと気になっていたに違いない。

「安川さん、自分で話してみる気はないですか？」

「え？」安川がはっと目を見開く。

「それは、私の仕事かと思っていましたが」恵美が反論した。縄張り争い……というより、責任感の強さ故出た言葉だろう。「この件は、立川中央署の担当です」

「それは分かってます。でも――安川さん、十年前にご家族に会ってますか？」

「会ってます」

「向こうはあなたを覚えているかもしれない。それだったら、話が早いと思いますよ」

「分かりました」

安川がうなずく。恵美が「でも」と抵抗したが、安川は「取り敢えず俺に任せてくれないか」と頼みこんだ。これでいい。辛い話は、知らない人間よりも、知った人間から聞く方が幾分ましである。

「行きますか」

安川が肩を上下させた。思い切り力が入っている。まずいな……こんなに緊張していたら、まともに話もできないかもしれない。

「その前に」それまで黙っていた梓が急に口を開き、バッグを漁って飴を取り出した。「どうぞ」

「どうぞって……」安川が困惑した表情を浮かべる。

「緊張している時、少し糖分が入るとリラックスできます。こちらが緊張していたら、向こうはもっと緊張しますよ」

安川は、即座に反論してもおかしくなかった。「緊張なんかしていない」「飴を舐めてもリラックスできるわけがない」——しかし素直に手を出して、飴を受け取った。ビニールの包装を破いて口に放りこみ、少し口を動かして舐めていたかと思うと、いきなり音を立てて嚙み砕いてしまう。忙しく飴を嚙んでいるうちに、表情が少しだけ緩んできた。低血糖の時に、スポーツドリンクなどでブドウ糖を補給するようなものかもしれないが、飴を舐めるとリラックスできるという科学的根拠はないはずだ。ただし、飴の甘さと梓の笑顔が、安川をそれなりにリラックスさせたのは間違いない。

「では、行きますか」安川がまた肩を上下させる。表情に硬さはない。これなら任せても大丈夫そうだ。

「最初だけ、熊倉さんが声をかけて下さい」村野は指示した。

「私ですか？」恵美が自分の鼻を指差す。

「出だしは女性がやった方が、いい結果が出ることが多いです」

「分かりました」

恵美がインタフォンのボタンを押して、低い穏やかな声で挨拶する。旧式のインタフォンでカメラなどはついていないから、向こうは声を頼りに判断するしかないだろう。

「先ほどお電話した、立川中央署の熊倉です」

インタフォンの向こうから、ごそごそと声が聞こえてくる。インタフォンの調子が悪いせいなのか、向こうが小声で喋っているせいなのかは分からないが、村野には何を言っているかが聞こえなかった。

しかしすぐにドアが開き、疲れた顔の中年の男が顔を見せた。これが礼央の父親、真中真司(しんじ)だろう。安川が前に出て、素早く一礼する。

「以前、立川中央署にいました安川です」

「ああ……安川さん」真司が惚けたような顔つきでうなずく。しかし、安川のことは覚えていたようだ。

「大変ご無沙汰しております」安川がまた頭を下げる。先ほどよりもさらに深く。

「今も立川中央署にいるんですか？」先ほどの挨拶が頭に入っていないようだった。

「いえ、今は本部に勤務しています」

「遺体が見つかった話は聞いています。礼央なんですか？」

「それはまだ確認できていません。まず、現在の状況を説明させていただけますか？」

「……分かりました」

取り敢えず、第一関門は突破した。村野は深呼吸して、梓と目を合わせる。梓もほっとした様子で、うなずき返してきた。父親は今ひとつ頼りない感じだが、話しているうちには何とかなるだろう。

リビングルームに通される。ひどく静かで暗く、外よりも寒いぐらいだった。突然寒さに気づいた様子で、真司がエアコンのリモコンを手にする。咳きこむような音に続いて、エアコンが暖風を吹き出し始めた。そのタイミングで、女性がリビングルームに入って来る。これが礼央の母親、孝子（たかこ）だろう。やはり憔悴（しょうすい）しきった様子で、足取りもおぼつかない。

村野は頭の中でデータをひっくり返した。真司は六十二歳、孝子は五十九歳のはずだが、二人とも実年齢よりずっと老けて見える。十年間の苦しみが、今日一日で一気に現実になって肩にのしかかってきたのかもしれない。

さて……話は安川に任せるとして、自分は司会役に徹しようと村野は決めた。

「お座りいただけますか」二人を、応接セットのソファに誘導する。安川に目配せして、その向かいにある一人がけのソファに座らせた。立っていた恵美にもうなずきかけ、安川の隣に座るよう、無言で指示する。恵美は遠慮がちに、浅くソファに腰を下ろした。村野と梓は、少し離れたところで立ったまま見守ることにする。こういう説明で安川がヘマするとは思えなかったが、少しでも様子がおかしくなったら、すぐに介入するつもりだった。

「遺体が発見されたということは、もうお聞きになったんですね？」安川が確認した。

「近所の人が教えてくれました」真司がうなずく。さらに続けようとしたが、痰が絡んで言葉が濁る。二度、咳払いしてから話を続けた。「幽霊屋敷で遺体が見つかったって」

「見に行きましたか？」

「ええ。でも、ブルーシートがかかっていて、何も見えませんでした。安川さん、本当に礼央なんですか？」

「断定できる材料は、まだありません」安川が冷静に答える。「遺体は完全に白骨化していて、埋められてから長い時間が経っているのは明らかです。礼央さんかどうかは、入念に調査してみないと断言できません」

「私たちに、何かできることはないんですか？」真司が必死な調子で訴えた。

「今のところ、ご面倒をおかけすることはありません」

十年前に調べた時に、礼央の指紋やＤＮＡ型の鑑定に使えそうなものは集めていたはずだ。身元の確認は、基本的に科捜研の仕事になる。

「そうですか……」真司が深々と溜息をついた。「でもまさか、十年も経ってから……」

「遺体はまだ、礼央さんと決まったわけじゃありません」安川が言ったが、それも慰めにならないようだった。

「でも、違ったら……礼央はまだ見つからないことになる。せめて、葬式だけでも……」

「パパ!」孝子が低い声で忠告した。「まだ決まったわけじゃないのよ」

「しかし、もう十年も経ってるんだ」どうやら真司の方が、諦めが早いようだ。この十年の間のどこかで、緊張の糸が切れてしまったのかもしれない。

「だけど、あの子は――生きてます」孝子は譲らない。

「それは――」

夫婦の会話が、何かに断ち切られたように途切れる。安川が、そのタイミングで割って入った。

「身元が確認でき次第、またご連絡します。それと……お詫びさせて下さい」

「お詫びって、やっぱり礼央なんですか?」孝子が身を乗り出す。

「ですから、まだ分かりません。しかし、未だに娘さんを見つけられていないのは、私たちの責任です」

「一生懸命やってくれたじゃないですか」真司が助け舟を出した。「でも……本当は、事件だったんじゃないですか? あの、礼央とつきあっていた三川という男は、今どうしているんですか」急に火が点いたように、真司が声を張り上げる。「あの男は、もっと厳しく締め上げるべきだった。我々がやってもよかったんだ」

「それは警察の役目です」安川が低い声で反論する。

「あの男なんでしょう？ あいつは今、何をしているんですか？」

「彼は容疑者ではありません」

「冗談じゃない！」真司が立ち上がった。「あいつ以外に、あんなことをする人間はいない！」

「あんなこと、とは何ですか」安川が少しだけ苛ついた口調で言った。

「あいつが礼央を殺したんだ！ 三川はどこにいるんですか！」

「その件は警察に任せて、軽々な行動は控えて下さい」

「私は――」

真司が肩を大きく上下させた。これが彼の怒りの抑え方なのかもしれない。急に萎んだようになって、ソファにどさりと腰を下ろすと、両手で頭を抱えて黙りこむ。隣に座る孝子は何も言わない。夫の肩に手ぐらい添えてもいいような気がするが、夫婦はそれぞれ、自分の殻に閉じこもっている感じだった。

「とにかく、遺体については最優先で調べます。分かり次第お伝えします――こんなことしか言えないのは、本当に申し訳ないですが」

「いえ」真司が顔を上げ、ぶっきらぼうに答える。しかし、それまでの自分の態度を反省したのか、突然「すみません」と頭を下げた。

「こんな話をするのは本当に残念です」安川が、心底残念そうに言った。

「まったくです。取り乱してしまいました。申し訳ない」

「誰だって平気ではいられません……そう言えば、優太君はどうしていますか？」

「今、カナダに留学中です」

「カナダ？　大学ですか？」

「大学院です。機械工学を専攻していて、今年の夏にも帰って来る予定です」

「優太君は昔から優秀でしたよね。でも、カナダで大学院とはすごいですね」

「金がかかって大変ですよ」真司が苦笑する。息子の話をしていると、少しはリラックスできるようだった。

「今もお勤めなんですか？」

「ええ、定年延長で。給料はずいぶん安くなりましたけど、六十五歳までは働けます。働かなくなったら腑抜けてしまいそうなので、もう少し頑張りますよ。優太の留学も続きますし」

ようやくその場の空気が和む。村野は安川に視線を送った。ここは、あまり長引かせない方がいい——安川が素早くうなずき、「では、また改めてご連絡します」と繰り返し、立ち上がった。

何とか無事に家を出られた。さすがに村野も緊張感にやられ、ドアが閉まった後でゆっくりと息を吐いた。

「お疲れ様」安川に声をかける。

安川はうなずいたものの、無言……やはり相当きついプレッシャーを受けていたのは間違いない。

「クソ！」短く叫ぶと、安川が覆面パトカーのタイヤを思い切り蹴飛ばした。彼もかなり痛みを感じていたはずだが、そんな素振りは見せず、覆面パトカーの屋根に両腕をのせて突っ伏す。このままパトカーが、彼のストレス解消の標的になってしまいそうだったので、村野はそっとその肩に手を置いた。

「一回、落ち着こうか」

「いや、大丈夫です」安川が背中を伸ばし、天を仰いで深呼吸した。それで何とか怒りは鎮まったようで、「すみません」と低い声で謝った。

「いや、俺が痛いわけじゃないから。もしもパンクしてたら、立川中央署の方で処理してくれ」

村野は恵美に視線を向けた。恵美が苦笑しながらうなずく。

「さて、ちょっと明日以降の打ち合わせをしたいんだけど……ここにいるとまずいから、少し移動しようか」

「署に行きますか？」恵美が訊ねる。

「立川中央署の偉いさんにも挨拶しておきたいんだ。明日以降、もっと面倒な状況になる可能性もあるから」

「じゃあ、取り敢えず署まで戻ります」

「運転手代わりに使って、申し訳ない」

「とんでもないです」

　ここからは事務的な話になる。まだ仮定の部分が多いのだが、どちらに転んでも真中家のフォローは必要だろう。遺体が礼央なら当然だが、そうでなくても、あの夫婦は十年ぶりに気持ちを強く揺さぶられたのだ。おかしな方向へ走り出さないよう、気をつけてケアしていかねばならない。

「村野」

　車に乗りこもうとした瞬間、知った声に呼びかけられ、村野は周囲を見回した。

「ガンさん」

　捜査一課時代の先輩の岩倉……そう言えばこの春の異動で、南大田署から立川中央署に転勤になっていたはずだ。早速事件に巻きこまれたのか。相変わらず、事件に好かれているようだ。

「聞き込みですか」

「ああ。お前は……」岩倉が、歩きながら真中家の玄関にちらりと目をやった。「まだ被害者家族と決まったわけじゃないよな？」

「何とでも対応できるように、情報収集中です」

「そうか。そっちも仕事だからしょうがないけど、うちの邪魔をするなよ」

「呼ばれたから来たんですが」ムッとして村野は言い返した。「そちらの要請ですよ」

「俺が要請したわけじゃない」岩倉が肩をすくめた。「じゃあな」

「まだ仕事ですか」村野は左腕を上げて時計を見た。既に午後七時を回っている。

「初日だぜ？　やるべきことはいくらでもある」

「どうぞご自由に」

岩倉がニヤリと笑い、人差し指と中指を揃えて額に当てた。何だか気に食わないな……岩倉とは昔同じ課にいただけで、接点はほぼなかった。彼の伝説的な記憶力のことは知っていたものの、それを直に見る機会もなかった。それ故、実際にはどういう人か分からないのだが、こんなに攻撃的な感じだとは思わなかった。

現場を担当する刑事の中には、支援課を露骨に邪魔者扱いする者もいる。被害者や被害者家族に事情聴取をしている時に、相手が傷つくのが心配になって、「待った」とストップをかけるからなのだが、こちらだって好きでやっているわけではない。刑事たちがもっと丁寧に、気を遣って事情聴取をしてくれれば、支援課としては何も言うことはない。答えを求めるのを急ぐあまり、乱暴な質問で相手を傷つけてしまうことを何とも思わない刑事がどれだけ多いことか。ベテランの岩倉は、そういう古い人権意識の持ち主なのだろうか。

岩倉の背中を見送ってから、車に乗りこむ。敢えて、ハンドルを握る恵美の横に座った。恵美が車を出すとすぐに、「ガンさんって、あんなに攻撃的な人だったかな」と訊ねる。

「さあ……私も会ったばかりですからよく分からないですけど、普段は普通の人ですよ。むしろ丁寧なぐらいです」

「そうか」村野は首を捻った。とすると、何故か俺だけを目の敵にしているのだろうか。岩倉から敵視される理由は分からないが、支援課に対する反発を俺にぶつけているのかもしれない。

だとしたら岩倉も、古いタイプの捜査一課至上主義者だ。そういう人にきちんとした意識を植えつけるのは、被害者支援の仕事そのものよりもずっと難しい。村野は、支援課で散々そういう経験をしてきた。

5

翌朝、村野は自宅から直接立川中央署へ向かった。電車に乗っている時間は一時間にも満たないのだが、住んでいる中目黒からはえらく遠い感じがする。

北口のペデストリアンデッキに出て、多摩都市モノレールの立川北駅の脇を通り、さらに長く続くデッキで北へ向かう。地上に降りるとそこは、西大通り。左側にかすかに見えている昭和記念公園の向こうが立川中央署だ。そうそう、こういう感じだった……

何年か前、この辺を何度か通って、えらく都会だと感じたのを思い出す。さすが、立川は多摩地区の中心都市だ。

村野は特捜本部に入っているわけではないので——そもそも特捜もできていない——こんなに朝早く来る必要はなかった。西大通りを歩き出した時には、まだ午前九時過ぎ。今頃は捜査会議の最中だろうし、自分が顔を出してもやれることはない。昭和記念公園で花見でもしていこうか——いやいや、のんびりしている場合じゃないんだぞ、と自分に気合いを入れた。立川中央署へ行くのはあくまで情報収集、そして万が一の事態に備えるためだが、この件が非常に難しくなるのは分かっている。普段にも増して緊張感を持って臨まないと、いざという時に対応できない。

村野は公園には入らず、その東側を歩いて署に向かった。右の方をモノレールが走っているはずだが、この位置からは高架は見えない。道路を挟んだ向かい側では、何か工事中……「第二都心」の役割を任されているこの街が完成するのは、まだまだ先のようだ。

しかし岩倉は、どうしてこんなところにいるのだろう。驚異的な記憶力を重宝され、捜査一課でずっと活躍してきたのに、数年前に突然南大田署に異動し、今回の勤務先はさらに本部から遠い立川中央署である。家族と上手くいっていないという噂は聞いたことがあるが、それと関係あるのだろうか。

考えているうちに、大きな交差点に出る。この辺を歩いていると、何となくアメリカっぽい感じがしないでもない。村野は一度もアメリカに行ったことはないのだが、大リーグ好きなので、グーグルマップで各球団の本拠地の様子をよく見ている。郊外の球場の場合、地平線まで見えそうな平地に、巨大な球場がぽつんと建っていることも珍しくない。この辺は土地がフラットで道路も広いので、そういうアメリカをイメージさせるのだろう。

交差点の左手奥に災害医療センターがあるのを確認し、交差点を渡ってから左折する。すぐに、右手に六階建ての大きな庁舎が見えてきた。道路の両脇に街路樹が綺麗に整備されている他に、幅広い中央分離帯にも一直線に木が植えられている。特に立川中央署の向かいにある八方面本部との間の中央分離帯は、細長い森と言えるほどの樹勢だった。人工的な感じではあるが、これはこれで悪くない。少なくとも、署にいて窓の外に視線を向けただけでも、気分転換になるだろう。

岩倉がいるとやりにくいと思ったが、捜査本部が置かれた会議室に顔を出すと、彼の姿は見当たらなかった。朝の捜査会議も終わり、早々と出動したのだろう。ほっとして、刑事課長の三浦亮子を見つけて挨拶をする。

亮子は小柄な女性だが、非常に意思が強そうな顔をしていた。こういう人は怒らせると怖いんだよな、と村野は警戒した。しかし実際に挨拶すると、なかなかいい笑顔で歓迎してくれた。

「もしかしたら迷惑をかけるかもしれないけど、その際はよろしくお願いします」

「仕事ですから」村野はうなずいた。「身元確認はまだなんですよね？」

「科捜研からは、今日の午前中には結果を出すと連絡が入ってるわ」

「だったら、うちの仕事の本番はそれからですね。ここで待機していていいですか？」

「もちろん。それまでゆっくりしていて。コーヒーは？」

「自分で準備します」

村野は会議室の中を見回した。予想通り、部屋の片隅にコーヒーの入ったポットが用意してある。プラスティックカップに入れて飲んでみると、信じられないほど不味かった。苦味が強烈なのに、味そのものは薄い。どうやったらこんな味になるのか謎だった。人のコーヒーを飲んでおいて怒る権利はないんだぞ、と自分に言い聞かせ、村野は空いた席に座って自分のノートパソコンを立ち上げた。ネットで各紙の朝刊ニュースをチェックする。紙面でどの程度の扱いになっているかは分からなかったが、どこもそれほど長い記事にはしていない。十年前の真中礼央の失踪事件に関して触れている記事は、まだなかった。気づいていないのか、あるいは広報の方で記事にしないよう依頼したのか。後者ではないかと村野は推測した。「まだ身元の確定ができないから、失踪事件については触れないで欲しい」と広報の連中が頭を下げるのは自然だ。マスコミが騒がないうちに、できるだけ捜査を進めさせたい——現場の刑事をバックアップするのも広報の仕事だ。しかし、遺体の身元が確認できれば、礼央の失踪事件と絡めて書いてくるだろう。

村野は、会議室の前方のテーブルについている亮子に目をやった。ちょうど電話を終えたところ……話すタイミングだ。

「新聞各紙は、失踪事件との関連を書いてきませんでしたね」

「一課と広報が、伏せるように頼んだみたいよ」

「それが正解ですね」やはりそうか。「騒がれると煩いですし」

亮子がかすかに笑った。眼鏡をかけると、傍に積み上げておいた新聞の山に手を伸ばし、一番上にあった東日新聞の社会面を広げ、記事を確認する。事件好きの東日でも、この件は第二社会面でベタ記事だった。「殺人事件だ」と断定して発表したかどうかは分からないが、今は、殺人事件でもこの程度の地味な扱いになるのが普通だ。

「ご家族の方、どう思う？」

「不安定ですね」村野は即座に答えた。「昨日、短い時間観察しただけですけど、態度が結構変わりました。この状態だと仕方ないと思います」

「身元が分かったら……」

「そこからが本当の仕事です」村野はうなずき、コーヒーを一口飲んだ。やはり、想像を絶する味だった。「ところで容疑者なんですけど、居場所は確認できたんですか？」

十年前、礼央と交際していた男。高校の同級生だったという話だから、今は二十八歳になるはずだ。

「それがね……」亮子が渋い表情を浮かべる。「入院中なのよ」

「事故ですか？」二十八歳というと、病気とは考えにくい。

「病気」亮子が断じた。「詳しい症状は今調べさせているけど、ガンらしいの」

「若いのに？」

「若年性のガンの方が、たちが悪いでしょう」亮子が顔をしかめる。「進行が速いから、見つかった時にはもう手遅れということも珍しくないみたいよ」

「今どこにいるんですか？」まるで警察の追及を逃れるように大阪の大学へ進学したという話は、昨夜村野も聞いていた。

「東京。府中の病院に入院しているわ」

「大学は大阪だったんですよね？」

「そう」亮子が手帳を開く。「大阪の大学を卒業して、そのまま向こうの地銀に就職したみたいね」

「東京へ帰らなかった理由は何なんですか？　まるで逃げてたみたいですけど」

「それは私には何とも言えないけど、そういうイメージは拭えないわね」亮子がうなずく。

「でも警察的には、追及はできなかった」

「昨夜、安川部長と話したけど、当時も決定的な証拠はなかったみたい。ただ、三川という男も結構態度が悪かったみたいで、そのせいで警察の印象も悪かったのね」

「安川部長、相当悔しがってましたよ」

「この件は、ずっと気持ちの底で燻ってたんでしょう。そういうこと、あるでしょう？　追跡捜査係なんて、昔の事件を掘り起こして、当時の担当刑事に居心地の悪い思いばかりさせているし」

　苦笑しながら村野はうなずいた。捜査がストップしてしまった事件を追跡捜査係が解決すれば、最初の段階で動いていた刑事たちは「無能」の烙印を押されてしまう。

「入院中ということは、事情聴取はできないんですか？」

「それも含めて、今、調べてるわ。うちの刑事を病院へ派遣したから……ちょっと待って」

　亮子はスマートフォンを取り上げた。マナーモードにしてあったようで、村野は着信にまったく気づかなかった。

「はい――それで、容態は？　そう……じゃあ、無理はできないわね。一度引き上げて、詳しく話を聴かせて」

　てきぱきと指示して、亮子が電話を切る。小さく溜息をついてから「面会謝絶」と短く言った。

「そんなに悪いんですか？」

「スキルス性の胃ガンみたいね。進行が速いから、急激に症状が悪化している」

「手遅れということですか？」

「その辺は詳しく聴いてみないと分からないけど、本人への事情聴取は無理かもしれないわね——ちょっと待って」

亮子がまたスマートフォンを取り上げる。今度は別の相手のようだ。

「どうだった？　話は聴けたのね？　うん……」手帳を広げ、ボールペンを構える。時々相槌をうちながらメモを取るうちに、一ページがすぐに黒く埋まった。「取り敢えず、向こうとはつながってるわけね？　どんな感じだった？……そう、ちょっと面倒なことになるかもしれないわね。でも、それは今のところ気にしなくていいから。このまま現場の聞き込みに転進して」

電話を切った亮子が、手帳を見直しながら顎を撫でた。眼鏡を外すと、ボールペンの先で手帳を突く。

「面倒なことでも？」自分には口を出す権利がないと思いながら、村野はつい訊ねた。

「三川の家族に会ってきた刑事からの報告なんだけど、かなり反発しているようね」

「それはそうでしょう」村野はうなずいた。十年前には、具体的な名前こそ出なかったものの、週刊誌などは三川を犯人扱いして報道していた。ネットでは名前も特定されており、三川とその家族が、四方の壁がじわじわと迫ってくるような恐怖を味わっていたことは想像に難くない。好奇と非難の視線に晒され、地域のコミュニティの中で息を殺して生きているしかなかっただろう。何とか沈静化したと思っていたはずだが、いきなりまた警察が訪ねてきたのだから、心中穏やかでいられるはずがない。しかも当の息子は入院中で、おそらく生死の境を彷徨っている。

「三川は、大阪で普通にサラリーマン生活を送っていたんだけど、去年の秋ぐらいに体調を崩して、ガンが発覚したのね。その時点で余命宣告を受けるぐらいの状態で、両親が説得して会社を休職させて、東京の病院に入院させたのよ」

「自分たちで面倒を見るつもりなんですかね」

「おそらく。大阪は、近いようで遠いじゃない。そんなに頻繁に見舞いに行くわけにもいかないだろうし、向こうに住んで世話をするのも、現実味がなかったんじゃないかしら。それで東京の病院に入院させた——実際、三川の父親が勤めている病院なのよ」

「父親は医者なんですか？」

「事務の方」

「昔からその病院にいるんですか？」

「そうみたいね」

だとすると、その病院は相当太っ腹というか、鷹揚だ。病院も、世間の評判を非常に気にする。仮に職員の息子が事件に関係していると疑いをかけられ、それが世間に知られたら、やんわりと辞めさせるのではないだろうか。

「ネットで悪い噂が立ちそうですけどね」

「三川の家は、医療一族なのよ。親族には医者もたくさんいるし、病院関係者も多い。父親が勤めている私立の病院も、一族の経営なのよ」

「だから、追い出すわけにはいかなかった、ということですか。しかし、そういう一族の息子が不良っていうのも……」

「不良とは言ってないわよ。ちょっと遊び好きだっただけかもしれない」

「夜遊びはしてたけど、犯罪行為には手を出していない、というレベルですか？」

「ただねえ……夜遊びをしていたら、悪いことに手を出していなかったとは断定できないでしょう。クラブとかでは、ドラッグだってよく出回っているし」

「当時、尿検査とかしたんですかね」

「記録が残ってたわ——シロ」

「そこまで悪いことはしてなかったんですかね」

「不良度で言えば、行方不明になった礼央さんの方が何段も上だったみたいね。クラブ遊びだって、彼女が三川さんを誘ったみたいだったし、中学生の頃にもう万引きで補導歴があって、薬物の噂もあったのよ。高校で売りさばいていたという噂が流れていて、その件は失踪する前にだいぶ突っこんで調べたみたいだけど、裏は取れなかったようね」

「売人ですか？」

「そういう容疑だったみたい」亮子が厳しい表情でうなずく。「とにかく、あまり褒められたカップルじゃなかったわけよ。でも、家族は別だから。もしもまた三川を調べていることが明るみに出たら、十年前よりもマスコミの取材攻勢は厳しくなるでしょうね」

「それは間違いないですね」村野はうなずき返した。

「当然、家族に対する取材攻勢も始まるから、相当用心しないと」

「そうですね」彼女は何を心配しているのだろう、と村野は首を傾げた。今は、白骨遺体の件で頭が一杯のはずだ。容疑者になるかもしれない人間の家族のことなど、副次的な問題に過ぎないだろう。「何か問題でもあるんですか？」

「あなた、私のこと、どう見てる？」

「え？」

唐突な質問に、村野は言葉を失った。何か微妙な意味がありそうなので、迂闊には答えられない……村野が黙っていると、亮子がぺらぺらと喋り出した。

「刑事として、管理職としてどうか、ということ。女性であることは、一度こっちへ置いておいて」亮子が目の前にある透明の箱を右から左へ動かす振りをした。「どういうタイプの捜査官だと思う？」

「そう言われても……まだ会ったばかりじゃないですか」本気で自分の評価を聞きたいのだろうか、と村野は訝った。「でも、てきぱきしてますよね。指示も的確だ」

「私もいい歳だから、経験はたっぷり積んでるわけよ」亮子がうなずく。「その経験の中で、私は警察がまだ手をつけていない——つけにくいことがあるのに気づいたわ」

「何ですか」

「容疑者の家族のケア」

村野は一瞬絶句した。確かに彼女の言う通りではあるのだが、それは支援課の仕事とは正反対である。支援課は、被害者のために動く。そして亮子が言う通り、容疑者の家族は置き去りにされてしまう。世間からは「犯人の家族」と名指しされ、それまでの生活をキープしていけなくなることさえある。だが村野の感覚では、家族を失った人間のケアの方がはるかに大事だ。

亮子は「容疑者家族支援」を言っているわけだが、どんなことをすればいいのか、想像もつかない。

「警察がそういうことをやるべきかどうかも分からないけど、個人的には、放置しておいていいとは思えないのよね」

「ええ」同意はできないが、村野は相槌を打った。亮子は、容疑者家族とのつき合いの中で、辛い目に遭ったことがあるのかもしれない。

「昔は、被害者や被害者家族に対するケアだって、全然できてなかったでしょう?」

「そうですね」

「でも今は、あなたたちが頑張っている。ちゃんと成果も上げていると聞いているし、私もあなたたちの仕事ぶりは評価するわ。でも、事件にかかわる人の中には、まだ置き去りにされている人がいるのよね」

「それが容疑者の家族、ですか」

「そう」亮子がうなずく。「フォローするための方法があるんじゃないかって、個人的にずっと考えてるの。例えば、支援課みたいな組織を別に作って対応するとか……もちろん、所轄の課長が声を上げても、簡単には実現しないだろうけど」

「何かあったんですか？」

「話せば長いんだけど――ちょっと待って」

また着信。亮子が眼鏡をかけ直すとスマートフォンを取り上げ、手帳を開いてボールペンを構える。一連の動作は流れるようだった。

「はい、三浦――ああ、お疲れ様です……そうですか。確定、でいいですね？」

亮子が村野に向かって、OKサインを出して見せる。遺体の身元が確認された、ということだろうか。そうなると、こちらの仕事も急に忙しくなる。

「では、書類は送って下さい。こちらは、確定したという前提で動きますから。すみません、手早くやっていただいて」

通話を終えると、亮子がふっと息を吐いた。急に目に力がこもったように見え、背筋もしゃんと伸びている。おそらく今までは、亮子にとっては無駄な時間だったのだろう。

「白骨遺体の身元が、真中礼央さんと確認されたわ」

「今の電話、科捜研からですか？」

「そう。これから解剖も始まるけど、身元については間違いないわね」

「了解しました」村野は立ち上がり、さっと一礼した。これまでの無駄話――無駄だったとは思えないが――はこれで終了。いよいよ支援課の仕事は、難しいフェーズに入る。

冷めてさらに不味くなったコーヒーを飲み干し、支援課に電話を入れて、係長の芦田(あしだ)に状況を報告した。

「そうか、面倒なことになったな」

何かと心配性の芦田が声を潜める。胃痛を堪(こら)えているような表情まで想像できた。

「はい。あまり例のないケースですね」

「どうする？　援軍を出そうか？」

「いや、今のところは一人で何とかできます。ただ、念のために誰か待機させてもらえますか？　状況が変わったら、すぐ連絡します」

「そこは遠いから、急には動けないんだよな……最初から署に行って待機しておいた方が、無駄がないんだが」

「その判断はお任せします」

「じゃあ、松木(まつき)を出すよ」

松木優里(ゆり)は、村野とは大学時代からの友人であり、支援課発足当初から在籍している最古参のスタッフだ。いわば支援課の生き字引。ただし、双子の子の母親でもあり、現場ではあまり無理はできない。まあ……最悪、一人でも何とかなるだろう。

「取り敢えず、署へ向かわせて下さい。こっちは動いてるかもしれませんけど、どこにいるかは連絡します」

「了解」

さて——村野は両手を叩き合わせた。一点ビハインドの状態で、ディー・ゴードンを一塁においたピッチャーの心境はこんなものだろうか。長打が出れば一気に本塁を陥れるランナーを背負って次打者と対峙する感じ。あるいはゴードンは思い切り走ってくるかもしれない。何しろ、メジャーで三度盗塁王に輝いた俊足の選手なのだ。ランナーに目を配りながらも、まずは打席のバッターに集中する——喩(たと)えとしてはイマイチだな、と村野は苦笑した。

6

クソ、何だか乗り遅れた感じだ。

岩倉は、通話を終えると思わず舌打ちして、スマートフォンをスーツのポケットに入れた。

既に午前十一時近く。坂上の到着は遅れている。朝九時過ぎに羽田に着く便に乗ったはずなのに……西改札を出た正面にあるコーヒーショップの前で待っていると告げたのだが、坂上は一向に姿を現す気配がなかった。羽田から立川までは、品川、新宿を経由して一時間半ほどのはずだが、もしかしたら迷っているのかもしれない。立川駅は巨大なターミナル駅で、北口と南口をつなぐコンコースも異常に長い。

三十分以上待っている間に、亮子から「遺体の身元が正式に確認された」と電話が入ってきた。身元が確認されれば、事態は一気に動き出す。そういう流れに身を浸したかったが、今のところ、ここで坂上を待ち続けるしかないのがもどかしい。

「どうも、遅れてすみません」

声をかけられ、はっと顔を上げると、目の前に冴えない風貌の男が立っていた。身長百六十五センチぐらいで小太り。ネクタイを外したスーツ姿で、腕にはコートをかけていた。丸い鼻の横に、かなり目立つ大きな黒子（ほくろ）がある。大きな、重そうなデイパックを背負っているせいか、額には汗が滲（にじ）んでいる。今日は冬に戻ったように冷えこんでいるのだが、そんなに焦ったのだろうか。

「坂上さんですか？」即座に確認する。

「坂上です。遅れまして、すみません」坂上が繰り返し言って頭を下げる。よほど急いでいたのか、固そうな髪には寝癖がついて、右の方がおかしな具合に盛り上がっていた。

「大丈夫です」身元が確認された情報を告げてもよかったが、ここでそういう話をするのはまずいだろう。「南口に車を用意してありますから、すぐに行きましょう。休憩は必要ないですね？」

「ええ」

「では」

岩倉は先に立って歩き出した。小柄なせいか、坂上は岩倉のスピードに合わせて歩くのも難儀そうな感じだった。デッキを渡って南口大通りに出て、近くのコインパーキングに誘導する。覆面パトカーの助手席に落ち着くと、坂上が大きな溜息をついた。

「遠いところ、わざわざすみませんでした」エンジンをかけて、岩倉は言った。

「いえ、こちらも不動産屋と話をしなければいけないので、来る必要はありました。今、現場はどうなってるんですか？」

「まだ封鎖されています。いろいろと調べなければならないことも多いので」

「じゃあ、解体作業はストップしてるんですね？」

「ええ。ただ、警察の作業は今日中には終わると思いますよ」

「そうですか……しかし、参ったなあ」体を捻ってズボンからハンカチを取り出すと、勢いよく額の汗を拭う。

「確かに大変ですよね」

「こんなことが起きるなんて、想像もしてませんでした」

「私の口から言うことじゃないかもしれませんが、空き家問題でもありますよね」

「何だか、申し訳ない感じです。もっと早く家を処分していたら、こんなことにならなかったかもしれないですよね」

「あなたも被害者のようなものですよ」坂上の愚痴はもっともだと思いながら、岩倉は慰めた。確かに坂上――坂上の父親がさっさと家を処分していたら、今頃あそこには新しい家が建ち、誰かが住んでいただろう。当然、そんなところへ遺体を遺棄しようとする人間はいない。

いや、そもそも遺体がいつ埋められたのかも分からないのだが。

ドライブは数分で、岩倉たちは現場に到着した。多摩川の堤防沿いの通りに車を停めると、坂上を現場に案内する。相変わらず歩くのが遅い……現場を見たくないのでは、と岩倉は推測した。

「遺体はもう、運び出されています」

「ああ……」坂上が両手で顔を擦(こす)った。

「そこから入れますから」

岩倉は、ブルーシートが途切れているところまで坂上を誘導した。そこが出入り口になっていて、制服警官が一人、厳しい表情で立って警戒している。岩倉が「捜査」の腕章をつけると、すぐに気づいてさっと敬礼した。

ブルーシートで覆われた空間は、どこか非現実的な感じになる。上まで塞がれているわけではなく、春の陽光は敷地内に降り注いでいるが、周辺全体を青いシートが覆っているので、青い壁に囲まれた部屋にいるような気分になる。

「遺体が発見されたのは、そこの穴なんです」

「はあ……」岩倉が説明しても、坂上は前へ進み出ようとしない。遺体が掘り起こされた後の穴から、幽霊でも出てくるのではないかと恐れているようだった。

「あまり見たくないですよね」

「すみません。こういうことは経験ないので」

「そうですよね」岩倉はうなずいた。「もう建物は壊されていますが、当時の様子は分かりますか？」

「いや……あまり記憶にないんですよ。写真とかも撮ってなかったし」

「そうですか。本当に縁がなかったんですね」

「すみません、役に立たなくて」坂上がうなだれるように頭を下げる。

「とんでもない。このまま、少し話を聴かせていただけますか？　署に行くまでもないので、車の中で構いません」

「ええ」

ブルーシートの外へ出ると、坂上がほっとした表情を浮かべた。気持ちは分かる。あの中にいると、何となく自分まで汚れてしまうような気分になるのだ。空気も淀んでいるし、嫌な密室にいるのと同じようなものである。今回は白骨遺体だからまだましだが、腐敗した遺体の場合、しばらく臭いが周辺に漂い、服にまで染みついてしまう。

岩倉は、恵美を見つけて声をかけた。小走りで近づいて来たが、聞き込みがきついのか、もう疲れきっている感じがする。

「家の持ち主の坂上さんだ」岩倉は紹介した。

「立川中央署の熊倉です」恵美がさっと頭を下げる。

「どうも……」坂上が居心地悪そうに一礼した。二人の刑事を前にしたら、リラックスできるわけもないだろう。

か？」

「これからちょっと話を聴くんだけど、他に急ぎの仕事がなければ、手伝ってくれない

「分かりました。署ですか？」

「いや、時間がもったいないから、車の中で済ませる」

「了解です」恵美がほっとした口調で言った。実際疲れているのだろう。聞き込みは、肉体的というより、精神的に疲れる仕事だ。特に、ろくな証言も得られないまま家のドアをノックし続けていると、徒労感だけが募ってうんざりしてくる。

恵美が運転席に座り、岩倉と坂上は後部座席に並んで腰かけた。

「ちょっと窓を開けていいですか？」坂上が遠慮がちに切り出す。

「暑いですか？」岩倉の感覚では、スーツの上に「現場服」のマウンテンパーカーを着たままでちょうどいい気温なのだが。

「いや、気分が……」

「むかつきますか？」

「何となくですけど」

恵美が車のエンジンをかけ、後部座席の窓を細く開けた。少し冷たい空気が流れこんできて、岩倉は一瞬身震いした。坂上がまた、ハンカチで顔を拭う。

「一ヶ月ほど前に下見に来たんですよね？」

「ええ。その時が、ほぼ十年ぶりだったかな」

「そんなに頻繁には来られませんよね」

「札幌は遠いですから、里帰りもあまりしなかったんです。家族全員で飛行機で帰るだけでボーナスが吹っ飛んでしまうと、父親がぼやいてましたよ」

確かに……盆暮れの帰省だけでも、経済的な負担は大変なものだろう。それでも、遠距離の帰省をする家族はいるものだが。

「もしかしたら、あまり家族仲がよくなかったんですか」岩倉はずばり訊ねた。

「まあ……正直に言えば」坂上が認めた。「親父が両親と——私の祖父母とあまり上手くいってなかったみたいですね。わざわざ北海道の大学へ行ったのもそのせいだと聞いています。さすがに私が子どもの頃は、たまには祖父母に会わせないといけないと思っていたかもしれませんけど、ここへ来るのは嫌でしたね」

「親子喧嘩とか？」

「口喧嘩というか、ぎすぎすした感じになって、子ども心に居心地が悪かったですね」

「でも、お父さんは家を相続せざるを得なかった」

「それはしょうがないけど、どうして二十年も処分しなかったか、分からないですよ」坂上が首を捻る。「ただ税金を取られるだけで、メンテもしないから、幽霊屋敷になってたんですよね。近所の人にも申し訳なかったです」

「学生の頃東京にいたなら、この家に住もうという気にはならなかったんですか？　家賃はタダでしょう」

「冗談じゃないです」坂上が思い切り首を横に振った。「十年前でも相当ボロボロで、とても人が住めるような状態じゃなかったですよ。整備したら、いくらかかったか」

「ボロボロだったのは知ってたんですか」彼の言葉が、岩倉の頭に少しだけ引っかかった。

「大学が日野だったので、この近くに住んでいたんです。親父に言われて、何度か様子を見に来たんですよ」

「大学はどちらですか？」

「平成経済大です」

「当時はどこに住んでたんですか？」

「日野——高幡不動です」

多摩都市モノレールにも、高幡不動駅がある。立川まで一本で出られる場所だったわけか……岩倉は、頭の中で疑念がモヤモヤと膨らんでいくのを感じた。

「この家は、学生時代にも見に来たことがあるんですよね？」念押しする。

「二、三回ですかね。近所の人に声をかけられて、それからは来てないですけど」

「何と声をかけられたんですか？」

「よく見かけるけど、この家の関係者かって。父親の名義だって言ったら、迷惑だから処分してくれないかって真顔で責められたんですよ。幽霊屋敷ですから、そんな風に言うのも分かりますよね。でも、私個人ではどうしようもないので……居心地が悪くなって、それ以来近づかないようにしてました」

　岩倉は座り直した。幽霊屋敷か……そこに埋められた遺体。礼央が行方不明になった頃、坂上はごく近くに住んでいたことになる。別の市ではあるが、東京では自治体の区割りを気にして生きている人はあまりいない。どちらかというと、どの路線に住んでいるかということの方が重要だ。

「この近くで、女子高生が行方不明になっていたというニュースは知ってましたか？」

「いえ」短い否定。

「当時は結構騒がれて、盛んにニュースになっていたんですよ」

「あまりニュースは見ない――当時はそんなに見てなかったので」

「日野の隣の市の事件だったんですけどね」

「それは関係ないと思いますが」坂上がやんわりと否定した。

「当時も、あの家は相当ボロボロだったんですね？　幽霊屋敷と言われるぐらいに」岩倉はしつこく確認した。

「ええ。それに、庭の木も鬱蒼としていて、小さな森みたいになってました。敷地面積は結構広かったですしね」

「簡単に人が入れるような場所ではない？　子どもなんかが、喜んで入りこんで遊びそうな感じもしますけど」

「どうですかね。普段の様子は見てないから、よく分かりません」

「なるほど……」

「でも、子どもが入りこんで遊ぶようなことはあまりなかったと思いますよ。一応、ブロック塀がありますからね」

塀は、防犯的にあまり役に立つとは言えないが、ある種の心理的な防波堤にはなる。塀があれば、そこは誰かの所有地であり、勝手に入るのは許されない——特に子どもにとっては、塀は高くそびえる障害物ではないだろうか。

「しかし、あそこに遺体を埋めた人がいたのは間違いないんですよね」

「それは、私に言われても困りますが」

岩倉はなおもしばらく話を聴き続けたが、事件につながるような情報は出てこなかった。そうこうしているうちに、昼を過ぎてしまう。

「長々お引き留めしてすみません」事情聴取打ち切りの合図で、岩倉は頭を下げた。

「お送りしますけど、どこへ行かれますか」

「不動産屋と話をしたいので、駅前まで行っていただけると助かります」

「分かりました。いつまでこっちにおられますか？」

「明日帰ろうと思います。不動産屋と話したら、その後伯母に会いに行って、事情を説明するつもりです。まだ詳しくは知らないはずなんですよ」

「最新のニュースでは、発見された遺体は、十年前に行方不明になった女子高生だった、ということです」

「……はい」かすれた声で坂上が言った。

声のかすれ具合が、内心の緊張感を想像させる。岩倉はなおも疑念が膨らみ続けるのを意識したが、この段階ではこれ以上の追及はできない。

駅までの短い道すがら、坂上は何度も「この辺も変わった」と繰り返した。彼が知っている十年前の立川は、今と同じようなものだったはずだが……人間の記憶というのは、時に奇妙にねじ曲がる。その辺は妻の専門なのだが、詳しく話を聴く機会はなかった。岩倉夫婦は独立独歩というか、互いの仕事には口を挟まないのが暗黙の了解だった。そもそも妻の専門分野は、脳科学というより「脳物理学」。脳の様々な活動が、どういう物理的作用から生まれるものか研究する——純粋文系の岩倉の脳は、この「入口」の段階で理解を拒否する。

坂上を立川駅の南口で下ろし、岩倉と恵美はそのまま署に向かった。

「身元が確認された話、君は聞いたか？」ハンドルを握る恵美に訊ねる。

「聞きました。ご家族の担当、誰がやるんですかね」

「君かもしれないけど、嫌か？」岩倉はずばり訊ねた。

「いやあ……」恵美の声が沈みこむ。「昨日の様子だと、相当難儀しそうですよね。正直言って、やりたくないです」

「そうだよな。支援課にやらせておけばいいよ。奴らに妨害されないように、こっちの捜査は上手く運ばないといけないけど」

「岩倉さん、何か支援課に恨みでもあるんですか？」恵美が遠慮がちに訊ねる。

「別に恨みはないけど、そもそも支援課が存在する意義はないと思ってる。昔はあの連中がいなくても、普通にやってたんだし。現場の刑事は、きちんと被害者や被害者家族に気を遣って仕事をしてきたよ」

岩倉の感覚では、支援課が発足して「被害者の人権」や「家族のフォロー」を言い出したからこそ、「現場に問題あり」と指摘されるようになってきたと思う。連中が余計なことをするから現場の人間は萎縮してしまう、という感覚もあった。

「まあ、俺たちは俺たちで、常識的に仕事をすればいいんだよ。被害者家族については、犯人を捕まえるのが何よりの供養になるんだから。恨む相手ができれば、家族だって溜飲が下がるだろう」

「ですよね」

「身元がはっきりしたからには、今後は本格的な捜査に入るんだけど……」

「三川がガンで入院中の話、聞きました？」

「ああ」

「今のところ、三川が唯一の容疑者と言っていいですよね」

「そうだな」岩倉は前に抱えたバッグの肩紐をいじった。このデイパックは、南大田署勤務の時から使っている。自転車通勤の友にしていたせいかもしれないが、傷みが激しく、最近肩紐の長さ調整が上手くいかなくなっている。そろそろ買い換えなければいけないかもしれない。

　毎日普通に過ごしている間にも、様々なことが変化していく。

「岩倉さんはどう思います？」

「何とも言えないな」

　そもそも三川への事情聴取は難しそうだという話だった。面会謝絶の状態では、医師の立ち会いがあっても話は聴けないだろう。本人を追及できない以上、三川に関する捜査は極めて難しくなる。もしもこの男が犯人だとしたら、十年前に何らかの物証が見つかっていたはずだ。十年後に新しい物証が見つかるとはまず考えられず、頼りは本人の証言だけになる。

「それより、さっきの坂上さんだけど、君は何か思わなかったか？」

「坂上さんですか？　とんだ迷惑を被りましたよね」

「それだけ？」

「はい？」

「いや、他に何か感じたことは？」

「何かありました？」恵美が不安げに訊ねる。

「根拠は何もないよ」岩倉は前置きした。「何もないけど、彼は十年前、このすぐ近くに住んでいたんだよな」

「すぐって言っても隣の市ですよ」

「日野――高幡不動だろう？　現場まで、直線距離にしたら三キロか四キロじゃないか。歩いて一時間、自転車だったらもっと早い。もしも車を持っていたなら、ごく近所という感じなんだけど」

「それはそうですけど……岩倉さん、坂上さんを疑っているんですか？」恵美の声がにわかに緊張した。

「十年前の坂上さんは、あの家の持ち主の息子だった。土地勘もあった。それを考えると、真っ白とも思えないんだよな」

「ちょっと偶然に頼り過ぎじゃないですか。それだけの材料だと、いくら何でも疑うには弱いでしょう」恵美が反論する。

「そうだな」岩倉は認めた。「確かに、坂上さんと犯行を結びつけるには、具体的な情報が何もない。でも、彼も関係者の一人とは言えるんだ。できれば、頭の片隅にでもこの可能性を入れておいてくれないかな」

「はあ」恵美は納得いかない様子だった。

「現段階では、三川の線一本に絞るのは危険だ。ちょっとでも怪しいことがあったら、すぐには捨てない方がいい」

「……分かりました。一応、頭に入れておきます」

「ああ」

岩倉はシートの中で少し姿勢を崩した。言ってはみたものの、この推測に関してはやはりリアリティがない。しかし「あり得ない」と否定しても、何故か脳から消えてくれないのだった。

第二章　ノイズ

1

岩倉は新たな仕事を与えられた。三川への事情聴取。

「課長、それはかなりハードルが高いですよ」さすがに、笑顔では引き受けられない。

「だからこそ、ガンさんみたいなベテランにお願いしたいんですよ」亮子が平然とした口調で言った。

「どうですかね……」持ち上げられても、やはり気合いは入らない。面会謝絶の人間と、どう話したらいいのだ？　朝、病院へ行った刑事たちは、担当医から「無理」と一蹴されて、あっさり引き下がってきたはずである。

「あなたも一緒にお願いね」

亮子が恵美に指示する。途端に恵美が渋い表情を浮かべたのを見て、岩倉は逆に覚悟した。三川への事情聴取は、この捜査では避けて通れないことだ。やらねばならないなら、早く済ませてしまおう。そもそも、一刻を争う状況なのだ。三川は「危篤」ではないかもしれないが、既に余命宣告されており、いつ容態が急変してもおかしくない。

「じゃあ、すぐに行ってみます」

「だけど、岩倉さん」恵美が抗議の声を上げた。

「これは難しいけど、必要な捜査だ。それに、三川が入院している病院は、父親が勤めているところだよな？　ついでに父親に話を聴いてみてもいい」

「そうね」亮子が同意した。「私たちは、十年前の捜査状況を正確には知らない。ここでゼロからやり直すつもりで、家族ともパイプをつないで下さい」

「宮仕えの身ですからね……御命令の通りに」

岩倉の皮肉に、亮子が顔をしかめる。それを無視して、岩倉はさっさと会議室を出た。

病院の最寄駅は、京王線の中河原だった。鎌倉街道から少し入った住宅街にある、四階建ての病院。それほど大きくなく、しかも古い。昔ながらの、地元の総合病院ということだろう。

「今、メールが来ました」車から降りた瞬間、恵美がスマートフォンを振って見せる。

「何だって？」

「特捜に格上げだそうです。夕方六時から捜査会議が始まります」

「了解。余裕で間に合うな」

岩倉は覆面パトカーのドアをロックして歩き出した。横に並んだ恵美が愚痴を零す。

「この捜査、無理というか無駄になる可能性、ありませんか？　他の方面からアプローチした方が、効率がいいと思いますけど」

「そうかな」

「本人に会えないのは、朝の段階でもう分かってたじゃないですか。一度駄目だったものは、二度目も絶対に駄目ですよ」

なるほど……亮子は彼女のことを「ややこしい」状態と評していたが、私生活の混乱のせいで、やけに疑り深く、しかも面倒なことを避けたがる性格になってしまったのかもしれない。あるいは昔からこうなのだろうか。こういうタイプは特に珍しくなく、岩倉は扱いも熟知している。次々に仕事を与え、愚痴を言う暇もなくしてしまえばいい。

「まず、俺が担当医と話してみる。その後、三川に事情聴取できればそうするし、できなければ父親に話を聴く——そういう方向でいこう」

「……はい」嫌そうに恵美が同意した。

「父親の方の事情聴取は、君に任せるよ」

「私ですか？」恵美が自分の鼻を指さした。

「俺は、その前のやり取りで力を使い果たしていると思うんだ」

「今からそんなこと、言われても」

「一応、決めておこう。シームレスにいきたいから」

恵美はまだ何か言いたそうだったが、岩倉は無視してさっさと病院に入った。

ロビーは狭く、午後のこの時間も診察待ちの高齢者でごった返している。これだと、三川の担当医を摑まえるだけでも相当時間がかかりそうだ、と岩倉は早くも弱気になっていた。捜査会議までには、何としても署に帰りたい。捜査会議はどうしても出なければならないものでもないが、特捜に格上げされて最初の会議だけは逃したくなかった。特捜全体がどういう方向へ進むのか、その雰囲気を感じ取るのも大事な仕事である。

受付で名乗ると、女性の事務職員に露骨に嫌そうな顔をされた。

「朝も別の刑事さんがお見えになりましたけど」

「対応が甘かったと怒られて、代わりに我々が来ました」

事務職員の顔が引き攣る。岩倉は一転して笑みを浮かべ、「お忙しいとは思いますが、担当医の先生に引き合わせていただけますか」と丁寧に頼みこんだ。

「少々お待ち下さい」

「少々」は五分だった。受付に呼ばれた岩倉は、四階の院長室に行くように指示された。

「院長が担当医なんですね？」岩倉は念押しした。

「ええ」

「それでは、ちょっとお時間をいただきます」

この規模の病院だと、医師は何人ぐらいいるのだろう。院長自らも、朝から夜までずっと診察を続けているのではないだろうか。

階段で四階まで上がり、院長室を訪ねる。部屋の中にいたのは、予想していたよりもずっと若い——三十代後半か四十代前半の、背筋がすっと伸びたイケメンだった。ただし迷惑そうな表情を浮かべているので、イケメンが台無しになっている。岩倉は素早く名札を確認して、院長の名前を「田上」と読み取った。「たうえ」だろうか「たがみ」だろうか……それを確認するのを会話のきっかけにしてもいいが、そういう前振りの手順を取るのも面倒臭い。この場は「院長」で通すことにした。

座れとも言われないので、立ったまま話し出す。

「院長、朝もうちの刑事が来てお話しさせていただいたと思いますが——」

「三川さんの件ですね？」

「はい」

「申し訳ないんですが、面会謝絶とさせていただいています。容態が思わしくないので」

「話をするだけなんですが」

「それでも、体力を消耗するんですよ。病院は、患者さんの命を守るのが仕事なんです。危険な目に遭わせるわけにはいかない」

「殺人事件にかかわることでも、ですか？」

「朝は、そういう話ではなかったはずですが」院長の目が微妙に揺らぐ。朝の段階では、まだ情報があやふやだったのは間違いない。白骨遺体の身元は分からないし、厳密には殺人事件かどうかも確定していなかった――状況的には、殺人・死体遺棄なのはほぼ間違いなかったのだが。

「先ほど解剖が終了して、被害者が殺された可能性は極めて高い、という結論に至りました。肋骨に不自然な傷が二ヶ所、見つかりました。つまり――」

「刃物で刺された」

「失礼しました」岩倉はさっと頭を下げた。「院長に説明する必要はなかったですね。いずれにせよ、これは刺殺された人によく見られる傷です。それともう一つ、DNA型の鑑定で、被害者の身元も確定できました。十年前に行方不明になっていた地元の高校生、真中礼央さんです」

「その名前は、朝も聞きました」

「聞き覚えはなかったですか？　十年前は、相当話題になった名前ですよ」

「何がおっしゃりたいのか分かりませんが、あの時はうちの病院も迷惑を被ったんです。三川さんを取材しようと、無礼な週刊誌の記者やカメラマンが押しかけてきて、患者さんを不安にさせた。彼らの倫理観はどうなっているんですか」

「警察の倫理観とマスコミの倫理観は同じではありません」岩倉は指摘した。「彼らはいくら諭して撤退させても、また押しかけてくるんです。院長、このままだとその時の二の舞になりますよ」

「何ですって？」院長が目を見開く。

「被害者の身元は、間もなく公表される予定です」岩倉はわざとらしく腕時計を見た。

「身元不明の遺体が見つかって、それが十年前に失踪した女性のものだと分かれば、警察としても広報しないわけにはいきません。そうなると、マスコミは十年前の状況にもう一度食いつきます。当時容疑者とみなされていた三川さんがここにいるのも分かってしまうでしょう。三川さんのお父上も、まだこの病院にお勤めなんですよね？」既に分かっていることではあったが、確認してみた。

「家族は関係ないでしょう」

「私もそう思います」岩倉はうなずいた。「ただ、マスコミはそうは考えない。連中を止めるには、三川さんが事件と無関係だということを証明するしかないんですよ。そのためには、事情聴取は絶対に必要です」

「しかし、医者としては認めるわけにはいきません」

「意識はあるんですか？」

「意識はありますが、今は余計な刺激は与えたくないんです。どうなるか、予想もできない部分がありますから」

「では、院長立ち会いの下ではどうでしょう？　まずいと判断されたら、すぐにやめます」

「それでも、イエスとは言えませんね」

「しょうがないですね……だったら、病院として弁護士を手配しておくことをお勧めします。マスコミの連中を追い払うのは、我々では無理ですから」

「そういうのも警察の仕事なんじゃないですか」院長が目を見開く。

「業務外です。物理的に混乱して、トラブルが起きそうな状態だったら、制服組が出て現場を収めます。しかし、警察から『取材をやめて欲しい』とは言えません。報道の自由は大事ですからね」

岩倉は軽い嘘をついた。実際には広報課が仲立ちし、「無理な取材はしないように」とマスコミ側に要請することもある。しかしそういう事情は、外部の人にわざわざ教える必要もない。

「脅すんですか」院長の目が泳いだ。

「いえ。事実です。我々も無用な騒ぎは好みません。捜査の邪魔になりますから……そういう騒ぎを避けるためには、まず三川さんに事情を聴く必要があります」

「——五分ですよ」院長が渋々譲った。

「結構です」岩倉は厳粛な表情を浮かべてうなずいた。取り敢えず最初の壁は突破した。五分と言われても、その場の状況次第でいくらでも伸ばせるだろう。

院長がどこかに電話をかけてから、部屋を出た。途中でベテランの看護師と合流して、病室に向かう。「面会謝絶」の札は、廊下にまで重苦しい雰囲気を発散している。

「では」院長がドアを開け、先に中に入った。

岩倉は職業柄、病室に入る機会は多いが、いつまで経っても慣れない。独特の消毒薬の臭いで頭痛が起きることもしばしばだった。今回はそれに加えて、濃厚に死の気配が感じられる。

「三川さん、ちょっといいですか」院長がベッドの上に屈みこむようにして呼びかけた。目を瞑（つぶ）っていた三川が、ゆっくりと目を開ける。いかにも大儀そうで、寝たり起きたりするだけでも体力を使いきってしまいそうだった。

「ああ……」三川がかすれた声を出した。

「話をしたいという人がいるんです。話せますか？」

「何とか……」

何とかとは言っているが、かなり難しそうな状況だ。大袈裟に言えば骨と皮ばかり。二十八歳といえば、体力的に人生のピークにあるはずで、多少の無理でも乗り越えられるものだが、病は彼の気力・体力をすっかり奪ってしまったようだった。岩倉は免許証の写真で三川の顔を既に見ていたが、その写真と比べるとまったく別人で、顔が半分になってしまった感じだった。何本ものチューブが体に繋がれ、枕元では電子機器が規則正しく小さなビープ音を発している。

岩倉は椅子を引いて、ベッド脇にポジションを取った。恵美は反対サイドで中腰の姿勢を取り、すかさずスマートフォンを取り出して録音の準備を始める。目配せして「準備ＯＫ」の合図をしてきたので、岩倉はすぐに話し出した。

「三川康友さんですね？　立川中央署の岩倉と言います」

「立川……」声は頼りなく、目の焦点が合っていない。

「十年前、真中礼央さんが行方不明になりました。当時あなたがつきあっていた真中礼央さんです。覚えていますね？」

「そんな昔の話……」三川がぎゅっと目を閉じる。

「真中礼央さんが失踪した時、あなたは厳しく事情聴取を受けたはずです。覚えていますよね」

「ああ」

「その真中礼央さんが、遺体で見つかりました。自宅近くの廃屋の庭に埋められていたんです。近所では幽霊屋敷と言われていた家ですが、覚えていますか？」

「知らない」

本当に、と言いかけて言葉を呑みこむ。そう言えば、十年前に三川が住んでいたのは立川ではなく隣の国立、それもＪＲの駅に近い辺りである。礼央と交際していたから、自宅へも行ったことはあるかもしれないが、現場付近の様子をよく知らなくてもおかしくはない。

「真中礼央さんが失踪したことについて、あなたは何か知りませんか？」岩倉は曖昧に質問した。殺したのか、とダイレクトに聴くのは簡単だが、それだと一度否定されてしまった後に質問を続けるのが難しい。

「知らない」即答。

「あなたは真中礼央さんと交際していましたよね？　何も知らないわけがないと思いますが」

「知らない」

繰り返された低い声は、急に甲高くなったビープ音でかき消された。

「そこまでです」院長が慌てて割って入った。トラブルを起こすのは本意ではなく、岩倉は急いで立ち上がってベッドから離れた。三川の唇が動き、何か喋ったようだ。最初の「う」は聞こえたが、その後が分からない。

「早く出て！」

院長に指示され、まだ三川の口元にスマートフォンをかざしていた恵美が慌てて後ろに下がる。「出て下さい」という院長の指示に、二人は素直に従わざるを得なかった。

廊下に出てドアが自動的に閉まると、岩倉はすぐに恵美に訊ねた。

「最後、何て言ったか分かるか？」

「聞き取れませんでした」

恵美が、録音を少しだけ前に戻して再生する。意外に大きな音が飛び出してきたが、そのせいで室内でのやり取りははっきり聞こえた。「そこまでです」これは院長の声。それにつづいて、そこそこはっきりした三川の声が流れる。「ういん」。

「『ういん』って言ったか？」岩倉は恵美に確認した。

「もう一回聞きましょう」

恵美が録音をもう一度再生する。やはり「ういん」としか聞こえなかった。

「ういん、ですね」恵美がうなずく。

「ウィーンじゃないかな」

「伸ばしてません」恵美が唇を尖らせる。「どっちかというと『勝つ』意味の『ウイン』みたいですよ」

「ウイン、ねえ」意味が分からず、岩倉も首を捻るばかりだった。

ドアが開き、院長と看護師が出てくる。表情は険しい。患者を追いこんだのはこの刑事だ、ぐらいに思っているのだろう。

「どうですか？」

「大丈夫です。緊張して、ちょっと血圧が上がったんでしょう」

「だったら、また話が聴けますね」

「冗談じゃない」院長が目を見開き、声を荒らげた。「これ以上刺激を与えるのは絶対に駄目です。今後は、事情聴取は一切お断りします」

「そうは言ってもですね――」

「駄目です」院長が繰り返す。「患者さんを守るのが病院の仕事ですから」

そう言われると反論はできない。たった今、三川の命を危うくしたのは、間違いなく岩倉なのだ。結局、ここで引き下がらざるを得なくなる。

とはいえ、まだ病院を出るわけにはいかない。三川の父親に対する事情聴取が必要なのだ。しかしそれまでに、今の状況を整理しておきたい。二人は一度覆面パトカーに戻り、先ほどの録音を聴き直した。中身は皆無に等しい。三川は基本的にこちらの質問に全て否定で答え、最後に「ウイン」と謎の言葉を残した。あれは、何か別の言葉の一部だったのではないか？　ウインド？　ウインター？　日本語では適当な言葉を思いつかない。

「うわ言みたいなものじゃないですか」恵美があっさり言った。

「あの言葉が出た時は、譫妄（せんもう）状態ってわけじゃなかった」

「でも、意味不明ですよね」

「何か意味があるんだよ、意味が」

岩倉は自分に言い聞かせるように言った。恵美は何も言わなかったが、こちらは早くも「意味がない」と結論づけているのは明らかだった。彼女は、本音がすぐに顔や態度に出るタイプである。

仕方ない。この件はひとまず置いておいて、次は三川の父親だ。院内に取って返し、院長室の横にある事務室に顔を出す。ここに、事務長として父親がいるはずだが……。

「帰った？」事務職員の返事を聞いて、岩倉は思わず声を張り上げた。

「ええ、体調不良ということで」

逃げたな、と判断した。自分たちが息子に会いに来たことは耳に入ったはずで、事情聴取を逃れるために早退したのだろう。そんなことをしても無駄なのだが。

「どうします？」すぐに外へ出ると、恵美が訊ねた。

「もちろん、家まで行くんだよ」

「本当に体調が悪いのかもしれませんよ」

君はお人好しか、と岩倉は呆れた。しかし、ここで彼女をやりこめているような時間はない。

「病気かどうかは、実際に会ってみれば分かるだろう。そもそも、病院に勤めているのだから、体調が悪ければ診察してもらえばいいじゃないか」

府中駅の西側には、けやきが美しく枝を広げるけやき並木通りが南北に走り、その南端が市の象徴ともいえる大國魂（おおくにたま）神社になっている。三川家は、そこから少し東にある一戸建てだった。けやき並木通りは美しく堂々としているが、一本脇道に入ると道路は狭く、入り組んでいる。三川の家はまだ新しいが、狭い敷地に無理に押しこんで造られたような窮屈さだった。いかにも金がありそうな病院一族の人間が住む家としては、控え目に思える。

父親の事情聴取は恵美に任せようと思っていたのだが、結局岩倉は自分でやることにした。人が事情聴取している横で、ただ話を聴いているだけというのは性に合わない。迷わずインタフォンを鳴らすと、ほどなく「はい」と低い声で返事があった。

「三川さんですか？」

「はい」

「立川中央署の岩倉です。少しお話をうかがいたいんですが、お時間いただけますか」

「ちょっと待って下さい」

通話が終わり、沈黙が流れる。このまま無視するつもりかと思ったが、ほどなくドアが開いた。三川の父親、諭は冬用の厚いカーディガンを着て、マスクをかけている。顔色は悪い――そのせいか、六十代後半ぐらいにも見えた。実際にはまだ五十八歳、岩倉より五歳年上なだけなのだが。

「風邪ですか？」あるいは新型コロナ、と岩倉は一瞬引いた。

「そのようです」

無理はできない――しかし、取り敢えず必要なことだけは喋っておかないと。

「十年前に、立川市内で十八歳の女子高生が行方不明になりました。その遺体が、昨日、自宅の近くで発見されたんです」

無言。諭は玄関に出て、ドアを手で押さえていたが、その手が急に強張り、白くなるのが分かった。

「嫌な記憶かと思います。当時、息子さんが散々警察に事情聴取を受けましたよね」

「まったく……」マスクの奥で、諭がもそもそと言った。今にも過激な文句を吐き捨てそうだが、実際にはそれ以上言葉は出てこない。

「遺体が発見されたことはご存じですか」

「ニュースで見ました」

「身元が判明したニュースは、今日の昼過ぎに流れたんです。それを見て、帰宅したんじゃないですか」

「風邪をひいているのは本当です」

しかも、こんなニュースを聞いたらますます悪化するだろう。岩倉はかすかに同情したが、それでもまだ引けない。

「先ほど、息子さんと話をしましたが、関与を否定しました」

「息子と会った？」諭が目を見開いた。「冗談じゃない。息子は病気——死にかけているんだ。そんな人間に、わざわざ話を聴かなくてもいいじゃないですか。だいたい、息子は何もやっていないんだ」

「十年前も、本当にそうだったかどうかは確定できませんでした。今後も話を聴くことがあると思います。協力していただけませんか？」

「無理だ。息子はもう、普通に話もできません」

「ご家族からも——」

「何も言うことはない！　警察は滅茶苦茶だ。十年前と同じことを繰り返すんですか！」

諭がマスクを外す。岩倉は逆に、自分のマスクをしっかり手で押さえた。

「息子は何もやっていない。最初から間違っていたんですよ。どうして息子だけが警察に追われなくちゃいけないんだ！」

「お怒りは分かりますが、亡くなっている人がいるんです。是非捜査に協力して下さい」

「できない」

「しかし――」

「十年前、警察はさんざん息子を疑って、酷い目に遭わせた。こちらの仕事にも影響が出たし、近所の人から白い目で見られて、引っ越そうと思ったぐらいなんだ。それをまた繰り返すんですか？」

「ご迷惑をおかけするつもりはありません」我ながら、口約束にもならないと思う。しかし今は、そう言わざるを得なかった。

「息子はもう、話もできないぐらいなんです。今は、ただ生かされているような状況なんだ。もしも息子に万が一のことがあったら、こちらとしても法的手段を考えます」

「三川さん――」

「二度と来ないでくれ！」

三川がドアを思い切り引いて閉めた。岩倉はこのドアは、二度と開かないような気がしていた。

「今の、まずかったんじゃないですか」覆面パトカーに乗りこむと、恵美が不安そうに漏らした。

「分かってる」岩倉は顎に拳を押し当てた。恵美に任せた方が上手くいったかもしれない。「しかし、三川とその家族には話を聴かないと捜査が進まないんだ」

「十年前は、失敗してるんですよね」恵美が指摘した。「それを、十年経ってから覆せるとは思えません」

「やってみなければ分からない」

「私は無駄だと思います」恵美がはっきり言い切った。

「まだ走り始めたばかりなんだから、弱気になるなよ」

「弱気じゃなくて、冷静に判断しているだけです」恵美も譲らなかった。

ここまで言われると、確かに反論は難しい。岩倉自身、十年前の捜査が正しかったのかどうか、まだ判断できなかった。単に捜査が甘くて容疑を詰めきれなかったのか、本当に三川は何の関係もないのか。この辺のことは、十年前に担当した安川にじっくり話を聴いてみる必要があるかもしれない。結局彼は、今回の捜査には参加しないと正式に決まったようだが……。

気まずい雰囲気で一緒に車に乗っているのは辛いものがある。まあ、無言なら無言でもいいか——運転に専念しながら、考える余裕ができる。しかしその沈黙は、突然恵美によって破られた。

「岩倉さん、離婚するんですか」

「何だよ、いきなり」思わずハンドルをきつく握り締めてしまう。

「ずっと別居していて、離婚するって聞きました」

「だから俺は、警察官が嫌いなんだ。噂が大好きだし、すぐに話を大袈裟にしてしまうから」実際には、隠してはいない。自分から積極的に話すことではないだけだ。

「大袈裟な話なんですか？」恵美がしつこく訊ねる。

「いや、事実だ」

「どんな感じですか？」

「どんなって言われても、もう長く別居してるからね。離婚しようがしまいが、一人でいるのには慣れた」

「きつくないですか？」

きつくはない。離婚の直接の原因ではないが、岩倉には今、二十歳も年下の恋人、実里がいる。主に舞台を中心に活躍する女優である彼女とは、学生演劇で活躍していた捜査一課の刑事・大友鉄の紹介で知り合ったのだった。実里の存在が、今の岩倉の中で非常に大きな部分を占めているのは間違いない。彼女がいるおかげで気持ちが若々しく保てるし、年下の女性に精神的に支えられているのも事実だ。

もっとも彼女は今、ニューヨークに長期滞在中だ。オフ・ブロードウェイの舞台のオーディションに合格したものの、コロナ禍で劇場は閉鎖。再開を待ち、少なくとも今年の夏ぐらいまでは戻って来ないという話である。今は貯金を取り崩しつつ、向こうでバイトもしている。できるだけ連絡は取るようにしているが、さすがに一緒にいる時と同じようにはいかない。これをきっかけに本格的にアメリカに進出するつもりはない、という彼女の言葉を信じるしかなかった。契約が終了すれば帰ってくるだろう。それまでは気楽な一人暮らしと考えれば、さほど落ちこむこともない。岩倉自身、春の異動もあってばたばたしているのだ。

「君はどうなんだ」地雷を踏むことになるかもしれないと思いながら、岩倉はつい訊ねた。

「私ですか……私は別に……」恵美の言葉は歯切れが悪い。

「そうか。それならいいんだけど」

「離婚すると、女性の方があれこれ言われますよね」

「特に警察では——女性は少数派だから目立つんだ」

「しょうがないですけど、ちょっとむっとしますね」恵美が溜息をこぼす。

「元旦那の悪口につき合ってもいいけど」

「別にいいです。なるべく思い出したくないので」

「同じ警視庁の中にいると、何かとやりづらいよな」職場結婚は意外に多いのだが、警察はまだ圧倒的な男性社会である。「女性は結婚したら退職すべし」という昭和の「常識」は、過去のものになってはいない。

「私の方が悪いように言われるのは、きついです」

「離婚は、どっちが悪いっていうことはないんだぜ。大抵、両方に責任がある」

「でも当事者は、自分に責任があるとは絶対に認めないんですよね」

「……確かに」

それは岩倉も認めざるを得なかった。冷静に考えれば、自分の離婚——別居の原因は「性格の不一致」としか言いようがないのだが、岩倉の視点では、妻が「硬過ぎる」。何でもルールを作って記録に残しておこうという彼女のやり方に、いい加減辟易してしまったのだ。理系の研究者というのは、そういうものかもしれないが。そう、彼女が頻繁に口にする言葉の一つが「ログ」だった。一方岩倉は、大事なことは覚えておけばいいと思っている。妻に言わせれば、こと生活に関する問題では「漏ればかり」なのだが。

「愚痴をこぼしたいならいつでも聞くよ。ついでに俺も、離婚の先輩として君から情報を収集したい」

「私の話を聞いても、参考にならないと思いますけどね」恵美がまた溜息をついた。

「三十五歳で実家に出戻りは、相当きついですよ」

今時「出戻り」とは言わないだろうが。考えてみれば彼女は、たまたま実家近くの所轄に異動になったので、通勤に便利だから実家に戻っただけではないだろうか。

まあ……こういう話は、聞き込みの間に交わす類のものではない。そのうちゆっくりだな、と岩倉は思った。ただし、彼女とゆっくり話せる日が、すぐに来るとは思えなかった。

この事件の捜査は、どうしても時間がかかりそうなのだ。

2

身元が判明した日の午後、村野は礼央の実家を訪ねてみて、家の外にまで異様な雰囲気――瘴気のようなものが漂い出していることに気づいた。同行してくれた優里の顔を見ると、彼女も同じように感じたようで、強張った表情で素早くうなずきかけてくる。礼央の父親、真司は会社を休んでいた。娘を亡くしたことが確定した父母が、二人きりで家に籠っている……家の中はしんと静まり返っていた。昨日に比べて、室内の温度がぐっと低い感じがする。この季節、午後になるとリビングルームには陽が当たらなくなるようだが、ひんやりしている原因はそれだけではあるまい。人の精神状態は、その場の空気にまで影響を及ぼすのかもしれない。

今日同行しているのは優里と、立川中央署の初期支援員である小津という中年の刑事だった。小津自身、特捜の捜査に参加しているのだが、取り敢えず初期支援員の仕事を果たすことになったようだ。経験は十分、少し話して、被害者支援の仕事にも理解があると分かったので、村野は説明を彼に任せた。

「まことに残念ですが、昨日見つかった遺体は、礼央さんと確認されました」

小津が低く丁寧な口調で切り出す。百八十センチほどの長身でがっしりした体格、しかも坊主頭のせいで異様な迫力があるのだが、語り口は優しかった。やはり喋り方やトーンは大事で、真中夫妻の緊張が高まる気配はなかった。そう言えば最近、梓が自席に様々な本を積み上げているのを思い出す。『スピーチの哲学』『人を納得させる話し方』『言葉は優しさでできている』等々。こういうノウハウ本がどれだけ役に立つかは分からないが、梓は梓なりに、被害者家族とのコミュニケーションを模索しているようだ。こういう向上心は、後輩ながら頼もしい。

「DNA型で確認しましたので、ほぼ百パーセント間違いありません。この度はご愁傷さまでした」

最後まできっちり言い切り、小津が深々と頭を下げる。両親は呆然としたままだったが、小津は先を急かさなかった。ほどなく、母親の孝子がすすり泣きを始める。優里がバッグからポケットティッシュを取り出し、すばやくテーブルに置いた。孝子が二度、無言で礼を言うように頭を下げ、ティッシュペーパーを一枚引き抜くと、目頭に当ててそのまま両手に顔を埋めた。しかし号泣にはならず、肩が静かに震えるだけ……村野は、馴染みになってしまっている冷たい空気感を黙って嚙み締めた。こういう時は先を急かしてはいけない。小津は被害者支援の基本を忠実に守っている。こういう状態が長引くと、村野はいつも胃の痛みを感じるのだが、今日はそれが襲ってくる前に真司が口を開いた。

「残念です」

「本当に残念です」小津が同意した。「十年前は、我々の同僚の力不足でした」

「それは——」真司が一瞬声を張り上げかけたが、すぐに口を閉ざしてしまう。怒りと悲しみが喉元までこみ上げてきているはずだが、呑みこむことにしたようだ。こういう時はあまり我慢せず、吐き出してしまった方がいいのだが……そのための受け皿として、村野たちがいる。

「今後、慎重に捜査を進めます。またお話を聴くことがあると思いますが、ご協力願えますか？」

「礼央はいつ帰ってくるんですか」孝子が顔を上げて訊ねる。声は震えていた。

「必要な調査が終わり次第、明日にでも……分かったらすぐに連絡します」

小津が説明したが、少し苦しそうだった。普通の殺人事件でも、家族と遺体の対面は、一連の流れの中で最大の山場になる。ましてや今回、遺体は完全に白骨化しているのだ。きちんと対面させるのも難しいだろう。小津がその先の説明を躊躇(ためら)っているようなので、村野は口添えした。

「はっきり申し上げますが、娘さんとお会いするのはあまり勧められません。ご遺体の状態が——」

「分かってます！」孝子が声を張り上げた。「昔と同じ姿でないことは分かっています。それでも、お別れがしたいんです」

「分かりました」村野はうなずいた。「では、そのように手配します。我々も同席させていただきますので」

「すみません」孝子がティッシュペーパーで口元を押さえたまま頭を下げた。「勝手なことを言っているのは分かっています。でも、けじめが必要なんです」

夫婦二人の十年間を思い、村野は胸が潰れるような思いを味わった。娘が突然消える。一切音沙汰がなく、捜査にも進展がない。生きているのか死んでいるのかも分からないまま、帰りを待つだけの日々がどれほど辛いものかは、村野にも想像できた。いや、想像できていると思いこんでいるだけかもしれない。悲しみは、被害者家族の数だけある。そのすべてを理解しているなどと胸を張るつもりは毛頭なかった。

その後は、小津が事務的な話を続けた。なかなか有能——自分より数年先輩のこの男は、強面(こわもて)の外見とは違って、しっかり気遣いのできる人だった。所轄の初期支援員がこういう人ばかりだったら、本部の仕事はずっと楽になる。

小津の話を聞いているうちに、村野はふと思い出した。話が途切れたタイミングを狙って割って入る。

「息子さん——優太さんですが、連絡は取られましたか？」

「はい」真司が答える。「昨日、『そうかもしれない』と連絡はしました。これから改めて連絡します」

「もちろん、帰国されますよね」

「どうでしょう……そんなにすぐに航空券が取れるかどうか」真司が首を捻った。

「息子さんの帰国が決まるまで、葬儀の日程は決めない方がいいかもしれません」

「それは、息子と相談して決めようと思います」

「分かりました……昨日、聞き忘れましたが、息子さんはカナダのどこにいらっしゃるんですか？」

「トロントです」

ブルージェイズの本拠地か、と大リーグ好きの村野は、つい考えてしまった。確か、羽田とも直行便がある。いつか本場アメリカで大リーグの試合を観戦しようと、暇な時間に各チームのフランチャイズへの行き方を調べるのが村野の趣味だ。未だに実現する見通しは立っていないが。

「では、その件は息子さんとご相談いただくとして……息子さんもショックでしょうね」

「二人だけの姉弟ですからね」真司がボソリと言った。

「仲はよかったんですか」

「それは、もう」真司が言うと、孝子がわっと泣き出した。

この家族の姿は永遠に変わってしまった。決して誰も望まない形で。

署に戻ると、村野は妙な疲れを感じていた。被害者支援の仕事も長くなり、様々な状況に慣れていると思っているのだが、最近、現場に出ると疲れることが多い。どうしてもマニュアル的に処理できず、その時々の状況にのめりこんでしまい、相手の悲しみを自分の気持ちで受け止めてしまうせいだ。この仕事は天職——自分も事故に遭って捜査一課での仕事を諦めざるを得なくなって以来、支援課の仕事に百パーセントの力で取り組もうと決めてやってきたのだが、やはり精神的なダメージは蓄積されるのだろう。ずっとこの仕事を続けていこうと思ってはいるのだが、そういう意志とは裏腹に、そのうち燃え尽きてしまうかもしれない。

「すっかり仕切ってもらって、ありがとうございました」改めて小津に礼を言う。

「いやいや」小津が鷹揚に言った。「あんな感じでよかったかなあ」

「百点ですね」

「それならよかった」小津が強面らしくない爽やかな笑みを浮かべる。「所轄にいると、被害者支援で出て行くチャンスはあまりないからさ」

「何だったら支援課に来ていただいても」

「それは断る」急に真顔になって小津が言った。「無理だね。こんな仕事をずっと続けていられるほど、俺はタフじゃない。あんたらは大したもんだよ」

「胃潰瘍になりそうですけどね」

納得したように小津がうなずき、去って行った。彼にはすぐ、次の仕事がある……。

コーヒーが欲しいところだったが、ここのコーヒーは殺人的な味だったと思い出す。

「コーヒーが欲しいな」とぼそりとつぶやくと、優里が会議室の中を見回した。

「あるじゃない」

「ここのコーヒーを飲んだら、胃痙攣を起こすよ」

「そんなにひどいの？」優里が顔をしかめ、すぐにスマートフォンを取り出して検索を始めた。ほどなく「近くにコーヒーショップがあるけど」と告げる。

「こんな場所に？」この辺りをちょっと歩いた限りでは、路面店のようなものは一切見あたらなかった。もしかしたら、西大通りの向こう、イケアの中にあるのだろうか。そこまで行くのは面倒臭い。

「隣の災害医療センターの中」

「そうなんだ……」最近は、病院の中にもコンビニやコーヒーショップが併設されている。村野にとっては、イケアへ行くのも病院へ行くのも、嫌なことに変わりはなかったが。膝を怪我した後の長い入院生活、それにリハビリのせいもあって、病院はすっかり嫌いになってしまった。できれば足を踏み入れたくない場所である。しかし今は、どうしてもカフェインが必要だった。

「ちょっと行こうか。急ぎの用件もないし」

「そうね。私も眠気覚ましが欲しいわ」

　優里に案内されて、立川中央署の隣にある医療センターに向かう。ロビーに入ると、かすかな消毒薬の臭いが漂っているせいで、自分が緊張し始めるのを村野は感じた。病院に対する抵抗感は、もう一生薄れることはないのかもしれない。

　待合ホールに隣接しているコーヒーショップの前に来ると、ようやくほっとする。馴染みのチェーン店で、注文カウンターの前に立っていると、ここが病院だと意識しなくて済んだ。二人ともコーヒーを頼み、待合ホールの一角にあるテーブル席に陣取る。隣にジャージ姿の入院患者がいるので、ここが病院だと思い知らされるが、見ないようにすれば気にはならない。幸い、独特の消毒薬の臭いも薄かった。

「面倒な事件ね」優里がやっとマスクを外して切り出す。

「真中さんのダメージは相当大きい」村野はまだマスクをしたままだ。外食する時、食べ物、飲み物を口にする直前までマスクを外さない習慣がすっかり身についている。

「そうね……うちでもあまり扱ったことがないケースだし、慎重にいかないと」うなずき、優里がコーヒーに砂糖とミルクを加える。

「まだ本音を出し切っていない——自分たちでも気持ちを整理し切れていないと思うんだ」

「時間がかかると思うわ。私たちは、じっくりつき合うしかないわね」

「覚悟しておくよ」

村野もコーヒーに砂糖とミルクを加える。それを見た優里が目を見開いた。

「どうしたの？　いつもブラックでしょう」

「今日は何だか、甘いものが欲しいんだ」

「疲れてる？」

「精神的に」

それから村野は、意識して仕事の話を避けた。こんな場所で内密の話をしていて誰かに聞かれるとまずいし、一瞬だけでも仕事から離れて気持ちを解したかった。優里に子どもたちの話を聞き、適当に相槌を打つ。双子ももう中学生か、と考えるとさすがに驚いてしまう。学生時代からつき合いのある人間が結婚して親になり、その子どもが中学生……歳月の流れの速さには驚くばかりだ。自分はその分、成長しているのだろうか。

ゆっくりとコーヒーを飲んで、何とか気持ちを落ち着けてから署に戻る。その道すがら、優里がいきなり切り出した。

「こういうことを言うのもなんだけど、礼央さんって問題児だったんでしょう？」

「ああ。しかもかなりの」

「ドラッグの売人だっていう話もあったみたいじゃない」

「詳しいことは分からないけど、当時、礼央さんが通っていた高校で、大麻を持っていた生徒が逮捕された事件があったらしい。その生徒が、売人として彼女の名前を歌ったという話があるんだ」

「礼央さんを調べたのかしら」

「どうかな。でも、逮捕されたわけじゃないから、実際には容疑はなかったと考えるべきだろうな」

ドラッグの使用者は、なかなか売人の名前を白状しないものだ。自供したことで復讐されるのを恐れるということもあるし、売買ルートを潰したくない——いずれまた買う時のために売人を生かしておきたいという狙いもあるようだ。一度ドラッグの罠にかかった人間は、どうしてもそこから抜け出せなくなり、それが人生の最優先事項になる。

「ちょっと提案なんだけど、礼央さんのこと、調べてみない？」

「ああ……確かに、それは必要かもしれないな」

「親御さんにとって、生きていた時の礼央さんは頭痛の種だったはずよね。高校生の娘がドラッグ関係で疑いをかけられるなんて、普通じゃないわけだから。でも、失踪して十年後に遺体で発見された——複雑な気持ちでしょうね」

「その辺の事情を知っておけば、今後の被害者家族支援にも役立つか」村野は顎を撫でた。

「そんなに手間はかからないと思うのよね。立川中央署か本部の組対五課に確認すれば、当時の担当者は分かるでしょう。そういう人に聞けば、参考になると思うけど」

「じゃあ、早速やってみるか」

面倒な仕事に変わりはないのだが、少しだけ前向きな気分になれる。もしかしたら優里は、村野の気分が上向かないのを感じ取って、気を回してくれたのかもしれない。人は、動いている時は余計なことを考えないし、痛みも感じないものだ。

立川中央署の担当者に確認すると、すぐに過去の在籍者を調べてくれた。十年前とはメンバーが全員代わっているが、当時主任として捜査を担当していた刑事が、今は本部の組対五課にいるという。本部まで戻って話をする時間はないので、村野は会議室に陣取って電話をかけた。

藤村というベテラン刑事は、十年前のことをよく覚えていた。というより、今回の遺体発見ですぐにピンときたらしい。

「かなりヤバい子だったんだけど、あの件に関してはシロだね」

「間違いないですか」

「おいおい、俺たちがこういう捜査でヘマすると思うか？」藤村が抗議する。

「失礼しました」村野は虚空に向かって頭を下げた。「でも、高校生の薬物事件となると、捜査も難しいんじゃないですか」

「それはそうなんだけど、逮捕してしまえば素直になるよ。ただ、俺たちが逮捕した奴は、ふざけた野郎だったけどな。名前は……そう、石本翔也だ」

「よく覚えてますね」

「成人してからも何度も逮捕されて、今はうちのお得意様だよ。ヤクは、一度はまると抜けられなくなるもんだからね」藤村が皮肉っぽく言った。

「ああ……高校時代が、転落の歴史の始まりですか」

「そういうこと」藤村が一気にまくしたて始めた。「情報があって内偵を始めて、間違いないという確証があったからガサに踏み切った。実際、自宅の部屋に、大麻とＭＤＭＡを隠していたよ。少量だったけど、逮捕するには十分だった」

「真中礼央さんの名前を出したのはいつですか？」

「逮捕されてすぐだった。あの子も、中学生の頃に万引きで補導されたりして、警察も目をつけていたから、いかにもありそうな話だと思ったんだが、その証言は結果的にガセだった。ガサもかけたし尿検査もしたけど、まったく引っかからなかった。要するに石本という奴は、真中礼央とは対立するグループの一員だったんだな」

「ヤクザの抗争みたいじゃないですか」

「まさか」藤村が声を上げて笑った。「どこの学校でも、グループ同士の対立はあるじゃないか。あそこは特に、あまり出来のいい学校じゃなかったから、そういうのが激しかったんだ。真中礼央を陥れてやろうと思って、名前を出したんだろう。彼女もそれは分かってたんじゃないかな」

「真中礼央さんが薬物に手を出していなかったのは間違いない……」

「少なくともあの時点ではな。尿検査もガサもシロだった」

「失踪したのは、当然その後ですよね」

「あれにはたまげたけど、まあ、そういうこともあるかと思ったね」藤村が正直に打ち明けた。「俺は、家出だろうと想像したんだよ。刑事課は相当しつこく調べていたけど」

「当時つき合っていたボーイフレンドの三川という人が、疑われていたんですよ」

「それは知ってる。まあ、ボーイフレンドを疑うのは、捜査の常道だよな」

「今、胃ガンで入院中だそうです」

「若いのに？」藤村が驚いたように言った。

「スキルス性の胃ガンなんですよ。若い人でも発症するし、進行が速いそうです」

「だとすると、彼に対する再捜査は難しいか」

「でしょうね」

「まあ、失踪事件に関しては俺は捜査していないから、何か言える立場じゃないんだけど、あの時、刑事課は滑らせていたと思うよ」藤村が声を潜めて言った。

「三川さんはまったく関係なかったと？」

「若い女性が失踪したら、恋人の関与を疑うのは捜査の第一歩――それは間違いないけど、あまりそれに囚われ過ぎるのはどうかと思うね。実を言うと、俺は彼女の友だちに話を聴いてみたことがあるんだ」

「刑事課を手伝ったわけじゃないんですか」村野はスマートフォンを握り直した。

「違う、違う。こっちが調べていた人間が失踪したっていうから、個人的に……まあ、一種の好奇心からだ」

「どんな話だったんですか？」

「家出したんじゃないかっていう話を聞いたよ。家族とはあまり上手くいっていなかったらしい」

「そうなんですか？」村野は、先ほどの両親の苦しみと悲しみを思い出した。あれは演技とは思えない。姿を消したことで、散々手を焼かされていた娘は「天使」になってしまったのかもしれない。

「まあ、ああいう娘だし、親父さんは確か、堅い仕事をやってるサラリーマンなんだよな。親子関係がぎすぎすするのは仕方ないだろう。娘は、『あんな家にはいたくない』って周りに漏らしていたみたいだし」

「結果的には殺しだったんですけど……」

「結果的には、ね」藤村がどこか居心地悪そうに認めた。「三川という男は、やっぱり関係ないんじゃないかなあ。いや、これは捜査もしていない人間の無責任な感触に過ぎないんだけど」

「助かります。ありがとうございました」

「かえって困ったんじゃないの？」藤村が指摘した。「十年前の真中家は、相当複雑な家庭だった。単純な被害者支援で上手くいくかどうか、俺には分からんね」

「そういう事情があったということが分かっているだけで、心構えはできます」

「まあ、せいぜい頑張ってよ」

電話を切り、村野は優里の方を向いた。事情を話すと、彼女の表情が即座に暗くなる。しかしすぐに気持ちを持ち直した様子で、自分を納得させるようにうなずいた。

「古い話だから、あまり気にしない方がいいかもしれないわね」

「そうだな……でも今のは、失踪事件の捜査を担当した人の話じゃない。もう少し情報が欲しいな」

「当時ここにいた刑事の話とか？」

「それは……」昨日の安川の様子を思い出す。彼はあくまで、三川を疑っているようだった。あまりにも思いが強過ぎると、冷静な話はできなくなる。「失踪課の人に聴く方がいいかもしれない」

村野はすぐに、本部の失踪課に電話を入れた。誰と話すか迷ったが、電話に出た女性の課員に話をすると、いきなり課長の高城につながれた。

「あいよ」

思わず苦笑してしまった。高城とは顔見知りなのだが、彼は何というか……オヤジ臭い。もちろん、十分オヤジと言っていい年齢なのだが、まるでひと昔——いや、ふた昔前の刑事のようなのだ。数歳年下の岩倉は、遥かに若々しい。

「支援課の村野です」

「おう、例の件、上手くいってるか」今回の被害者支援に入る前に、高城から礼央の失踪事件について概要を聞いていた。

「なかなか難しいですね」村野はすぐに話に入った。高城は無駄話に走る癖があり、下手に雑談でも始めたら、いつまで経っても本題が始まらない。事情を説明すると、高城はすぐに、こちらの言いたいことを汲み取ってくれた。

「その話は醍醐から聞いた。それで俺も、当時の状況を調べてみたよ」

「高城さん、当時は失踪課の三方面分室でしたよね？」

「ああ。結構忙しくて、自分の管轄以外の案件にまで目を通しておく余裕はなかった。ただあの件は、マスコミでも結構騒がれただろう？　だから覚えてるよ」

「そうですか」ほっとして、村野はスマートフォンを右手から左手に持ち変えた。この分なら話の通りはスムーズだ。高城はただのだらしない酒呑みのように見えて、仕事では細かい。しかも「高名な」と形容されるほど勘が鋭いのだ。

「それでだ、俺が話すよりも、当時の担当者と話した方がいいだろう」

「辞めた、という話でしたよね」その件はもう、高城から聞いていた。

「前に言ったっけ？　確かに、当時八方面分室で担当していた人は、去年退職している。ただ、俺の方から話を通しておいた」

「もう、ですか？」さすがの根回しの速さだ。

「こんなこともあろうかと思ってね。今、連絡先を言うから」

高城の告げる名前と携帯電話の番号を手帳に書き取る。これで簡単に、一山越えた。話の分かる先輩がいると、仕事は極めて簡単になる。

「ありがとうございました」

「いやいや、俺たちは助け合わないといけないんだ」

「そうですね」

「失踪課と支援課と追跡捜査係は、警視庁の中で三大嫌われ部署だからな」

「その件は肯定しかねますが」そういう評判は当然村野も聞いているが、肯定してしまった瞬間、自分の仕事の価値がなくなってしまう気がしている。

「分かった、分かった」高城が苦笑した。「とにかくすぐに電話してみろよ。向こうも話したそうにしていたぞ」

「了解です」

話が通じた、と優里に告げて、村野はすぐに教えてもらった電話番号をプッシュした。本当はスピーカーフォンで優里も聞けるようにしたいのだが、刑事たちが戻って来つつある時間帯なので、会議室はざわついている。彼女には、後できちんと説明しよう——というより、まだ帰らなくて大丈夫なのだろうか？　優里の夫は都庁の職員で、毎日定時にはきっちり仕事が終わるとはいえ、彼女には母親としての顔もある。しかも今は、東京のかなり西の方——立川にいる。

「時間、大丈夫か？　帰るのに、時間、かかるだろう」村野は壁の時計を指差した。

「何言ってるの」優里が苦笑した。「うち、引っ越したのよ」

「ああ、そうだった」彼女たち夫婦は、去年西荻窪にマンションを買ったのだ、と思い出した。立川から西荻窪なら、中央線で三十分ほどだろう。歩く時間を計算に入れても、一時間はかからないはずだ。だから芦田も、優里をここへ送りこんできたのだろう。

「それに最近、旦那がすっかり料理に目覚めたのよ」

「そうなのか？」優里の夫が料理をするという話は聞いたことがない。

「コロナの時にね……子どもたちがずっと家にいて、旦那もリモートワークが多くなったから。最近は、食事の準備も半々なのよ」

「そいつは、コロナのいい影響って言ったら失言かな」

「失言」優里が断言した。「でも残念ながら、旦那は私より料理が上手いのよ。片づけができないだけで」

思わず声を上げて笑ってしまった。何となく想像できる。料理はしても片づけができない男が多い、とよく聞くではないか。まったく自炊しない村野には縁遠い話なのだが。

「じゃあ、取り敢えずこの電話の内容だけは聴いてからにしてくれよ」

「了解。私、ちょっと課長に電話しておくわ。明日以降の取り組みも決めないといけないから」

「そうだな」今の支援課の課長・桑田は、前任者の本橋に比べて能力は三ランクぐらい落ちる。しかも支援課の仕事を理解して、必死に取り組んでくれているわけではない。任期が大過なく終わればそれでいいと思っている節がある。扱いは面倒な男だが、優里なら上手くやってくれるだろう。彼女は昔から、オッサン転がしが上手い。

さて……優里が自分のスマートフォンを取り出したところで、村野はようやく通話ボタンを押した。高城からどんな風に話が通っているかは分からなかったが、富田という元刑事は、村野からの電話を待っていたかのようにすぐに反応した。

「犯罪被害者支援課の村野と申します」先輩に敬意を払って、できるだけ丁寧に挨拶した。警察官というのは、異常に上下関係を気にする人種で、それは辞めてからも変わらない。自分より年齢や階級が上の人間は取り敢えず持ち上げておくこと、という原則は村野も分かっている。

「高城課長から話は聞いてるよ」去年辞めたというから、もう六十歳は超えているはずだが、富田の口調は若々しく快活だった。

「面倒な話で申し訳ありません」

「えらいことになったね」富田が同情するように言った。「いや、そもそも我々の責任なんだけど。あの時見つけ出していれば、こんなことにはならなかった」

「届けが出された時には、もう殺されていた可能性もあります」本心から傷ついている様子の富田を慰めようと、村野は言った。

「そうなのか？」

「根拠はありません。でも、ずっと拉致しておいてから殺して埋めるっていうのは、あまりないパターンでしょう。しかも遺棄現場は自宅のすぐ近くです」

「そうか……だったら俺たちは、殺された人を必死に探していたわけか」

「まだ何かが確定したわけじゃないですけどね」村野は釘を刺した。仮定の話をあまり進めても仕方がない。「今後の被害者支援のために、当時のご家族の様子――それに失踪した真中礼央さんについて、詳しく知りたいんです」

「実は、ご両親は届けを出すことを渋っていたんだ」

「そうなんですか？」これは初耳だった。

「失踪者――真中礼央さんは、かなりの問題児だった。大麻の売人じゃないかって疑いをかけられて、所轄が捜査していた話は知ってるか？」

「それは聞きました」

「その件については裏づけが取れなかったけど、中学生の時に万引きで補導されているし、かなりの札つきだったのは間違いない。外泊もしょっちゅうで、一日、二日と帰らないこともよくあったらしい」

「よくあるパターンですね」村野は相槌を打った。

「だから両親も、またいつもの外泊だろうと思ってたらしい。でも、弟さんが強く言って、失踪から三日後に届け出ることになったんだ」

「優太さん、ですね」

「俺は会ってないんだけど、姉と違って優秀でいい子だったらしい」

「今、カナダの大学院に留学中だそうです」

「へえ」富田が、心底感心したような口調で言った。「じゃあ、本当に優秀なんだね。海外留学なんて、大したもんじゃないか」

「ですね……結局、ご両親も息子さんに押し切られて届け出た、と」

「そういうこと。正直、最初は軽く見てたんだ。届出があったから、失踪課としては調べざるを得なかったけど、俺自身はプチ家出だろうと思っていた。はっきり言えば、最初はそんなに熱心に調べていたわけじゃない」

「でも、事件じゃないかという見方は最初からあったんですよね」

「恋人がいたんだ。まず、そういう人間を疑うのは基本の基本だろう。でも、容疑は固め切れなかった。失踪前後のアリバイははっきりしなかったんだけどね」

「高校の同級生だったわけですけど……」

「あの高校、はっきり言えば底辺高なんだけど、彼氏の方はそこから抜け出そうと必死に勉強してたんだよ。名前、何て言ったかな」

「三川さんですね。三川康友さん」

「ああ、そうそう」富田が相槌を打つ。

「会いました？」

「会ったよ。疑われて、マジで怒ってたね。俺は、彼は事件には関係ないだろうと思ってた。あくまで刑事としての勘だけど、そういうの、何となく分かるじゃない」

「所轄の人たちは、かなり強く疑ってましたけどね」

「当時は別れ話が出て、結構揉めてたらしい。そういう状況なら、疑うのも当然だろうな」

「高校生でも、別れるかどうかで揉めるのは不自然じゃないですよね」

「所轄の連中はそこに着目したんだ。それに、礼央さんが失踪した前後のアリバイがはっきりしないのも気になったけど、高校生だからね。夜は自宅にいたと言われたら、それ以上の証明は難しい」

「……ですね」

「結局、大学進学で大阪に行ってしまって、それで三川という人間に対する捜査は実質的に打ち切りになったのさ。失踪課としては、１０２ｃだった」

「それは？」

「分類方法で、半年以上家に帰らないケースのことだよ。経験的に、そうなるとほぼ見つからない。事件に巻きこまれたか、本人の強い意思で、どこかで新しい生活を始めたか……今回は、１０３ａになってしまったね」

「１０３ａはどういう分類ですか？」

「遺体で発見されて、それが事件だった場合。残念ながら、今回は失踪課的には最悪の結末だ」

「こんなに長く時間が経ってから、遺体が見つかることもあるんですか？」

「そもそも高城課長の娘さんが……」

「聞いてます」村野は思わず声を低くした。高城が酒浸りになった原因が、娘の失踪なのだ。高城は元々捜査一課の優秀な刑事だったのだが、娘が行方不明になって酒に溺れたのが原因で失踪課に異動になり、その後娘は遺体で発見された――警視庁の職員が巻きこまれた事件の中でも、最も悲惨なものだったと言っていいだろう。しかし高城はその悲劇から何とか立ち直り、その後警視に昇進して三方面分室長、さらに失踪課の課長にまでなった。人生の後半にキャリアを大きく変化させたという意味で、村野は彼に親近感を抱いている。捜査一課から転身したのも同じだ。ただし、一緒に仕事をしたことはないし、プライベートで呑んだこともない。一度ぐらい杯を酌み交わしてみたかったが、事故以来、村野はできるだけ酒を控えるようにしているから、高城のペースで呑んだら死んでしまうかもしれない。

「まあ、その件は電話で話すことでもないね」富田が咳払いをした。「とにかく、最初の段階で見つけ出せなかったのは我々の失点だよ。ご両親にも辛い思いをさせた」

「当時、ご両親はどんな感じだったんですか？　届け出たとはいえ、最初は軽い家出ぐらいに思ってたんでしょう？」

「正直、娘さんには相当悩まされていたようだった。中学生の時から警察のお世話になって、大麻取り引きの疑いまでかけられたんだから、また無断外泊だろう、ぐらいに思ってたんじゃないかな」

「なるほど」

「ただ、非常に複雑な感じではあった。両親にすれば、手がかかってしょうがない不良娘だったわけだし、警察に嫌な思いをさせられたこともある。でも、失踪したとなると、どうしても警察に頼らざるを得ない……複雑な心境になるのは分かるでしょう」

「今は、純粋に悲しんでいる感じでしたけどね」

「プロのあなたがそう言うなら、そうなんだろうね。時間も経っているし」

「まあ……本当は違った、ということもよくありますけど」被害者家族の心境は複雑で、村野も何度も読み違いをしている。本音を隠していたり、途中で心変わりしたり……重大な事実が隠蔽されていたことも珍しくない。

「複雑な気持ちがあっても、十年経つうちに、純粋な悲しみに変わることもよくあるけどね」富田がしみじみとした口調で言った。「長い間家族と別れているうちに、嫌な思いは抜け落ちて、純粋に心配する気持ちだけが残るものですよ。でも、十年か……長いね」

「ええ」

「心配する気持ちも薄れて、娘がいない生活が普通に——日常になっていたかもしれない。忘れたとは言わないけど、衝撃はゆっくりと薄れていくからね。でも、突然遺体が見つかったとしたら、その衝撃は相当なものだろう」

「そうですね」村野は相槌を打った。富田の考えは、一々腑に落ちる。

「俺が言うのも何だけど、十分ケアしてやって下さいよ。機会があったら、申し訳ないと伝えて欲しい」

あなただけが責任を感じる必要はない、と言いたかったが、村野は言葉を呑みこんだ。警察官——向こうはOBだが——同士で慰め合っていても、事態は動かない。

「分かりました。しばらくは、つき添うことになりますので」

「こっちから言うのはおかしいかもしれないけど、よろしくお願いします」

「また連絡させてもらうことがあるかもしれません」

「いつでもどうぞ。今はほとんどバイトみたいに、スーパーの警備の仕事をしているだけだから」

「了解です」

電話を切って、ほっと一息つく。当時の状況は取り敢えず把握できた。あとは、今後の展開によって対応を変えていけばいい。最初の壁は葬儀だな、と村野は予想した。長男の優太が帰ってきて葬儀に参列すれば、家族の悲しみは最大レベルに達するはずだ。その時何が起きるかは、まったく予想できない。

3

岩倉はむっとして署を出た。捜査会議の後、亮子と軽い言い合いになったのだ。三川の父親を怒らせたことが彼女の耳に入ってしまった——いや、「強い抵抗に遭った」と自分でも報告してはいたのだが、どうやら恵美が詳細を報告したらしい。余計なことを……しかし「少し気を遣って下さい」という亮子の指示には反論できなかった。

珍しく、少し熱くなり過ぎた。普段なら、他人が暴走するのを引き止めることこそ自分の役目だと自認しているのだが。

今日はさっさと帰って少し頭を冷やそう。

岩倉は今回の転勤で、立川通り沿いのマンションに引っ越した。蒲田よりも賃貸物件の相場が少し低いので、以前よりやや広めの1LDK。五十代、趣味もない一人暮らしの男には、これでも十分過ぎる。

駅の北口から続く立川通りは、市内のメーンストリートの一つだ。近くに立川競輪場もあり、開催日は非常に賑わう界隈である。そのせいか、飲食店——特に呑み屋が多く、一人で食事をするにも不便はない。競輪で勝った人たちが祝杯をあげているところにぶつかった時には、早々に退散することにしているのだが。岩倉はギャンブルそのものは否定しないが、勝ってやたらとテンションの上がっている人は苦手なのだ。

引っ越してすぐに贔屓にすることを決めたのが、曙町二丁目交差点の近くにある定食屋「玉川屋」だ。ショーケースから料理を選ぶ昔ながらのスタイルが嬉しい。最近、こういう店はすっかり少なくなったが、自分の好きな料理を自由に取って、栄養バランスも考えられるのがありがたかった。しかもこの手の店としては遅く——夜十時まで営業しているので、何かと助かる。

八時半、夕食のピークの時間帯は過ぎていて、店内で食事しているのは数人だけだった。店員に軽く目礼すると、笑顔で返される。自分より年上に見えるこの女性が、女将さんなのかもしれない。

一度席にバッグを置いてから、ショーケースの前に立つ。そこそこ時間が遅いので、料理は少なくなっていた。今夜はピンとくるものがない……壁に貼られたメニューを見て、取り敢えずサバ味噌をメーンにしようと決めた。それにショーケースから小さな肉じゃがとインゲンの胡麻和えを選ぶ。飯と味噌汁は別注なので、「野菜たっぷり味噌汁」を頼んだ。一度食べてすっかり気に入ってしまったもので、キャベツを中心に、ネギ、南瓜、ほうれん草などが入って、味噌汁というより「汁たっぷりの野菜の煮物」という感じなのだ。蒲田は名物が多い街で――餃子とトンカツがその双璧だ――暮らしていた三年間で二キロ太ってしまったので、立川ではせいぜい太らないよう、野菜を中心に食べようと心がけている。

注文を終えて、ほっと一息つく。カウンター席には夕刊が二紙置いてあったが、目を通す気にもならない。普段なら新聞は人より熱心に読んで、特に事件に関しては東京以外のものまで頭に叩きこむようにしているのだが、今夜は何故かその気になれなかった。

厨房から出てきたサバ味噌は、とろけるほど煮こまれたものではなく、色合いも淡い。しかし味はしっかりしていて、ご飯のおかずとしては最高だ。そして野菜たっぷり味噌汁は期待通りの柔らかな味――食べているうちに、元気になっていくような気がする。

エネルギーチャージ、完了。これで明日からも頑張れると気合いが入ったが、家に帰るまでの数分間で、また気分が落ちこんでくる。

嫌な予感がどうしても消せないのだ。この事件は一筋縄ではいきそうにない。何か、非常に面倒な方向に走って、すっきりした結末にはたどり着けない予感がしていた。もちろん多くの事件は、パズルが完成するようにぴたりとは解決しない。必ず、合わないパーツが一つ二つ残ってしまうのだ。本筋に問題がなければ、残ったパーツは気にしないのが普通の刑事なのだが、岩倉はそういうのが気持ち悪くて仕方がない。

　今回は、いくつパーツが余るだろう。

　家へ戻って、午後九時過ぎ。ニューヨークは朝の七時ぐらいだな、と頭の中で計算した。今、実里とのやりとりは、メッセンジャーやメールが中心である。起きている時間があまり合わないから仕方ないのだが、久しく声を聞いていなかった。今夜は久しぶりに電話してみるか……いや、遠慮しておこう。

　取り敢えず、メッセージだけを送っておくことにした。また厄介な事件に巻きこまれたから、しばらく忙しい——そんなことを教えても彼女は喜ばないのだが、連絡が取りにくくなるということだけは知っておいてもらわないと。

　メッセージを送り終わり、すぐにシャワーを浴びる。昔から烏の行水で、特に妻と別居して一人暮らしになってからは、湯船につかったことがない。冬など、なかなか体が暖まらないのだが、そういう季節もようやく終わった。

　ほっとして、ビールを片手にソファに陣取る。テレビをつけると、ちょうど今回の事件が取り上げられていたので音量を上げた。もちろん、岩倉が知らない事実は出ていないが、被害者が「十年前に失踪した高校生」だということが必要以上に強調されていて、うんざりする。普通のニュースでもこれだけ大きく取り上げられているのだから、週刊誌などが大袈裟に書き立ててくるのは簡単に予想できた。

　スマートフォンが鳴る。実里が電話してきたのかと一瞬胸が高鳴ったが、画面に浮かんでいたのはまったく別の携帯の番号だった。しかしすぐに、捜査三課の安川の携帯の番号だと思い出す。

「岩倉さん、今日三川に会ったそうですね」安川が、前置き抜きでいきなり切り出す。

「早耳だな」少し喧嘩腰だな、と岩倉は警戒した。そう言えば、この男とはまだ「和解」していなかった。

「この件については、情報収集してますよ」

「そっちの仕事に差し障らないのか？」

「情報収集するだけなら時間はかかりませんから……どうでした？　認めてないんですよね」

「そもそも、まともに話ができる状況じゃない」岩倉は首を横に振った。

「そんなに容態がよくないんですか？」

「最後はうわ言だった」それも演技かもしれない、という疑念は消せないが。

「そうですか……じゃあ、今後も話は聴けないかもしれないですね」

「その可能性が高いと思う。でも、三川が犯人だとは詰め切れなかったんだろう？　礼央さんとつき合っていたこと、別れ話が出ていたこと以外に、疑う材料はあったのか？」

「それは……」安川が言い淀む。

ないのか。岩倉は、内心がっくりきた。女性が行方不明になったら夫や恋人をまず疑え、というのは捜査の基本である。ただし十年前、安川たちは具体的な証拠を何一つ見つけられなかったわけだ。

そこで岩倉は、自分の気持ちがすっと三川から離れていくのを感じた。安川の執念深さに触れたせいか、岩倉自身も三川を「第一容疑者」とみなしていたのだが、その気持ちがあっさり揺らいでしまう。

事情聴取の段階であっても、相手の顔色を読むのは大事だ。岩倉は心理学を一切信用していないのだが、心のゆらぎが顔に出るのは間違いないと信じている。それをしっかり読み取るのは、刑事として話を聴く基本だが、病床、しかも死を意識せざるを得ないような状況では、それもできない。三川がとぼけていたのか、それとも本当に無関係なのか、今日は一切判断できない状況だった。

「彼の家族は、十年前も反発していたのか？」

「ええ。まあ、病院一族のプライドもあるでしょうから。あの家、多摩地区では名家ですしね」

「ご両親は、息子が礼央さんとつき合っていたのは知ってたのかな」

「知ってました。両親とも反対していたみたいで、ちょっと嫌な態度でしたよ。彼女の通ってた高校、はっきり言って底辺高でしたからね。三川は高校入試で失敗して、仕方なくあそこへ行ったんですけど、大学進学で何とか取り戻したいと頑張っていて……だから、礼央さんみたいな人には近づいて欲しくなかったと、ご両親ははっきり言ってましたからね」

「もしかしてだけど、息子を彼女から引き離すために、親が……」

「岩倉さん、それはさすがに想像し過ぎじゃないですか」

「そうだな」我ながら先走りし過ぎた。疑い始めるときりがないし、この状態だと容疑者を絞りこまずに広く考えるべきかもしれないが、安川の話を聞いているうちに、疑いが頭をもたげてくる。「今日、父親と話したんだ」

「どうでした？　すごい勢いで怒ってませんでした？」

「風邪をひいていたそうだから、そこまで元気はなかったけど……そうだな、なかなかの勢いだった。十年前、君たちが相当厳しく攻めたんじゃないか？　その恨みを忘れていないようだった」

「まあ、向こうの態度も悪かったですからね」安川が悪びれずに言った。「見下した態度で対応されれば、こっちもそれなりに考えますよ」

「おいおい、それじゃ子どもの喧嘩だよ」

「そうなんですけど、こっちは普通に事情聴取しただけなんですよ。それを喧嘩腰で迫ってこられたら、冷静ではいられないじゃないですか。影響力のある一家だから、警察なんか追い返せると思って、舐めてかかってたんですよ」

「そんなに偉そうなのか？」

「医療法人神環会（じんわかい）って言ったら、多摩地区では誰でも知ってます。あの父親は本家の人間じゃなくて、お情けみたいな形で、系列の府中の病院の事務を任されているんですけどね」

ちょっと反発し過ぎではないか、と岩倉は首を傾げた。権威と権力を笠に着て威張り散らす人間はいるものだが、そういうのは適当にいなしておけばいい。いざとなったら忖度抜きで強制捜査に乗り出せばいいのだから。

「十年前、それで捜査が甘くなったようなことは？」

「それはないです」安川が即座に否定した。「文句を言うのは向こうの勝手ですけど、捜査には全然関係ありませんから」

「圧力はなかった？」

「まったく」

時々、警察上層部に直接働きかけてくる人間もいる。「不当捜査だ」という抗議から、「捜査に手心を加えてもらえないか」という懇願まで。状況によっては受け入れてしまうこともあるが、そういうことをした上層部の人間は、その後ずっと下から恨まれ、馬鹿にされて生きていくことになる。

「それで……君の感触では、やっぱり黒だったわけだ」

「ですね」

「動機は何かあったんだろうか。二人が揉めていたとか」

「それはありましたよ。しょっちゅう喧嘩していたそうだし」

それだけで殺すとは限らないのだが……岩倉は、これまで入手した情報を頭の中で転がした。礼央は、いわば「札付き」。中学生の頃に補導されて、高校生になるとドラッグの売人ではないかと噂されるほどになった。もしも十年前に失踪していなくても、転落人生を送っていた可能性がある――いや、高い。一方三川は、泥沼のような高校生活から何とか脱出しようともがいていたようだ。

「別れ話が出てたんだよな？」

「それはあったみたいですけど、はっきりどういう状況かは分からなかった」

とんでもない不良だと分かっていながらつき合い出したものの、受験の邪魔になると判断して別れ話を切り出し、それで揉めた、というのはすぐに頭に浮かぶシナリオだ。

「ちょっと弱いな」岩倉は指摘した。

「分かってますけど、恋人を疑うのは捜査の常道じゃないですか」

「それはそうだけどさ」

どうも話が嚙み合わない。安川は、十年前の自分たちの捜査に、今もしがみついているようだ。誰だって自分の過ちを認めたくはないから、彼の態度も理解はできる。しかしこれは危険な兆候だ。今のところ、三川以外に容疑者はいないのだから、今後も最優先で捜査が進められるだろう。一度完全に「バラして」ゼロの状態から捜査を再スタートすべきなのだが、捜査の指揮を執る亮子は、そこまで視野を広く持てるだろうか。不安を残したまま通話を終えた。スマートフォンをテーブルに置いた瞬間、ＬＩＮＥ

の着信音が鳴る。急いで取り上げると、実里だった。

おはよう。了解。

短いメッセージに苦笑してしまう。岩倉は未だに、実里の性格を読み切れていない。急にべったりしてくることもあれば、やけにサバサバしている時もある。今日はサバサバの彼女だろうか。起き抜けでメッセージに気づいて、取り敢えず返信してきただけかもしれないが。

どう返そうかと思っているうちに、新しいメッセージが着信した。

今日、久しぶりに完全オフ。英会話学校も休み。

おっと……せっかくの休日の朝にメッセージを送って、寝坊を邪魔してしまったのだろうか。岩倉は慌ててメッセージを送った。そこから忙しないやり取りが始まる。

申し訳ない。起こした？

今日は早起きの日。美術館巡りだから。

どこ？

まずグッゲンハイム。

グッゲンハイム美術館……名前だけは聞いたことがあるが、どこにあるのか、どんな美術館なのかも分からない。自分が知らない世界に彼女がいることが、少しだけ不安だった。

しかし実里は、コロナ禍でもすっかりニューヨークに馴染んで、そこでの暮らしを満喫しているのだから、それはそれでいいことだ……多摩地区で地べたを這いずり回るような生活を送っている自分の身の上と照らし合わせると、何だか侘しい気分になることもあったが。

メッセージのやりとりを続けているうちに、岩倉の気持ちも上向いてきた。

結局実里は、自分にとって大事な人なのだ。その彼女との暮らしがどうなっていくか、将来が不透明なのが不安ではあったが。

翌朝の捜査会議には、捜査一課長も臨席した。都内には常にいくつかの特捜本部ができているから、一課長は順番に特捜本部を回って、刑事たちに発破をかける。そして一課長が来る日には、特捜本部にピリピリした空気が流れる。

今の一課長は、気合いで仕事をするタイプではなく、常に冷静だ。そのせいかもしれないが、こちらの本音が厳しく見透かされている感じがする。今はマスクをしているせいで、さらに眼光が鋭く見えた。

まず、捜査状況の確認、そして今日の捜査方針が指示される。やはり「三川を第一の容疑者にする」方針に変更はなかった。昨夜の安川との会話以降、この方針に少し疑問を抱いていた岩倉だが、反論できるだけの根拠はない。本当は一度立ち止まり、十年前の捜査をしっかり見直して、ゼロベースから再スタートすべきなのだが、亮子たちはやけに結論を急いでいるようだ。気持ちは分かるが、危険な兆候である。

もしかしたら上層部は、三川の死が近いという事実を上手く利用しようとしているのかもしれない。容疑者が死んでしまえば、捜査はそれ以上進められない。一番疑わしい人間が死ねば、真相は闇に葬られてしまう。死んだ人間が犯人だった可能性は高いが、詰め切れなかった――消極的、事なかれ主義の人間だったら、そんな風に後ろ向きに考えてもおかしくはない。

一通り指示を終えると、亮子が岩倉を指名して訊ねた。

「三川に対する事情聴取は、継続できそうですか」

岩倉はスーツのボタンを留めながら、ゆっくりと立ち上がった。

「かなり厳しいですね。本人は、話をするのも辛いようですし、病院側の姿勢も強硬です。病院側としても、重病人の事情聴取は避けたいようです。まず、病院側を説得する必要がありますが、仮に話が聴けるとしても、向こうは立ち会いを要求してくると思います」

「やりにくい状況ですね」

「その通りです」

「一応、病院側とはつながりをキープしていきましょう」

亮子が、「病院担当」として別の刑事を指名した。岩倉が昨日失敗したことを念頭に置いているのだろう。一人が失敗すれば、すぐに別の人間を送りこむのは、よくあるやり方だ。相手も人間だから、合う合わないも当然ある。岩倉も、自分が「万能」でないことは分かっているし、今まで途中で担当替えされたことは何度もある。逆に自分が、他の刑事が担当していた相手を受け持ったことも珍しくない。

岩倉は、礼央の身辺調査を担当する班に回された。三川との関係を明らかにして、容疑を固めるためにも必要な捜査だということは分かる。しかしあくまでゼロベースで行くんだぞ、と自分に言い聞かせる。

今日は、本部から応援に来た若手刑事の柳(やなぎ)と組まされた。この春の異動で捜査三課から捜査一課へ横滑りして異動したばかりで、殺人事件の特捜本部は初めてということだった。

「大丈夫ですかね」

いきなり弱音を吐いたので、岩倉は心配になった。柳は身長百八十センチほど、しかも筋骨隆々の堂々たる体格で、一見頼りになりそうに見えるのだが、気持ちは強くないようだ。

「通常の聞き込みだよ」

「でも、特捜本部の雰囲気は……ビビりますよ」

「何言ってるんだ」岩倉は呆れた。「特捜だからって、いつもの捜査と変わらないよ」

刑事をやっていても、一生特捜本部を経験しない人間もいる。本部の捜査一課にいてさえ、だ。捜査一課の殺人事件捜査担当は九つの係に分かれていて、特捜本部が設置される重大事件が発生すると、待機している班が順番に現場に投入される。その事件が解決して特捜本部が解散すると、再び待機に入る——特捜本部はそれほど頻繁にできるものではなく、タイミングが悪いと、発生したばかりの熱い現場に投入されることなく、別の部署へ異動になってしまうこともままあるのだ。ましてや所轄では、特捜本部が立つこと自体が珍しい。何しろ警視庁管内には、百二も警察署がある。そのうちかなりが、事件の少ない多摩地区や島嶼部だ。

「ま、気楽にやってくれ。気楽っていうのは、ちょっと違うかもしれないけど」

さて、出かけるか……そう思った瞬間、一課長から声をかけられる。手招きされるまま、会議室の片隅に向かった。極秘の話か？　だったら、ここでは話さない方がいいのだが。

「ガンさん、立川中央署はどうだ」

「まあまあですね。まだ慣れてませんけど」

「ガンさんなら、どこでもすぐに慣れるだろう」

「いやあ」岩倉は苦笑した。「歳を取ると、適応能力が低くなるみたいですよ」

「ガンさんは十分若いと思うけどな」

「とんでもない」

岩倉を「若い」と冷やかす一課長は、五十八歳。岩倉は捜査一課時代、断続的に彼の下で仕事をした。直接話をすることも何度もあったが、性格までは摑めていない。それほど分かりやすい男ではない、という印象があるだけだった。

「この件、ガンさんとしてはどう思う？」

突然一課長が意見を求めてきた。こういうのは異例だ、と岩倉は緊張した。捜査の最高責任者が、一介の刑事にこんな質問をすることなど、まずない。そういう気さくなタイプでもないはずなのに。

「どう思うとは、どういう意味ですか」岩倉は慎重に訊ねた。

「三川にこだわり過ぎじゃないか」

「ああ、まあ……」それは、岩倉としても認めざるを得なかった。「十年前の因縁があるのは分かりますけど、情報に引っ張られ過ぎている感じはします」

「ガンさんは、三川と直接話をしたんだろう？」

岩倉は素早くうなずいた。あれを会話と呼べるかどうかは分からないが。

「ガンさんの感触としてはどうなんだ？」

「まともな事情聴取ではなかったですし、何とも言えないですね。相当弱っていますから、今後はますます事情聴取は難しくなると思います……要するに分かりません。はっきりしたことは、何も言えませんね」

「そうか。ちょっと気をつけておいてくれ」

「何をですか？」

「特捜が三川一色にならないように。俺はどうも、この線は筋がよくない気がする」

おっと……一課長の口から、こんな形でこんな台詞が出るのは異例だ。そもそも、捜査方針がおかしいと思えば、捜査会議ではっきり言えばいいだけの話である。一課長には、一度決まった方針をひっくり返すだけの力もあるのだから。

「三川が犯人ではないと思われますか？」

「あくまで感触だけどな。十年前、三川は高校生だった。しかも、それまで警察とは一切関わり合いがなかった。仮にそんな人間が人を殺したとして、警察に追及された時に、頑強に否認を続けられると思うか？」

「難しいでしょうね」

「昨夜、失踪課の高城課長と話したんだ。彼も、三川の線は弱いと判断している」

「高城さんが？　高城さんは、この件にタッチしてないでしょう」

「雑談だよ」一課長が耳の上を突いた。「ただし、高城の勘は馬鹿にできない」

岩倉はうなずいた。確かに高城は妙に鋭い。ぼうっとしている——ずっと酒浸りのようでいて、突然物事の本質を鋭く見抜くのだ。警視庁の中では「高城の勘」として有名で、脳科学者の妻が研究するなら、高城を対象にすべきではないかと岩倉は思っている。アルコール漬けになった高城の脳を検査して、何か分かるとは思えなかったが。

「ここはガンさん、普段通りに行ってくれよ」

「引き留めろ、ということですか」

「それがガンさんの役目だろう」一課長がうなずく。「俺も、四六時中ここに顔を出せる訳じゃない。報告書を見るだけで判断しなければならない時も多いんだ。俺の代わりにガンさんが目を光らせて、おかしな方向へ行かないようにケアしておいてくれ」

「一課長の名代ですか？ この特捜では、ガンさんが最年長じゃないか」

「この特捜では、ガンさんが最年長じゃないか」

そう指摘され、岩倉は一瞬言葉を失った。確かにその通りで、五十歳を超えている刑事は岩倉一人しかいない。改めて指摘されると、自分もすっかりベテラン——定年の日から数えた方が早い——になったのだと意識させられる。岩倉本人は、まだまだ若いつもりでいるのだが。

「三川は、危なそうなのか？」

「ええ」

「犯行を押しつけて、被疑者死亡のまま送検して終わったら、真犯人は野放しの状態になってしまう。それだけは絶対に避けたい。三川じゃないならないで、はっきりさせないと」

「状況を見て判断します。逆に、三川の犯行を裏づける材料が出てくるかもしれないし」今のところ、万が一の可能性だが。

「まあ……俺はそっちには賭けないけどな。とにかく、十分注意しておいてくれ」

「分かりました」

一課長がうなずき、特捜の幹部たちが集まっている席に戻って行く。今のはいったいどういうことだろう、と岩倉は首を傾げた。一課長直々に、平の刑事に具体的な指示をするのは異例である。何か裏があるのでは、と岩倉は訝った。ちらりと幹部席の方を見ると、一課長と亮子が真剣な表情で話し合っているのが見えた。もしかしたら課長は、亮子をケアしようとしているのだろうか。女性で所轄の課長はまだ珍しいから、本部の幹部も失敗がないよう、潰れないように気を遣っているはずだ。捜査がおかしな方向へ動いて、亮子の評価に傷がつくのはまずいと心配しているのかもしれない。

もっとはっきり聞いておけばよかったが、今更それもできない。

何だか面倒な話になってきた。しかし、一課長に言われるまでもなく、この件は注意しておこうと自分に言い聞かせる。「待った」をかけるのは、間違いなく自分の仕事なのだ。

4

遺体が礼央だと確定してから二日後、弟の優太がカナダから帰国することになった。日曜日の夕方、羽田着。村野は週末を潰し、真中家につき添うことにした。

まず、日曜の夜に真中家を訪ねる。トロントからの直行便は、羽田に午後五時前に着くと分かっていたので、七時半に自宅のインタフォンを鳴らした。両親と会うのは、遺体の確認以来初めて……少しは落ち着いたかと思ったが、息子が帰国してきたせいか、家の中にはより暗い空気が漂っていた。

本当は、この時間に人の家を訪ねるのはよくない。夕飯を邪魔してしまう恐れが強いからだ。しかし真中家では、夕食の用意をしている気配がなかった。やはり、日常生活のペースは、すっかり狂わされてしまったのだろう。

優太は、ジーンズにトレーナーという軽装だったが、それでも何というか……光り輝くような存在だった。百八十センチ近い長身、整った顔立ち、立ち居振る舞いも堂々としている。これは相当モテるだろうな、とこの場に相応しくない想像をしてしまった。

改めて両親に挨拶し、今後の予定を確認する。通夜は明日の午後六時から、葬儀は明後日午前十時からということだった。家族葬で行うので、親戚も含めて弔問は全て断っているという。

「お別れの挨拶をしたい人もいるかと思いますが」村野はやんわりと訊ねた。相手の行動を正面から否定してはいけない。

「それは分かりますが、家族だけで送りたいんです」真司が訴えた。目は真っ赤で、目の下には隈ができている。ほとんど寝ていないようだった。

「分かりました。ただ、我々は一応、お通夜にも葬儀にも顔を出します。参列ではなく、念のために、です」

「マスコミ対策ですか」真司が溜息を漏らす。

「ええ」

「あれから何回も取材の電話がかかってきました」真司が力なく首を横に振る。

「個別のコメントは断っていただけましたか？」この件は、以前に打ち合わせていた。どこかの社に対して喋ってしまうと、結果的に他の社にも対応せざるを得なくなる。そうすると個別の取材が延々と続き、家族は疲れるばかりだ。

「ええ。お話しできない、とだけ言ってあります」

「結構です。電話してきた社は、控えてありますか？」

真司が無言でメモを差し出した。几帳面な字で、電話をかけてきた社名、かかってきた日時などが記録してある。十社を遥かに超える……一般紙四社、テレビのニュース番組が五つ、ワイドショーが四つ、週刊誌が三誌。それはそうだろう、と村野は納得すると同時に、もっと早く手を打っておくべきだったかもしれないと悔いた。この状態だと、計画を早めた方がいいかもしれない。

「前にお話ししましたが、家族としてマスコミ全社に対するコメントを出した方がいいと思います」

「しかし、何と言っていいか、分からない」真司が力なくつぶやいた。

「こういうことは、我々は何度も経験していますから、ご相談に乗ります。雛形になるような文案もありますが、ご自分の言葉でコメントされた方が効果的だと思います」

同行してきた梓が、数枚のプリントを取り出した。個別の事件は特定できないようにしてあるが、これまで事件関係で出された被害者家族のコメントである。

最近は、コメントさえ出してしまえば、被害者家族に対する取材攻勢は沈静化することが多い。マスコミも、昔のようにしつこくなくなっているのだ。人手が足りないのか、事件取材に懸ける情熱が薄れているのか、あるいは新たな倫理観が育ちつつあるのか。取り敢えず悲しみのコメントが取れれば、その後は被害者家族にはまったく取材しなくなってしまうことも多い。まあ、所詮メディアの仕事というのは一過性のものだから……。

突然、インタフォンが鳴った。真司が不安そうに顔を上げる。親戚か何かだろうか？　妻の孝子が対応しようとしたが、優太が「俺が出るよ」と制して、キビキビと立ち上がった。長いフライトで疲れているはずだが、それを感じさせない声、身のこなしだった。

「はい――そうです」

沈黙。優太が不安そうな表情で村野を見た。マスコミか？　取材拒否を貫いているので家まで押しかけて来た？　冗談じゃない。

「いえ、困ります。どこの社の取材にも応じていません」優太が少しだけ声を大きくした。「はい、取材拒否と考えていただいて結構です」

それはちょっと言い過ぎ……強い言葉をぶつけられると、向こうも反発するものだ。村野と梓は、玄関に向かった。ドアを開け、門のすぐ外にいる男の姿を確認する。スーツ姿できちんとネクタイを締めている。まだ若い。どこかの新聞社の警察回りだろうか。インタフォンに向かって話していたが、村野たちの姿を見ると、すっと離れた。

バッジを示して威嚇する手もあるのだが、それは支援課のやり方にそぐわない。村野は「犯罪被害者支援課です」とだけ名乗った。男がさっと頭を下げるのを見て、「どちらさんですか？」と質問をぶつける。

「日本新報です」

「ああ」真司のメモにも、日本新報の名前はあった。「申し訳ないですけど、ご家族への取材はご遠慮いただけませんか」

「しかし、事件が事件ですよ」記者が反発する。

「それは重々承知しています」村野は丁寧な態度を崩さなかった。「ただ、特異な事件ですので、ご家族への取材は難しいということをご理解いただけませんか」

「警察が家族を守っているんですか」記者の表情が強張る。

「被害者家族を支援するのが我々の仕事ですから」

「せめてコメントぐらいは……」

「それは、今は何とも言えません。コメントは出すかもしれないし、出さないかもしれません。いずれにせよ、もう少し落ち着くまで待ってもらえませんか？」

「明日がお通夜ですよね」

記者の指摘に、村野は黙りこんだ。こういう情報は、だいたい表に漏れてしまう。捜査一課、あるいは所轄の幹部からマスコミに流れることを、村野は経験上知っていた。支援課としては、家族の動向は伝えないようにと何度も通達を出しているのだが、一向に守られる様子がない。殺人事件の取材で、葬儀の場面は必須――マスコミ、特に映像を必要とするテレビの連中は未だにそう考えているし、捜査を担当する刑事たちも、特に不謹慎とは思っていないのだろう。現場の人間は、捜査の邪魔さえされなければ、どうでもいいと思っているのだ。

かつては村野もそうだった。

「何かあれば、うちか広報課が窓口になってお伝えします。取り敢えず、今日はお引き取り願えませんか」

「しかし、コメントが取れないと帰れないんですよ」

記者が泣き落としにかかったので、村野は情けない気分になったが――上司が怖いと泣きつけば情報がもらえると信じている記者もいるようだ――それでも「御社の事情は御社の事情で、我々は被害者家族を守らなければなりません」と一切引かなかった。

結局、記者は引き下がった。村野は最後に、名刺を受け取るのを忘れなかった。この記者は、今後要注意人物としてチェックだ。自分の意思ではなく、上に言われるままに動く人間の方が厄介な存在になる。

立ち去る記者の背中が見えなくなったところで、梓がふっと溜息を漏らした。

「何だか——こういうの、どうしていいか分かりませんね」

「よくあることだろう」

「マスコミの人を追い返すのって、あまりいい気分じゃないです」

「気にするなよ。連中は、こういうのには慣れてるんだから。もっとひどいことだって、いくらでもあると思う。それとも俺、そんなに乱暴だったかな」

「そんなことないですけど」梓が即座に否定した。「マスコミも、もう少し気を遣って取材してくれたらいいんですけどね」

「昔に比べれば、ずいぶん穏やかになったって言うけどね」村野はドアに手をかけた。

「昭和の時代は、特捜本部に押しかけて取材したりすることもあったそうだから」

「だったら、被害者家族の人権なんて、まったく考えてなかったでしょうね」

「だろうね」

そういうことは、様々なせめぎ合いの中で変わっていくものだろう。警察は昔から、ある程度は被害者の人権に気を遣ってマスコミ対策もしてきた。しかし最近のマスコミの「弱腰」の原因は、ネットで批判が高まっているせいかもしれない。被害者の家に押しかけて取材を迫る様が散々ネットで晒されて、「メディアスクラムだ」と批判されれば、マスコミも動きにくくなる。

もっとも、マスコミには動かし難い「横並び」意識があるという。「うちだけが落とすわけにはいかない」という感覚――それが消えない以上、こういう集団取材はなかなかなくならないのだろう。そもそも、被害者家族への取材が必要かどうかも微妙なところだとは思うが……誰も傷つかないためには、家族が喋りたいと言ってきた時だけ、取材すべきではないだろうか。

　リビングルームに戻ると、優太がほっとした表情を浮かべていた。

「すみません、こんなことまでさせてしまって」本当に申し訳なさそうに言って、優太が頭を下げる。

「いえ、これが支援課の仕事なんです」村野はかなり無理して、穏やかな表情を浮かべた。「慣れていますから」

「ちょっとよろしいですか」真司が遠慮がちに声を上げた。「親戚に連絡を回したいので、電話をかけたいのですが」

「どうぞ……親戚の方は、葬儀に参加されないんですよね？」

「ええ。あくまで私たちだけでやりたいんです。でも、どうしても来たいという親戚もいて、説得しないといけないので」

「分かりました。どうぞ」

　真司がうなずき、孝子と一緒に別室に引っこんだ。二人ともスマートフォンを手にしている。夫婦それぞれの親族に、面倒臭い電話をかけなければならないのだろう。

残された優太が、欠伸をした。村野が見ているのに気づき、照れ臭そうな表情を浮かべて頭を下げる。

「お疲れですよね」梓が気遣って言った。いつも持ち歩いている巨大なトートバッグから、ペットボトルの水を取り出す。「飲みませんか?」

「いや……あの、眠気覚ましにコーヒーを用意しますから、一緒にいかがですか」優太は遠慮した。

梓が村野の顔をちらりと見る。いいんじゃないか——村野はうなずいた。まだ両親と話をしなければならないし、彼らの用事が終わるまで、コーヒーを飲みながら優太と話をしておくのもいいだろう。彼としっかり話せば、家族全員と話をしたことになるのだから。

優太がキッチンに立つと、ほどなくコーヒーメーカーがたてるごぼごぼという音が聞こえてきて、香ばしい香りが漂ってくる。途端に空腹を意識したが、もう少し我慢だ。

優太がコーヒーの入ったポットとカップを三つ持って、リビングルームに戻って来る。その仕草を見ている限り、普段からある程度は家事をしているようだ。動きにまったく無駄がない。

優太がテーブルにカップを三つ置くと、梓がコーヒーを注いだ。村野はブラックのままもらって一口啜った。コーヒーメーカーで淹れたコーヒーは香ばしさに乏しいことがあるのだが、このコーヒーは香り高く、美味かった。

優太もコーヒーを飲み、そっとカップをテーブルに置くと、両手で顔を擦った。

「トロントからのフライトは大変ですか？」村野は訊ねた。

「普通はそんなに大変でもないんですけどね」優太がさらりと言った。「寝てれば、時差ぼけにもなりませんから。でも今回は……さすがに寝られませんでした。というか、ここ何日か、ほとんど寝ていません」

「ショックですよね」

「ショックなのかどうか分からないけど、悪い夢を見ているみたいな感じです。本当なのかどうか、分からない」

「分かりますよ」

「知らない間に頭を殴られて……フラフラしているみたいです」

「そういう人は多いんです。無理しないで、休める時に休んだ方がいいですよ」

「この状態が続いたら、そのうち倒れて、自然に十二時間ぶっつづけで眠れますよ」優太が皮肉っぽく言った。

「礼央さんとは、仲がよかったんですね」

「二人だけの姉弟ですからね。いくら悪い姉だったと言っても、僕には……」

姉の素行は当然分かっていたわけか。ここはもう少し突っこんでみてもいい、と村野は判断した。

「ご両親は、最初、失踪の届けを出さなかったそうですね。あなたが強く勧めて、ようやく警察に行った」

「はい」優太が正直に認める。

「どうしてそう判断したんですか？」

「勘、みたいなものなんですけど」優太が自信なげに言った。「姉はしょっちゅう外泊してましたけど、あの時は何か変な感じ――普通とは違う感じがしたんです。予感みたいなものですけど」

「そうですか……姉弟だから分かることもあるんでしょうね」

「だけど、殺されていたなんて……」優太が天井を仰ぐ。涙を堪えている様子だった。

それから、テーブルに置いたスマートフォンを取り上げ、何か操作した。

「昔は、こういう感じだったんですよ」

スマートフォンの画面いっぱいに、写真が表示されていた。二人とも小学校の低学年ぐらいだろうか。丸顔の礼央が、優太の顔を抱え込むようにして笑みを浮かべている。

村野たちが持っている、失踪当時のけばけばしい写真とはまったく雰囲気が違う。

村野もスマートフォンを取り出し、礼央の写真を表示させた。制服姿ではあるが、ブラウスのボタンを二つ開け、スカートも極端に短いので、「制服風」のコスプレをしているようにも見える。髪は見事なまでの金髪、カラーコンタクトを入れているのか、目はごく薄い茶色だった。

「これは、高校生の頃――失踪直前の写真だと思います」村野はスマートフォンを優太に提示した。

「ああ……」優太が苦笑する。「何か、やっぱり派手ですよね」

「いつ頃からこんな感じになったんですか？」

「中学生になってからです。あの……万引きして警察に補導されたんですよ」

「それは把握してます」村野はうなずいた。

「それから一気に派手になっちゃったんです。学校も休みがちになって、親は何度も学校に呼び出されてました」

「ご両親は、きつかったでしょうね」村野はうなずき、スマートフォンをスーツのポケットに入れた。

「だと思いますけど、僕にはそんなに……外見は派手になったし、夜遊びもひどかったけど、姉としては優しかったですよ」優太の表情が和んだ。「中学校に入ってから、たまたま環境が悪くなったんじゃないかな」

「悪い友だちがいたとか」

「はい」優太がうなずいて認めた。「小学校からの同級生で、何人か悪い人がいたんです。万引きした時も、そういう人たちに誘われて、流されただけですから。姉は、引っ張られやすい性格だったんです」

　悪い仲間の誘いに一度乗ってしまって、後はずるずると……という感じか。若い子が転落する時によくある過程である。まったく一人で、突然悪くなっていくことはほとんどない。若いうちは、仲のいい友だちに影響を受けやすいものだ。

「当時、恋人がいたんですよね」

「三川さん」

「知ってますか？」

「僕も中学までは一緒でした」

「どんな人でした？　話したことは？」

「ありますよ」優太がうなずいた。「この家に来たこともあるし」

「どんな人でした？」

「どんな？　うーん……」優太が答えに詰まった。「ちょっとよく分からないです。言い方は悪いけど、同じクラスにいても絶対話さないかな、というタイプ」

今だったら陰キャ、というところだろうか。その言葉を口にするのは何となく気恥ずかしかったが、思い切って言ってみた。

「ああ、確かに今だったら、そんな風に言われるかもしれません」

「教室の片隅にいて、一人で暗くしているような？　友だちもいなくて、人と全然話さず、卒業して同窓会をやることになっても存在を忘れられてるとか」

「そこまでは言いませんけどね」苦笑して、優太がコーヒーを一口飲んだ。テーブルに置いた煙草を取り上げると、「吸ってもいいですか？」と丁寧に訊ねる。

「どうぞ。普段も吸ってるんですか？」

「とんでもない。カナダの喫煙ルールは厳しいですし、そもそも高くて、煙草なんか買えませんよ。十七ドルぐらいしますから」

「カナダドルだと……千四百円ぐらい？」

「そうですね。お店でも目立つ所には置いてませんし、一日一箱なんて吸ってたら、学生はすぐに破産しますよ。日本に帰って来た時だけ吸うんです」

そう言えば彼の手元にあるのはメビウス——日本の煙草だ。優太が顔をしかめたまま何度か煙を吐き出すと、まだ長い煙草を携帯灰皿に入れてもみ消す。

「すみません」

「いえ……でも、よくそんな風にできますね。カナダにいる間だけ禁煙しているようなものでしょう？」

「慣れれば何とかなりますよ」

「話を戻しますけど、三川さんとお姉さんがつき合っているのは、意外な感じがしませんでしたか？」

「うーん……」優太が顎を撫でた。「それは僕も思ったんですよ。姉に『何で？』って聞いてみたこともあるんですけど、笑っててちゃんと答えてくれませんでした。『子どもには分からないから』って」

「あなたも高校生でしたよね」

「ええ」

「そういうことには興味津々な年齢じゃないですか」

優太が悪戯っぽい笑みを浮かべる。この表情にやられる女性は多いだろうな、と村野は密かに思った。計算しているのかナチュラルなのか分からないが、かなりの破壊力がある。

「礼央さんが失踪した後、三川さんが警察から散々事情を聴かれていたのは知ってますよね？」

「ええ」

「どう思いました？」

「それは、僕には分かりません」優太が急に表情を引き締めた。「ただ、失踪する前、姉はずっと不機嫌だったんですよね。三川さんと上手くいってなかったんじゃないかと思ったんですけど……警察も、当然そういうことは把握しますよね」

「そうだと思います。別れ話が出ていたと聞いています」村野はうなずいて認めた。「私は当時、捜査を担当していたわけではないですから、詳しいことは分かりません。でも、女性が失踪したら恋人に話を聴くのは、捜査の初歩です」

「結局、何も分からなかったんですよね」優太が溜息をつく。「失踪した直後に殺されたんですかね……冗談じゃないです」

「辛いことだと思います」

「辛いというか、まだ信じられないんですよ。十年前はずっと不安で、不安で……何が起きたか分からないから、もしかしたら殺されたのかもしれないって想像はしていたんですけど、本当に殺されていたなんて、最悪のパターンですよね」

優太が、目尻に溜まった涙を指で拭った。相当な精神力だ、と村野は感心したが、油断はできない。気丈に振る舞っている人ほど、突然一気に感情が爆発することもある。日本人は、辛くてもじっと我慢して悲しみを呑みこんでしまうことが多いのだが、本当はどこかで一度爆発した方がいい。そうすれば一気に悲しみを解放して、気持ちも早く落ち着く。

「あまり無理しないで、吐き出してもいいと思います」

「そういう気にもなれないですよ。気持ちの整理がつきません」

「三川さんは今、病床にあります」

「え？」優太が目を見開いた。

「かなりの重症で、命に関わる状態だそうです」

「それは……それもどう判断していいか、分かりません」優太が力なく首を横に振る。

「三川さんが犯人なんですか？」

「調べていますが、まだそういう結論は出ていないと思います」

「たまらないですよね」優太が煙草の箱を手にしたが、中身を引き抜こうとはしなかった。しばらく手の中で転がしていたが、結局テーブルに置いてしまう。「中途半端で……家族が行方不明っていうのはきついです。生きているのか死んでいるのかも分からないから、どう考えていいか分からないし。でも、段々慣れてくるんです。それがまさか、十年も経ってから遺体で発見されるなんて……また気持ちがぐちゃぐちゃになりました」

「現場は、幽霊屋敷って言われていたようですけど、ご存じですか?」

「知ってます。昔は住んでいる人もいたんですよね? でも、僕が小学生の時にはもう無人で、誰も手入れをしないから、木が鬱蒼としていて、怖くて近寄れませんでした。遺体を隠すには、ちょうどよかったんですかね」

彼の発言が引っかかった。そう……犯人は何故あの場所を選んだのだろう。この家から遺体が発見された空き家までは、直線距離で百メートルもない。どうしてこんな近くに遺体を隠したのだろう? 死体遺棄事件の場合、大抵は被害者や犯人の自宅から遠い場所が遺棄現場に選ばれる。仮に遺体が発見されても、被害者や自分に結びつかないように、という心理が働くのだろう。

「ちょっと、どうしていいか分からないですね」

「今は、ご両親を支えてあげて下さい。日本とカナダに別れて暮らしていても、ご両親が頼れる相手はあなただけなんです」

「何ができるか分かりませんけどね」優太が肩をすくめる。

「留学はいつまでなんですか?」

「今年の夏に博士号が取れる見込みなんですけど、まだ勉強は足りないですね。できたら向こうで研究を続けたいんですけど、今はどうするべきか、ちょっと迷っています」

「博士号まで取ったら、やっぱり大学に残って研究者ですか？」

「どこかの会社で研究職の仕事があれば、それでもいいんですけどね」

「最近は、博士号があっても働き口がないとも聞きますけど」少しいじわるかもしれないと思いながら、村野はつい訊ねた。

「理想は大学で研究生活を続けることですけど、日本だとなかなか難しいんです。だからカナダかアメリカの大学で今の研究を続けられれば……でも、どれだけ努力してもどうにもならないことはありますからね。こういうのは、運も必要なんです」

「専門は機械工学ですよね」村野は、真司から聞いた話を思い出した。産業用ロボットの開発などが専門なのだろうか。「どういう感じの研究なんですか？」

「それは――」優太が苦笑する。「話すと長くなりますよ。かなり専門的なので」

「だったら、またの機会にしましょうか」村野は微笑した。「私は純粋文系なので、理解できるとは思えません」

「私の兄が、ベンチャー企業でロボットの研究をしているんですけど」梓が遠慮がちに割って入った。「そういう感じですか？」

「ああ、大きな枠で言えばそうですね」優太が嬉しそうにうなずく。話が通じそうな相手が出てきたので、喜んでいるのかもしれない。「今、世界中の企業が、様々な分野のロボット開発を進めていますけど、僕は汎用ロボットを研究しているんです」

「それは、人間みたいなロボットということですか?」梓が、間違いがないかと恐れるように小声で訊ねる。

「まさにそうです。ある機能に特化したロボットというのは、様々な分野で既に実現しています。産業用ロボットなんかが、その典型ですよね。日本は昔から、そのジャンルでは強かった。でも、一々専用として作るから高価だし、応用が利かないわけです。汎用ロボットは人間と同じだから、プログラムの変更だけで様々な用途に使えるようになります。もっとも、ゼロから人間を作り出すようなものですから、難易度ははるかに高いんですけど……結局、脳の働きの解明が大きなポイントになるんです。関節や筋肉の動きは物理的に説明できるし、それを機械で再現することも可能です。でも脳の働きだけは、まだ物理的に解明できないんですよね。人間の脳の働きを全て方程式で表せたら、人型ロボットは実現に近づくと思うんですけど」

確か、岩倉の妻が、大学でそういう研究をしているはずだ。考えてみれば、奇妙な夫婦である。妻が研究者、夫が刑事。大学の同期だと聞いたことがあるが、岩倉本人に確認したことはない。何だか面倒な事情がありそうだ。

「ずいぶん難しい研究なんですね」感心したように梓が言った。

「まあ、あれです」急に優太が照れ臭そうな笑みを浮かべた。「人型ロボットは、男の子の夢なんですよ」

「夢のために、相当努力されたんでしょう?」梓が持ち上げる。

「でも、好きなことですから」優太がうなずく。「好きなことなら、苦労した感じはしないんですよね」

えらく前向きな若者だ、と村野は感心した。目の前にいるような若者が、今後の日本を支えていくのだろう。いや、支えていって欲しい。

「変な話ですけど、ずっと勉強ばかりで、息が詰まりませんでしたか？」村野は訊ねた。

「そんなこともないですよ。高校までは、結構本気でサッカーをやってたんです」

「そうなんですか？」

「二年、三年と続けて、選手権の都予選で決勝まで行ったんですけど、二年続けて同じ相手に一対二で負けました。しかも二試合とも、後半に逆転されたんです。あれは悔しかったですね……」

「でも、もう一歩で全国大会なんて、すごいですね。それも二年連続で」村野は素直に驚いた。絵に描いたような文武両道ではないか。

「別に自慢するわけじゃないですけど、Ｊのクラブから勧誘もあったんです。でも、二年続けて決勝で負けたせいで、気持ちが折れてしまって……サッカーはもういいかなって」

「それで、子どもの頃からの夢の巨大ロボットの研究に」

「人型、です。巨大ロボットじゃないですよ」優太が苦笑しながら訂正した。

「失礼しました」村野はさっと頭を下げた。どうもイメージが上手く浮かばない。

くない。

「コーヒー、もう一杯どうですか？」優太が如才なく言った。

「いや、大丈夫です」

そのタイミングで、両親が戻って来た。二人ともげっそりと疲れた様子で、顔色がよくない。

「大丈夫ですか？」村野は思わず声をかけた。

「何とか……」真司が、優太の横に座った。「親戚というのは、面倒なものです。娘とちゃんとお別れをしたいというのは理解できるんですけど、こっちの気持ちなんかまったく分かってくれないんだから」

「親戚というのは、そういうものだと思います」村野は、葬儀の席で家族と親戚が口汚く罵り合う場面を何度も目撃している。そうかと思えば、何十年も会っていなかった人同士が抱き合って涙を流したり……人が死ぬと、それまで抑えていたものが一気に噴き出す。今回はトラブルではなく、好意からくる申し出ということだろう。

「先ほどお渡ししたコメントの例なんですが」梓が切り出した。「ご検討いただけますか？　我々が強制するものではありませんが、コメントが出れば、マスコミはある程度は満足します。取り敢えず、取材攻勢から逃れるために、一番確実な方法なんです」

「分かりました。検討します」真司が、優太に文案を渡した。「ちょっと見ておいてくれないか」

優太が一瞬、戸惑ったような表情を浮かべた。「あの瞬間」が来たのだと村野には分かった。ずっと子どもを庇護してきた親が、逆に子どもに頼るようになる瞬間。子どもは、自分が一人前になったと胸を張るより、親の衰えを意識してしまうものだ。

「我々はいつでも相談に乗りますので、必要ならご連絡下さい」村野は言って、話をまとめにかかった。

「何から何まで……」真司が頭を下げたが、うなだれたようにしか見えなかった。

「さっきの話、本当か？」家を出るなり、村野は梓に訊ねた。

「さっきの話って、何ですか？」

「お兄さんがベンチャーでロボットの研究をしている話」

「あ、それは本当です」梓があっさり認めた。「嘘だと思いました？」

「嘘も方便だから」彼女には何度もそう教えてきた。バレない嘘なら、被害者家族を慰めるために積極的に使うべきだ、と。

「家族のことだと、嘘はつけませんよ。嘘だってバレたら、一発で信頼をなくすでしょう？」

「ラッキーな偶然か」

「そういうことです。少しは役にたちましたかね」

「向こうはある程度リラックスしたと思うよ」

署から借り出してきた覆面パトカーに乗りこむ。やはり多摩地区は、車がないと動きにくい。二十三区内なら、どこへ行くにもだいたい電車が使えるし、バスの便も毛細血管のように広がっている。しかしこの辺は、車がないとどうしようもない。

すぐに車を出す。これから署に車を返すことを考えると、少し面倒臭い。既に午後八時近く、夕飯も済ませていないから、それも考えねばならない。

「優太さんのこと、どう思いました？」梓が唐突に訊ねた。

「どうって……非の打ち所がないんじゃないかな。文武両道で」

「ですよね」

「何かおかしいか？」どうやら梓は、自分が気づかなかった何かに引っかかったらしい。

「姉と弟であんなに育ち方が違うものですかね」

「そういうことはよくあるんじゃないかな。兄弟の一人が犯罪者でも、残りは真面目にやっていることは珍しくない」

「ですよね……」

「別におかしいとは思えないけど」村野はやんわりと反論した。

「ちょっと反発してるのかもしれません。確かに文武両道だし、ルックスはいいし、背は高いし」

「同性ならともかく、異性を羨（うらや）むのはどうかと思うな」

「人間として、自分が劣っているような感じがしてしょうがないんですよ」

「だけど彼には、被害者支援の仕事はできないぜ」

「そういうことじゃないんですけど……」梓が小声でぶつぶつ言った。

村野は、かすかな違和感が胸の中で膨れ始めるのを感じていた。あまりにも完璧な弟と、人生を踏み外しかけて、結局は殺されてしまった姉。両親とも比較的堅い、真面目な人であることを考えると、礼央だけが家族の中で異質な存在だったのでは、と想像できた。

そういう家族関係が、事件に関係あるかどうか。家族は十年前に一度崩壊しているのだが、その前に何があったかを探るのも、家族支援に役立つかもしれない。

スマートフォンが鳴ったが、署の覆面パトカーではハンズフリーが使えない。仕方なく、梓に渡した。梓が一瞬嫌な表情を浮かべたが、結局電話に出る。

「はい、村野さんの携帯です……ああ、芦田さん」

この時間に係長の芦田から電話がかかってくるということは、何かあったに違いない。

「はい、ええ。今、署に戻る途中なんですけど……え？　どういうことですか？　ええ……では三浦課長と話をすればいいですね？」

電話を切った梓が深い溜息をつく。村野は暗い道路を見据えたまま「どうした？」と訊ねた。

「容疑者——三川さんのご家族が、署に抗議に来たそうです」

「だから？」

「ついでに支援課で面倒を見てくれないかって、刑事課の三浦課長からうちの課長に相談があったんです」

「冗談じゃない。それはうちの仕事じゃないぞ」そう言いながら村野は、亮子とそういう話をしたな、と思い出した。被害者家族だけではなく、加害者家族の人権を守る必要があるのではないか——まさか、これを実験台にしようとしているのだろうか。

「今夜は残業決定ですね」梓がまた溜息をつく。

「もう残業の時間に入ってるよ」今度は村野が溜息をつく番だった。

第三章　容疑者不在

1

　特捜本部へ戻ると、既に捜査会議は終わっていた。まだ刑事たちは居残っていて、ざわついた雰囲気が漂っている中、村野はすぐに亮子の下へ向かった。

「うちの芦田係長から連絡があったんですが、どういうことですか」前置き抜きで切り出す。

「夜になって、三川さんのご両親と弁護士がここへ来たのよ」亮子が暗い声で打ち明けた。

「抗議ですか？」

「そう、抗議」亮子がさっとうなずく。

「それで、我々にどうしろと？」

「面会して、ちょっと話を聞いてもらえないかしら。できたら宥（なだ）めてもらって……」

「それは支援課の仕事じゃありません」村野はきっぱりと言い切った。いくら命令でも、受け入れられることと受け入れられないことがある。知能犯担当の捜査二課の刑事に、殺人事件の現場で鑑識作業をやれ、というようなものだ。そもそも加害者家族のケアは、警察の正式な仕事ですらない。

「この前の話につながることなら――」

「たまたまよ」亮子が村野の言葉を遮った。「とにかくあまりにも激しい調子だから、このままだと捜査に差し障る可能性もあるわ。マスコミに話をすると言っているし……本当にそんなことをされたら、面倒なことになるでしょう」

「我々の仕事は、真中さん一家の支援です」村野は反発した。「明日が通夜、明後日は葬儀で、それにも出なければなりません」

「それはそれとして」亮子は引かなかった。「警察は一体でしょう？　誰かが困っていたら、他の人間が助ける。長い間、ずっとそうやってやってきたのよ」

人の不祥事の尻拭いや隠蔽も当たり前か、と村野は皮肉を吐きそうになった。黙っていると、亮子が畳みかけてくる。

「この件は、私から支援課の課長に正式にお願いしました。桑田さんは、快く引き受けてくれました」

さもありなん、と村野は苦々しく思った。桑田は、他の部署などに恩を売れると分かると、にわかにスタッフの尻を叩いて無理を強いる。そんなことをしても、恩義を感じる人などいないのだが……警視庁の中でも交通部の行政的な仕事を長くしてきた人なので、捜査部署の人間の微妙な機微は理解できないのかもしれない。

「いきなり裏から手を回すようなやり方で申し訳ないけど」亮子は率直だった。「でも、課長を飛ばしてあなたに直接お願いするわけにはいかないしね」

「縦割りですからね」現場では、一々上にお伺いを立てている時間がもったいないので、刑事同士の話し合いで方針を決めてしまうこともあるが、支援課の仕事はほとんどの場合、そこまで緊急性を要するものではない。

「そういうわけで、ちょっと首を突っこんでもらえる?」

「課長の狙い通りですか? 加害者家族の支援について言ってましたよね?」

「まだそこまで考えていないわよ。この特捜の仕事を誰にも邪魔されずに、無事に事件を解決できるように刑事たちに動いてもらうことしか頭にないから」

「……分かりました」異例のことではあるが、断れない依頼のようだ。一応、こちらの原則は伝えたことで満足しておこう。

仕方ない。まずは、三川家のことをよく知る刑事から話を聞いてみよう。情報を入手した上で、明日の朝一番で家族と接触する、と方針を固めた。

さて、誰に話を聞こうかと周囲を見回した瞬間、岩倉に摑まった。

「ちょっといいか」

「今、面倒な仕事を押しつけられて困ってるんですけど」岩倉に抗議しても仕方がないが、村野は思わず言ってしまった。

「三川さんのことだろう？　きっかけを作ったのは俺なんだよ」

「どういうことですか？」村野は眉を釣り上げた。

「最初に、病院で三川の事情聴取をしたのは俺だ。それで、親父さんを怒らせちまった」

「ガンさん……」村野は思わず溜息をついた。しかし奇妙だ。岩倉は基本的に慎重で、無理なことはしないはずだ。いったいどうして、三川の父親を怒らせるような真似をしたのだろう。

「ちょっと」

岩倉が、廊下に向けて顎をしゃくった。村野は梓に向かってうなずきかけ、会議室で待っていてくれと無言で指示する。梓が、同意の印に素早くうなずき返してきた。

廊下に出て二人きりになると、岩倉が疲れた溜息をついた。

「ちょっと焦ったんだ」岩倉が正直に認めた。

「病床での事情聴取は難しいですよね」村野は理解を示した。自分も今まで、何度も同じ経験をしている。

「正直言って、十年前の刑事たちの執念に、気持ちを乗っ取られた」

「ガンさんでもそんなことがあるんですか？」村野は目を見開いた。岩倉は「クール」というわけではないが、常に対象を客観的に見るタイプだ。感情ではなく理性が先に立つ。別名「待ったの岩倉」。特捜本部全体が前のめりに一つの方向へ進もうとしている時に、捜査の矛盾を見つけて「ちょっと待った」と声を上げることもしょっちゅうだ。

「俺だって人間だからな。むきになることもあれば、誰かの気持ちを忖度することもある……とにかく、三川の両親を怒らせたんだ」

「そうだったんですか」

「しかし、まさか抗議してくるとは思わなかった」岩倉が溜息をつく。

「まあ……これでガンさんに一つ貸し、でいいですか？」村野は人差し指を立てた。

「一つでも二つでもいい。面倒かけて悪いな」

「いえ」いつもなら「仕事ですから」という言葉が出てくるところだが、今回は違う。ボランティアの感覚だった。「とにかく、宥めてみます」

「申し訳ないな」岩倉が両手を合わせた。

「ガンさん、反省するのはいいけど、弱気にならないで下さいよ。らしくない」

「お前にそんな風に言われると、情けなくなるよ」

村野は無言でうなずいた。何というか……この事件は複雑になる一方だ。

翌朝、村野はまず三川の自宅を訪ねた。不在——夫婦ともにいない。先週、父親の三川諭は風邪をひいていたという話だったが、もう回復して病院に出勤しているのだろう。連絡を入れず、直接病院を訪ねることにした。捜査ではなく、あくまで事情聴取、それにクレームを受け止めるための訪問で、こういう場合はとにかく会ってみるのがいい。

「どう対応しましょうか」同行してくれた梓が、心配そうに言った。

「分からない」村野としては、そう答えるしかなかった。「被害者支援なら、今まで積み重ねてきたノウハウがある。でも加害者の家族は……捜査で話したことはあるけど、その時は特に難儀しなかったんだよな」

「それは、容疑がはっきりしていたからじゃないですか？　それなら家族は、反省するか当事者に対して怒るだけで、警察に対してはむしろ恐縮するでしょう」

「そうなんだよな」

二人は京王線で中河原まで出て、そこから病院まで歩くことにした。おそらく三川も、電車で通勤していると思われる。多摩地区に住み、そこで仕事をしている人は通勤に車を使うことが多いはずだが、三川の場合は必要ないだろう。

京王線中河原駅を出て、すぐに鎌倉街道に入る。片側二車線の鎌倉街道を歩き出した瞬間、むっとした暑さを感じる。今日は一気に気温が上がって初夏の陽気という予報だったが、確かに気温はかなり高い。村野は上着を脱いで腕にかけた。

この辺はさすがに空が広々としているな、と少しだけ気分が上向いた。立川中央署の辺りは、再開発で行政の新たな中心地として整備された場所だけに、同じように広々としていても、人工的で冷たい雰囲気なのだが、この辺りには生活の匂いが濃厚に漂っている。街道沿いには医院や、薬局、喫茶店など地元の人が普段使いする店舗が建ち並び、住みやすそうな雰囲気を醸し出している。

二人は最初の信号で鎌倉街道を横断した。三川の父親が勤める病院は、この道路の西側にある。横断歩道を渡った先にあるのは、本格的な雰囲気を感じさせる中華料理店……昼飯はここでもいいな、と考えた。

病院までは、歩いて五分ほどだった。横断歩道で引っかからなければ、四分だっただろう。これだけ近いと通勤のストレスはないな、と羨ましくなった。村野は東京メトロ日比谷線の中目黒に住んでいて、警視庁の最寄駅の一つである霞ケ関へは乗り換えなしで行けるのだが、それでも満員電車で膝を庇(かば)って耐えている時などは、結構なストレスになる。

「私が行きましょうか?」病院へ入って、一階の受付で事務室の場所を確認した後、梓が言い出した。

「そうだな」村野はうなずいた。「第一声は君に任せた方が危険が少ないな」

小柄で童顔、人当たりのいい梓を見て、警戒心を抱く人はまずいない。彼女に口火を切ってもらって、その後で自分が介入する方が事故が起きる可能性は低い、と村野は判断した。

村野はまず、三川の父親が面会を拒絶するのではないかと予想していた。何かに激しく抗議している人の特徴として、「自分からは厳しくいく一方、相手を絶対に受け入れない」というものがある。話をするのは常に自分。向こうが頭を下げて会いに来ても拒否する――常に自分のペースで物事を進めたいと考えていると、そういう行動に走りがちだ。しかし今朝、四階にある事務室を訪ねると、三川の父親・諭はあっさり会ってくれた。

勤務先を訪ねたのは正解だった、と村野は判断した。小さな会議室に通されて三人だけで話をすることになったので、人目を気にせず話せるだろう。

「今回は、息子さんの件で不快な思いをさせて、申し訳ありません」梓が静かに言って頭を下げる。

いきなりの謝罪で、諭は怒りを削り取られたようだった。若い女性に頭を下げられると、「責任者を出せ」と激怒する人間もいるが、諭はそういうタイプではないようだ。

「いや……私たちは困っているだけなんです」

「具体的に、どういう風に困っているんですか？」梓が低い声で訊ねた。

「マスコミの取材です。息子を犯人扱いして、話を聞こうとするんですよ。家の電話も私の携帯も、鳴りっ放しなんです。仕事にならないし、家にいても気が休まらない。冗談じゃないです」

「大変だと思います」梓がうなずく。

「そう頭を下げられても、何の解決にもならないんだ」いきなり諭が強硬な態度になった。村野たちが渡した名刺を手に取り、確認する。「被害者支援課……あなたたちから見れば、我々は敵みたいなものじゃないんですか」

「そういうわけではありません」梓が低い声で否定した。「そもそも警察には、加害者家族に対応する部署はないんです」

「そうなんですか？」

「捜査を担当する部署がお話しすることはあります。しかし基本的には……被害者支援は我々が専門で行いますが、加害者のご家族に対しては、専門でケアをしている部署はありません」

「つまり、警察としては、加害者の家族なんかどうでもいいんですね」

「そういうわけではありませんが」梓が困ったような表情を浮かべ、ちらりと村野を見た。

「警察は、典型的な役所なんですよ」村野は正直に打ち明けた。「やれること、やっていいことは、法律や条例ではっきり決まっていて、それ以外のことをしようとすると、『税金の無駄遣いだ』と非難を浴びます。私はそういうことを気にしませんが、これまで加害者家族のケアが正式に行われていなかったのは事実です」

「加害者というが、ああいう風に、いきなり息子を犯人扱いするのはどういうものですかね」諭が憤然として批判した。「十年前もそうだった。そして、十年経っても未だに犯人扱いするのはどうしてですか。息子がやったはずはない。被害者のお嬢さんにとっては可哀想な結果になりましたが、それはそもそも、犯人を逮捕できなかった警察の責任じゃないんですか」

「きちんと捜査できなかったのは、まことに残念です」当時の担当者たちのミスだ、と言い切れないのが自分の限界だと村野には分かっている。間違いでした、手抜きでしたと認めて謝罪すれば、向こうは納得して溜飲を下げるかもしれないが、同僚たちを無闇に貶めるのは本意ではない。

「申し訳ないですが、マスコミの取材は全てそちらで断っていただくしかありません」村野は告げた。

「そういう状態はいつまで続くんですか」諭が鋭い視線で村野を睨む。

「真犯人が捕まるまでです」

「本当に捕まるんですか」挑みかかるように諭が訊ねた。

「最初から逮捕できないかもしれないと弱気になって、仕事をしている刑事はいません」

実際には、今回の特捜に参加した多くの刑事が、懐疑的になっているのではないだろうか。失踪してから十年後に被害者が白骨遺体で見つかる――条件が悪過ぎる。

「マスコミに声明を出すようなやり方はどうですか?」諭が提案する。「弁護士が、文面を考えると言っているんですが」

「それは悪くない方法です」村野はうなずいて同意した。「しかし、問題はタイミングです。コメントを出すことで、マスコミはまたあらぬことを考えるかもしれません」

「だったら、どのタイミングで声明を出せばいいんですか」

「一番確実なのは、犯人が捕まった時です。そのタイミングで、マスコミの過剰な取材を堂々と非難すればいい」

「しかし、それがいつになるかは、分からないでしょう。そもそも犯人を逮捕できるかどうかも……」諭が唇を尖らせる。「私たちは、すぐにでも普通の生活を取り戻したいんです」

「お気持ちは分かります」村野はまたうなずいた。

仮にこの段階で声明を出せば、マスコミは「わざわざ声明を出すのは、何か裏の理由があるからではないか」と穿った見方をするだろう。一方このまま捜査が進んで、三川の犯行ではないと証明されたとしても、特捜本部はわざわざマスコミに公表しない。警察的には、事件の発生と犯人逮捕以外のことは、記事にして欲しくないのだ。捜査のプロセスを書かれると、犯人側に有利になってしまう恐れもある。

「どうしたらいいんですか？　少なくとも、家に来るマスコミの人たちは何とかならないんですか？　近所迷惑にもなってるんです」諭の顔に暗い影が射した。

それで村野は、十年前も三川一家が肩身の狭い思いをしていたのだと悟った。息子が容疑者扱いされ、家の周りに報道陣が集まるようなことがあれば、近所でも「犯人一家」の扱いになる。仮にマスコミが取材を自粛しても、噂は自然に流れてしまうものだ。息子が大阪に去っても、依然として噂は流れ続け、苦しい思いをしたのではないだろうか。東京であっても、一戸建ての家が中心になっている街には、地域のコミュニティがまだ残っている。互いに助け合うこともあるだろうが、逆に一度白い目で見られてしまうと、評判を挽回するのは難しい。

「報道陣は、家の前で張り込んでいたりするんですか？」

「張り込みまではしていませんけど、とにかく頻繁に来るんです」害虫の襲来を告げるような口調だった。

「居留守を使って下さい」できればホテルにでも逃げこんで欲しいのだが、それを自費で、とは勧めにくい。

「どうして私たちが、こんな苦労をしないといけないんですか！」諭が声を張り上げる。「息子は何もしていない。しかも今、病気で苦しんでいる。このままだと、息子はマスコミに殺されてしまう！」

村野は黙りこんだ。解決の方法がない……少なくとも、自分たちが動ける方法を思いつかなかった。せめて三川が犯人ではないと分かれば、非公式に情報を流して取材を鎮静化させることもできるのだが、「やっていない」という証明は意外に難しい。そもそも特捜が犯人だという前提で捜査しているのだから、自分たちが「違う」事実を見つけるのは困難だ。岩倉が慎重になっているから、彼の方で何か、三川＝犯人説を否定できる材料を見つけてくれるかもしれないが。

「取り敢えず、この件は持ち帰らせて下さい。広報課と相談します」

「それで何とかなるんですか」

「広報課は、日常的にマスコミと接触しています。非公式に、過剰な取材を自粛するように頼みこむこともできます」この件で動いてくれるかどうかは分からないが、今はそこに頼るのがベストに思えた。

「それで落ち着きますか？」

「ある程度は期待できます」警視庁の記者クラブで恒常的に取材している社には、この依頼は届くだろう。しかし非加盟社に関してはどうか……。

結局、嵐の中に巻きこまれた人を助ける決定的な方法はないのだ。亮子が「加害者家族もケアしたい」と考えるのは理解できるが、それはあくまで理想論に過ぎない。組織として、きちんとやれるとは思えなかった。

2

三川とは小学校の時からの友だちだという神田（かんだ）という男は、立川市役所に勤めていた。地元の高校から大学を出て、市役所に就職したのだという。さすがに職場で話をするわけにはいかないので、岩倉は市役所一階にあるカフェに彼を誘った。店にいながら外の緑を楽しめる、最高の場所である。しかし神田は、岩倉と向き合って座った瞬間、居心地悪そうに体を揺らした。マスクは外そうとしない。コロナ対策というより、表情を読まれたくないのでは、と岩倉は想像した。

「こういうことは、あまり言いたくないんですけどね」神田が遠慮がちに切り出した。

「分かりますが、ここで話したことは表に出ませんから」

「あの二人、もう別れていたと思いますよ」

「三川さんと真中さんが、ですか」

「ええ、彼女が行方不明になった時には」神田がうなずき、眼鏡を人差し指で押し上げた。「そもそも、つき合っているのがおかしな感じでしたけどね。だって、全然違うタイプでしょう。言い方は悪いけど、最初から人種が違うというか」

「基本的に、三川さんは真面目な人だったんですよね」

「高校受験で失敗したのが躓きだったんですよ。第一志望の私立校を落ちて、滑り止めのあの都立高校に入って……今もそうですけど、基本的には底辺校なんです。悪い連中もたくさんいましたから」

「真中礼央さんも、そういう人でしたね」

「ええ。札つきですよ」神田が認める。「中学生の頃から、大学のイベントサークルの連中とつるんでクラブに入り浸ったり、半グレ連中ともつき合いがあったみたいですよ」

「それ、どこまで本当なんですか」単なる噂ではないかと疑いつつ、岩倉は訊ねた。

「そういう噂って、だいたい大袈裟になって伝わりますよね」

「そう言われると何とも言えないですけど」神田が眼鏡を外した。「本人に直接聞いたわけじゃないですからね。でも、実際に相当悪かったんじゃないかな。三川が彼女とつき合っているって聞いた時、腰を抜かすかと思いましたよ」

「あまりにも合わなくて？」

「もしかしたら、三川はあの高校に行って悪くなっちゃったのかなと思ったんですけど、会ってみたらそんなこともなくて。悪くなれば、服装や髪型が変わってすぐ分かりますよね？」

「昔からそういうパターンは多いですね」岩倉はうなずいた。

「ちょっとこれを見てもらえますか」

神田が眼鏡をかけ直し、スマートフォンを取り出した。画面を一気にスクロールして、やがて一枚の写真にたどり着く。

「これなんですけどね」画面を反対に向けて、岩倉たちに示した。

「ツーショットなんですね」恵美が言った。「この写真は初めて見ました」

「正直言って、全然合ってないですよね」神田が困ったように言った。

礼央は制服を着崩している一方、三川はブレザーの制服をきっちり着ている。ネクタイを緩めてもいないのは、少し真面目過ぎる感じもした。

「三川が送ってきた写真です」

「よく取っておきましたね」恵美が呆れたように言った。

「最初に買ったiＰｈｏｎｅから、機種変する度に写真も引き継いで……要するに整理できないだけですけどね」

「なるほど」岩倉はうなずいた。「しかし確かに、水と油みたいな感じですね」

プリクラではなく、誰かがきちんと写した写真だった。二人は頬を寄せ合い、いかにも仲良さそうにしている。礼央は派手な金髪で、露出の多い服に着替えたら、そのまま風俗店で働いていてもおかしくないようだが、この写真には高校生らしい幼さもあった。

「つき合い始めたのって、いつ頃だったんですか」恵美が訊ねる。

「二年生になった頃かな。この写真も、それからすぐに送られてきたんですよね」

「つき合うようになったきっかけは何だったんですか？」

「それは聞いてないですけど、まあ、三川も免疫がなかったのかもしれませんね」

「それまで、異性と交際したことがなかったとか？」

「私の知る限りでは、そうでした。彼女、顔だけ見れば可愛いですからね」

ルックスのいい異性に惹かれることは珍しくない。結局、ウブな三川が、好みのタイプだった礼央を好きになって交際が始まった、という単純なことだったのではないか。

「別れていたというのは？」恵美がさらに追及する。

「はっきりとは聞いてませんけど、あの事件——彼女が行方不明になる前には、もう会ってなかったはずです」

「理由は？」

「受験ですよ」神田がうなずく。「三川の高校は、大学進学率が極端に低くて……進学する奴も、せいぜいFランクの大学だったりするんですけど、三川は諦めてなかったんです。高校受験の失敗は大学受験で取り返すって、いつも言ってましたから。だから本当は、部活もやりたかったのに諦めて、一年生の時からずっと塾に通ってました。でも、彼女とつき合い始めてから、少し成績が落ちてしまって、焦ったんじゃないかな。本人も、それははっきり言ってました」

分かりやすいパターンだ。高校生にしてはよく我慢したと思うが、自分の将来を真面目に考えれば、必死になったのも理解できる。

「彼は、医学部系は目指していなかったんですか？」岩倉は訊ねた。「医者一族なんですよね」

「理系が駄目だったんですよ。病院や医療に関わる仕事をするにしても、経営側、とでも考えたんじゃないですか？　それなら文系でも大丈夫でしょう」

「でも、そちら方面へ進まないで、大阪で地元の銀行に就職しましたよね？」

「その辺の詳しい事情は知らないんですけど、もしかしたら、こっちへは戻りにくかったんじゃないかな。今でも、あいつが失踪事件に関係しているって噂する人がいるぐらいですから。私に言わせれば、都市伝説みたいなものですけど」

「そういう噂は、簡単には消えないですよね」恵美が真剣な表情で同意する。

「あいつも、人生を狂わされましたよね」神田が溜息をついた。「彼女とつき合っていなければ、こんなことにはならなかったかもしれないのに。今頃は神環会の系列病院で、悠々と仕事してたんじゃないですか」

「真中さんと別れた、とはっきり聞いたんですか？」岩倉は念押しした。

「もう会ってない、と言ってました。上手くいってないのは知ってたし、別に不思議ではなかったですね。警察は、なんでしつこく三川を犯人扱いしたんですか？」

「恋人を疑うのは普通ですよ」恵美が当たり前のように言った。

「そうかもしれませんけど、少なくとも彼女が失踪した時点では、二人は恋人同士とは言えなかったんだけどなあ」神田が首を捻る。

「三川さんに、彼女を殺すような動機があったと思いますか」岩倉はずばり訊ねた。

「まさか」神田が、眼鏡の奥で目を見開いた。「三川は、人生を立て直そうとしてたんですよ。そんな男が、人を殺したりしますか？　それこそ破滅じゃないですか」

三川は今、別の破滅に直面しているのだが。誰も病からは逃れられない。立て直したはずの人生は、結局は崩れ落ちつつあるのだ。

やはり十年前の事情を詳しく知る人間に話を聴く必要があるという判断から、岩倉たちは三川と礼央の古い友人たちに会う捜査を続けた。

そのうちの一人、礼央の高校の同級生だった村上花絵（むらかみはなえ）は、高校を卒業後に水商売の世界に入り、今は新宿のクラブでホステスをやっているという。自宅は東中野。いきなりマンションを訪ねると、グズグズ言うばかりで、なかなか外へ出て来なかった。何度かインタフォン越しに話をして、ようやく近所のカフェに誘導できたのは、最初にインタフォンのボタンを押してから三十分後だった。

出勤前のホステスは地味なものだ。そもそも起き抜けという感じで、ぼうっとしている。ほとんど化粧はしておらず、トレーナーにジーンズという地味な格好。顔立ちも地味で、夜の世界で人気者になるようなタイプとは思えなかったが、女性は化粧でいくらでも変わる。

「警察に話すことなんてないですよ」花絵が白けたように言って、欠伸を嚙み殺した。

「彼女は遺体で発見されたんですよ」

「それは……知ってるけど」途端に花絵が元気を失う。

「十年前、礼央さんは三川康友さんとつき合っていました。あなたもそれは知ってましたよね」

「まあ……同じ高校の中の話だし」

「かなり異色のカップルだったんじゃないですか？」

「見た目はね。でも、仲はよかった」

「失踪した頃、二人は実際には別れていたと聴きました」

「ああ」花絵が小さなトートバッグから煙草を取り出したが、すぐに店内は禁煙だと気づいてバッグに戻す。「結局、全部彼の一人相撲みたいなものだったんですよね」

「告白したのも、別れるのも、彼の方からだった？」岩倉は補足した。

「完全に別れたかどうかは分からないけど……礼央だって、いきなり『別れたい』って言われたら、少しは引っかかるでしょう。礼央の方は適当に遊んでいる感じもあったんだけど、向こうからそう言われると、ね？　そういうの、あるでしょう」

「別れを切り出されて、急にむきになるというか、本気になる感じ？」

「そうそう」花絵がうなずく。

「理由は、三川さんが受験に専念するためだったとか」

「そんな話でした」花絵がミルクティーを一口飲んだ。「三川君は、何とかうちの高校から脱出しようとしてたから。履歴書から消したいと思ったんじゃない？　良い大学へ行けば、そこしか見られないから。大卒の人の出身高校なんて、誰も気にしないでしょう」

「どうして大阪だったんでしょうね」

「それは、例の噂から逃れるためじゃないの？」

「彼が、礼央さんの失踪に関係していると？」

「警察にも散々事情を聴かれて、学校の中でも噂になってたから。この街にいづらくなるのは当然でしょう。三川君にしたら、いい迷惑だったんじゃない？　やってもいないのに、噂だけは一人歩きしちゃうんだから」

「関与してないと思いますか？」

「やってるわけないでしょう」花絵が乾いた笑い声を上げた。「三川君にそんな度胸はないわよ。人を殺すなんて……」

「十年前の捜査では、真中さんが失踪した前後の彼のアリバイがはっきりしていなかったんです。それで警察も疑ったんでしょう」

「アリバイねえ……」花絵が細い顎を撫でる。「言えないこともあったんじゃない？」

「どういう意味ですか？」

「言えないことだから、当然私の口からは言えないわ」

勿体ぶった花絵の喋りに、岩倉は苛立ちを覚えた。十年ひと昔。関係者の一人は遺体で見つかり、一人は死の床にある。今更隠しても、誰かの利益になるとは思えない。

「三川さんは、重病で入院中です」岩倉は次のカードを切った。

「そうなの？」花絵が目を見開く。

「知らなかったんですか？」

「そもそも友だちでもないし、高校を卒業してから全然会ってないし」唇を尖らせて花絵が言い訳した。「今どうしてるかなんて、全然知らないわよ」

「重病なんです」

「マジで？」

「こういうことで嘘はつきません。もしも本当に三川さんが何もしていないなら、生きている間に名誉を回復してあげたいと思います」

「でも、言いにくいなあ」

「言って下さい」岩倉は迫った。「言ってもらわなければ、何も始まらないんです」

しばらく押し問答を続けたが、結局花絵が折れ、当時の噂話を教えてくれた。その話には、岩倉も軽い衝撃を受けた。

彼女と別れると、恵美が怒ったような口調で切り出した。

「岩倉さんは、三川さん無罪説に傾いているみたいですけど、三川さんも相当いい加減な人間だったんじゃないですか？　別れ話は、礼央さんを殺す動機にもなるでしょう」

「そうとは限らないよ」周りに知られたくない事情があったから、はっきりとアリバイになる事実を口にできなかった――筋は通る。「とにかく、会いに行ってみよう。証言が得られて、それが証明できたら、俺たちは新しい道を探さないといけない」

「新しい道？」

「真犯人を探す捜査さ」

そう言いながら、岩倉も釈然としなかった。

三川に、別の新しい恋人がいたとは。

花絵の情報では、三川の新しい恋人、漆間（うるま）菜々子（ななこ）は結婚して、苗字が「狭間（はざま）」に変わったという。こういう相手に話を聴くのは難しい。家庭を築き、おそらく幸せな生活を送っている人に過去の恋愛関係を聴いたりすると、それがきっかけで今の暮らしをぶち壊してしまう恐れもあるのだ。

菜々子を電話で説得する役目は、恵美が引き受けた。こういうのは大抵女性の方が上手いのだが、微妙に情緒不安定な恵美にやらせるのは気が進まない。しかし、「君では危ない」とも言えず、岩倉はハラハラしながら彼女が電話で話す横で耳を澄ませた。

しかし恵美は無難に説得を終えたようで、電話を切ると薄く笑った。

「これから会えますよ」

「家族は？」岩倉が真っ先に心配したのはそれだった。

「ご主人と二人暮らしなんですけど、今日は出張中なので、大丈夫だそうです。でも、家では話したくないということで……どうしますか？」

「自宅は？」

「阿佐ヶ谷」

よし、まだ自分にはツキがある、と岩倉は内心ほくそ笑んだ。東中野から阿佐ヶ谷なら、ＪＲ中央線で十分もかからない。

「正確な住所は？」

岩倉は、恵美が読み上げる住所をスマートフォンで検索した。これまたついていることに、杉並中央署と同じ町内である。歩いて五分ほど……ＪＲの阿佐ケ谷駅ではなく東京メトロの南阿佐ケ谷駅の近くだった。

「そこだったら、署に来てもらおう」岩倉は即座に言った。

「喫茶店かどこかでいいんじゃないですか？」恵美が懸念を表明する。

「取調室じゃなくて、会議室を使うんだ」これから間もなく当直の時間帯に入るが、それぐらいは問題ないだろう。「別に圧力をかけたいわけじゃないけど、近くに喫茶店がないかもしれない。店探しで時間を無駄にしたくないんだ」

「うーん……」恵美が顎に指を当てる。「抵抗されるかもしれませんよ」

「君が連れて来てくれ」

「私がですか?」恵美が自分の鼻を指さした。

「電話で話した感じではどうだった?」

「まあ……普通に話せましたけど」

「つながってるんだから、君が頼む。俺は署で部屋を確保しておくから」

都営大江戸線で中野坂上まで出て、丸ノ内線に乗り換え、東京メトロの南阿佐ケ谷駅に向かう。恵美は不機嫌で、ほとんど口を開こうとしなかった。少し難しい、面倒な仕事に取り組んでいる方が、嫌なことは忘れられるのだが……。

地下鉄の駅を出たところで別れ、岩倉は杉並中央署に向かった。当直に入る直前だったので、副署長、それに警務課長に挨拶し、部屋を貸してもらう約束を取りつけた。

「刑事課と交通課の取調室なら空いてるよ」警務課長がニヤニヤしながら言った。

「そういう場所でプレッシャーをかけたい相手じゃないんです。楽にやりたいんで、広い会議室があるといいんですが」

「だったら、三階だな。警備課の隣にちょうどいい広さの会議室があるよ。終わったら、当直の人間に鍵を返してもらえばいいから」警務課長が、自分の背後の壁にかかっている鍵の中から、一つ外して渡してくれた。

「花とかないですかね？　できるだけ柔らかくいきたいんですけど」

「申し訳ないねえ。その要望には応えられないな」

警務課長はまだ笑っていた。この署は今のところ、大きな事件を抱えていないようだ。平穏な時の警察署は、一般の役所に比べても呑気な場所だ。

鍵を受け取り、先に会議室を下見する。二方に窓のある小部屋は、六人がけのテーブルが入っただけでほぼ埋まっている狭さだった。しかし窓さえあれば圧迫感はないはずだと思い、岩倉は飲み物を仕入れるために階段で一階に降りた。二階から一階へ行く途中で、スマートフォンが鳴る。

「今、そっちへ向かっています」恵美が前置き抜きで、不機嫌な口調で切り出した。

「何分で着く？」

「五分です」

「三階の会議室を借りたから、そっちへ回ってくれ」

了解、とも言わずに恵美が電話を切った。相当機嫌が悪い……彼女に必要なのは途切れぬ仕事ではなく、カウンセラーかもしれない。岩倉が想像しているよりも、離婚のダメージは大きかったのではないだろうか。

岩倉は、自動販売機でミネラルウォーターのボトルを三本買った。今日は、昼間はかなり暖かかったから、冷たい水でいいだろう。会議室に戻って二枚の窓を開け放ち、空気を入れ替える。いかに普通の会議室とはいえ、警察庁舎内の部屋のせいか、何となく空気が悪い。それに去年のコロナ禍以来、部屋に入るとまず窓を開けるのは普通になった。

ドアは開けたままにしておいたが、ノックの音が聞こえた。恵美がドアの隙間から顔を覗かせる。その後ろから、菜々子が遠慮がちに姿を見せた。すっかり恐縮した様子――もしかしたら恐怖かもしれない――で、岩倉に向かってひょこりと頭を下げる。薄いベージュのブラウスに濃紺のカーディガン、スカートという軽装で、荷物はハンドバッグ一つだった。

「寒いですか？　それなら窓を閉めますが」岩倉はまず持ちかけた。

「いえ――はい、そうですね。少し寒いかもしれません」

「空気を入れ替えていただけですから、すぐ閉めますよ」

岩倉は窓を閉めてから、菜々子に座るように促した。六人がけのテーブルに三人だから、空間がずいぶん空いてしまっている。しかしこのせいで、菜々子は変なプレッシャーを感じずに済むだろう。

「水をどうぞ」

ペットボトルを一本、菜々子の前に置く。しかし彼女は、手をつけようとはしなかった。もっともそのうち、緊張で喉が渇いてくるかもしれない。

「新婚さんですか」恵美と並んで彼女の向かいに座った岩倉は、まず気楽に答えられそうな話題から持ち出した。こういうことなら向こうは構えずに話せるかもしれないし、こちらとしても彼女のプライバシーを探れる。

「もうすぐ一年です」

「ご主人のお仕事は？」

「不動産関係です」

「あなたは、お仕事は？」

「今は働いていません。専業主婦です」

「分かりました……今回、ここで話をしたことは、誰にも言う必要はありません。我々も漏らしません。ですので、是非ご協力いただきたいと思います」

「あの……礼央の件ですよね？」菜々子が暗い声で切り出した。

岩倉はちらりと恵美の顔を見た。君が話したのか？　恵美が素早く首を横に振る。菜々子は、恵美が電話をかける前に、既に事情を知っていたようだ。

「ニュースで見ました。こんなことになるなんて……」

「あなたは、真中さんとは同級生だったんですか？」

「二年生の時に、同じクラスでした。グループは違いましたけど」

「真中さんは、どういうグループにいたんですか？」

「それは、派手な……」言ってしまってから、菜々子がうつむく。礼央を貶めるような発言だったと悔いたのかもしれない。

「いずれにせよ、あなたとはあまり親しくなかったんですね？」

「教室で話とかはしましたけど、学校の外で遊んだりはしませんでした」

「真中さんが失踪した時は、学校でも相当騒ぎになったんじゃないですか？」

「大騒ぎでした」うなずいて菜々子が認めた。「あんなこと、初めてでしたから。あの、うちの高校、あまりよくない学校だったんです」

岩倉は声を出さずにうなずくだけで「了解している」と伝えた。菜々子が母校をどう思っているか分からなかったので、コメントは避ける。

「だけど、行方不明になるような子はいなくて、先生も生徒も皆不安になってたんです」

「皆さんは、どういう風に見ていたんですか？」

「家出かもしれないって……礼央はしょっちゅう外泊していたし、家族との折り合いがよくなかったんです」

「事件だとは思わなかったんですか」

「分かりません」菜々子が慌てて言った。「誰かが噂しているのを聞いただけです」

「本題はここからなんです」

「はい」菜々子がすっと背筋を伸ばした。

「礼央さんは、当時三川康友さんとつき合っていて、警察は三川さんにだいぶ厳しく事情聴取しました」

「はい」菜々子が同じ返事をしたが、今度は声がかすれていた。顔色もよくない。

「結果的に、三川さんは何も知らないということになりました。真中さんも見つかりませんでした……それで、十年前の刑事たちが知らなかったことが分かってきたんですけど、確認させてもらえますか？」

「……何でしょうか」

「三川さんは、大学受験のために、真中さんとは既に別れていた、と聞きました」

「ああ……」菜々子の返事が宙に溶ける。

「その時点で、あなたと交際していたという情報があります」

「それは……」

「事実ですか？」岩倉は淡々と訊ねた。

「つき合っていたというほどじゃないです。何回か一緒にご飯を食べたり、映画を観たりしただけです」菜々子の声が真剣になった。

「ボーイフレンド？」

「恋人じゃなかったです。刑事さんが想像しているようなことはなかったですよ。絶対に、そういうことはなかったです」菜々子が必死になって訴える。

「受験で忙しくなるから、真中さんとは別れたという話でしたけど……本当はあなたが原因だったんじゃないですか」

「違います」菜々子が断言した。慌てて言い訳している感じではない。

「真中さんと別れてから、あなたとつき合い始めたんですか？」

「つき合っていた、というほどじゃないですから」菜々子が繰り返した。

「分かりました」岩倉は一歩引いた。「この件、十年前にはそれほどたくさんの人が知っていたわけじゃないですよね？」

「そうだと思います」

「実は今、三川さんは入院しているんです」岩倉は打ち明けた。何発目かの銃弾。

「そうなんですか？」

「相当重い、命にかかわる病気です」

「知らなかった……」菜々子が唇を嚙み締める。本音は、「今更そんなことを聞かされても」だろうが。

「三川さんと最後に会ったのはいつですか？」

「高校を卒業してからは会ってません。彼が大阪の大学へ行って、向こうで就職したのは知ってますけど、特に連絡は取っていませんでしたから」

「別れた、ということでは……失礼、恋人ではなかったんですよね」

「何となく、自然消滅でした。やっぱり三川さんは、大学受験に集中したかったみたいで。あの……十年前に言わなかったことがあるんです」突然菜々子が打ち明けた。

「警察に対して、ということですか？」

「そうです」

「今からでも構いません。聞かせてもらえますか？」

「はい」菜々子が背筋を伸ばした。覚悟を決めたような態度で、膝の上に置いたハンドバッグのハンドルを両手できつく握り締めている。

「そんなに緊張しなくても大丈夫ですよ」恵美が助け舟を出した。「古い話じゃないですか。あなたには今の生活もあるんですから、差し障りのない範囲でお願いします」

「――はい」菜々子が肩を二度、上下させた。「礼央がいなくなった日って、九月六日でしたよね？」

「ええ」岩倉は即座に答えた。当時警察が摑んでいた礼央の動きは、完全に頭に入っている。「その日は火曜日で、普通に学校に行った後、午後六時ぐらいまで、立川駅北口で何軒かの店に寄っていたのが分かっています。最後は、エキュートの中にあるスターバックスでキャラメルラテを飲んでから、友だちと別れた」

「その日、私、夜遅くまで三川さんと一緒にいたんです」

「デートですか？」

「はい。映画を観て、ご飯を食べて、その後ずっと話していました」

「どこにいたんですか？」十年前のことをどれだけ覚えているだろうと思いながら、岩倉は訊ねた。「例えば、観た映画は何でしたか？」

「『君の好きなうた』です」

そんな映画があったかどうか……岩倉は映画をほとんど観ないので、ピンとこない。隣に座る恵美がスマートフォンで検索し、すぐに「九月三日公開ですね」と告げる。

「どこで観たんですか？」

「渋谷です。せっかくデートだったので」

「食事も渋谷で？」

「はい」

「その後はどうしました？」

「立川まで帰って来たんですけど、結構遅くなっちゃって。それでも北口のデッキのところでしばらく話しこんでたんです」

「何時ぐらいまで？」

「十一時ぐらいだったと思います」

「どうやって帰ったんですか？」そもそも当時、彼女はどこに住んでいたのだろう。

「三川さんが送ってくれました」

「歩いて？」

「いえ、モノレールで」

「あなたの家はどこだったんですか？」

「泉体育館駅の近くです」

岩倉は頭の中で路線図を確認した。駅の西側に市営の体育館と野球場があり、東側には古い住宅街が広がっている街だ。十一時ならモノレールはまだ走っているはずだし、泉体育館は立川北から三駅目だから、それほど時間はかからなかっただろう。

「家に帰ったのは何時ぐらいでした？」

「十一時半です」

「間違いなくそう言えますか？」十年前の記憶はどこまで信用できるだろう。

「間違いないです」菜々子がうなずく。「家に帰ってドアを開けた瞬間に、母親に『もう十一時半よ！』って怒鳴られて、その後しばらく説教されたんです。あんなの、初めてでしたから」

三川はその後、府中まで帰れただろうか。菜々子に確認すると、三川は当時、国立に住んでいたという。確かに、府中の家は比較的新しかった……彼が高校を卒業してから建てた家かもしれない。岩倉はスマートフォンを取り出し、多摩都市モノレールの時刻表を確認した。最終は午前〇時過ぎ。当時は運行ダイヤも違っていたかもしれないが、まだ中央線は動いていたはずだし、家には帰れただろう。仮に中央線の最終に乗れなくても、立川駅から国立駅までは三キロ強、歩いて一時間もかからない。

いずれにせよ、帰宅時には日付が変わっていただろう。これはアリバイと言えるだろうか？　岩倉は自問自答した。菜々子の言い分を信用するとすれば、三川はその日、十一時半までは彼女と一緒にいた。一方礼央に関しては、午後六時過ぎからの足取りが分からない。五時間半の開きは大きい……三川が、菜々子と別れてから礼央と落ち合ったとは考えにくい。

「当時、三川さんはこのことを警察にも説明しなかったんですね？」

「はい」菜々子が即座に答えた。

「彼とはそういう話をしたんですか？」

「しました」菜々子がうなずく。「あの……三川さんが警察に最初に呼ばれた後で、話をしました。それで三川さんが、九月六日に私と会っていたことを警察に話していないと分かったんです。私はすぐに話してって言ったんですけど、三川さんは、迷惑をかけたくないからって……『絶対言わない』って言ったんです。何もやってないから、心配しないでいいって」

これをどう判断すべきだろう。若者がガールフレンドに心配をかけまいと必死になった、と考えるのが普通だ。三川はその後も、菜々子の名前を一切出さず、警察の追及から逃げ切ったということだろうか。それを三川に直接確認できれば、彼を容疑者から外してもいいかもしれない。

その後も菜々子に事情を聴き続けたが、それ以上の情報は出てこなかった。

「この件、内密にお願いします」事情聴取の最後に、岩倉は念押しした。

「はい」

「こちらも、あなたに迷惑がかからないように、細心の注意を払います。また話を聴く必要が出てくるかもしれませんが、その時はまた相談させて下さい」

「あの……」菜々子が遠慮がちに訊ねる。「三川さん、そんなに大変な病気なんですか？」

「私の口からは説明しにくいですが、あまりいい状態ではありません」

「大阪にいるんですか？」

「今は、東京の病院で治療に専念しています」実際には、どれぐらいの治療が行われているか、分からない。あの病院には父親のコネで入院して、実質的にホスピスとして使っているだけかもしれない。

「そうですか……」

「お見舞いに行かれますか？」

「いえ、それは——遠慮しておきます」

高校の時、ごく短い間だけつき合っていた男性が死にかけている。何十年か後だったら、「そんなことは忘れた」と知らんぷりできるかもしれないが、十年というのは長いようで短い。見舞いに行くべきか、菜々子が判断に迷っているのは明らかだ。しかし天秤は「行かない」方に傾いているように見える。

「分かりました。今日は大変ご迷惑をおかけしました。ご自宅まで送りましょうか？」

「一人で大丈夫です。すぐ近くですし」

「最後に一つ」唐突に思い出して岩倉は訊ねた。「ウインという言葉に聞き覚えはないですか？」

「ウイン？」菜々子が首を傾げる。「三川さんの口から、その言葉を聞いたことはないですか？」

「ないです……それはないと思います」

ウイン——苦しむ三川の口から出た言葉が、岩倉の中でにわかに大きな存在になっていった。解決できない問題は、無視しておいていいものではない。いつの間にか大きくなり、いずれ巨大な疑問になって襲いかかってくるのだ。

3

夜の捜査会議で、岩倉は菜々子から得た情報を報告した。完璧とは言えないが、三川のアリバイになる可能性が高い話……刑事たちの間に溜息が満ちる。同じ方向——三川の方を向いていた刑事たちの気持ちを一気に折ってしまった、と意識する。

「この件、まだ詰められますか？　再度の事情聴取は？」亮子も渋い表情だった。

「誰が何回聞いても、話は同じだと思います」岩倉は答えた。「三川本人に話を聞けば裏は取れるかもしれませんが、事情聴取は相当難しい状況ですね」

「支援課に間に入ってもらいますか？」

「いや、それは……」亮子が何を考えているか分からないが、支援課の仕事は捜査の手助けをすることではない。

「ガンさんは、何とか三川本人に事情聴取する手を考えて下さい。やはり、本人に話を聴くのは必須です」亮子が指示する。

「まあ……」岩倉は人差し指で頬を掻いた。無理難題とも言えるが、確かに避けて通れない仕事だ。「何か考えましょう」

「まだ三川の線を完全否定はしないけど、他の容疑者の存在も想定して捜査を進める――基本、一からやり直しです」

亮子が厳しい表情で宣言すると、会議室の空気が一気に曇った。三川に自供させて――そうでなくても証拠を集めて犯人と断定できればそれで終了、と見ていた刑事が多かったのだろう。

それにしても、十年前に捜査を担当した刑事たちは甘かった。もう少し突っこんで調べていれば、菜々子の存在が明らかになって、三川のアリバイはすぐに成立していただろう。十年前なら二人の記憶も鮮明で、すぐに裏が取れたはずだ。たかが失踪――もしも事件であっても、容疑者は所詮高校生だから、と舐めてかかっていたのかもしれない。

「明日以降、十年前の真中礼央さんの交友関係を中心に捜査を広げます」亮子が宣言した。「半グレ連中ともつき合いがあったはずなので、その線も追います。事情聴取を徹底して」

同意の声も上がらない。亮子の顔面は蒼白だった。自分が指揮を執る特捜で、スタート時点で大失敗したと焦っているのかもしれない。必ずしも、彼女一人の責任ではないのだが……。

捜査会議は、意気が上がらぬまま終了した。さて、今夜はどうするか。まだ午後八時。会議室に弁当は用意してあるが、今更冷めた弁当を食べる気にもなれない。何となく中華の気分だった。それもラーメン屋ではなく、そこそこ本格的な中華料理。とはいえ、一人ではそういう店には入りにくい。

村野はどうしているだろう。今夜は真中家の通夜に出ているはずだ。最近は、通夜もすぐに終わってしまうし、今回は家族葬なので、その後の精進落としもないかもしれない。そもそもやっていても、村野がそこで酒を呑んでいるはずはないが……今頃はもう、引き上げているかもしれない。

村野と話すのは明日、葬儀が終わってからにしよう。真中家の様子も気になるから、昼飯でも食べながら状況を教えてもらうのもいい。

さて……とにかくこの事件は、微妙なことだらけだ。早く真犯人にたどりつければいいのだが、三川がほぼ外れた今、有力な容疑者は一人もいない。

考えてみれば、岩倉にとってもこういう捜査は初めてだ。一時、追跡捜査係に籍を置いていた時は、過去の未解決事件を掘り起こす仕事をしていた。しかし今回のように、失踪から十年が経ってから初めて殺人事件として発覚したようなケースは、経験がない。経験のない事件に対した時に固まってしまうのは、歳を取った証拠なんだよな、と寂しく思う。若い精神は柔軟で、どんな変化にも素早く対応できるのに。

岩倉は国立病院前の交差点を横断し、たちかわ中央公園の横を通って自宅へ向かった。この公園の中には、スケートボードやＢＭＸを楽しめるスケートパークがあり、スケートボードを持った若者をよく見かける。「滑る」スポーツが一切できない岩倉にとって、彼らはどこか羨ましい存在だ。

公園を通り過ぎて、駅の方へ向かう。一人で中華という気は失せてしまい、途中でコンビニに寄って食材を仕入れていくことにした。自炊というほどではないが、せめて温かい物でも作って食べよう。

目についた食材を適当にカゴに放りこみ、自宅へ帰りついたのは午後九時過ぎ。鍋で湯を沸かし始め、パスタを一握り袋から抜いた。一人前は百グラムから百二十グラムぐらい……少し多い感じもするが、まあ、一人暮らしの料理は手早く大雑把に、が基本だ。湯が沸くのを待つ間、玉ねぎ半分を刻み、オイルでニンニクを熱して香りが立ったところで玉ねぎを加える。火が通ったタイミングでガスの火を止め、ツナ缶をフライパンにあける。フレークではなく塊のものだ。これを少し崩して余熱で温める。ちょうどお湯が沸いたので塩を大量に入れ、パスタを投入しようとしたところで、スマートフォンが鳴った。こういうところで必ず電話が鳴るんだよな、と舌打ちして確認する。実里かと思ったら村野だった。

「十分で済むか？」電話に出てすぐに訊ねる。

「はい?」村野は戸惑っていた。

「ちょうどパスタを茹でようと思ってたんだ。タイムリミット——茹で時間は十一分」

「ガンさん、料理なんかするんですか?」村野が戸惑いの声を上げた。

「遅くなったんで、仕方なくだよ」

「健康的じゃないですか」

「独身のお前に言われたくない」そもそも、このパスタが健康的とも思えなかった。

「ガンさんは……まあ、いいか。十分で済ませますから、パスタをお湯に入れて下さい」

スマートフォンをキッチンのカウンターに置き、パスタを湯に投入する。柔らかくなってお湯に沈んだところで、タイマーを十一分にセットし、トングで一回かき混ぜた。何だか村野にリモートされているようだと思い、声を出して笑ってしまう。

「お待たせ」

「今日、礼央さんの通夜に出てきました」

「どうだった?」自宅なのに、岩倉はつい声を潜めてしまった。

「何とか無事に終わりました。家族だけの、寂しい通夜でしたけどね。今日付で、マスコミに対して声明を出しましたから、取材攻勢は一段落すると思います」

「それはよかった」本気で安心した。「三川の家は?」

「やっぱりマスコミに悩まされています。こっちもコメントで対応したいんですが、それは三川さんが犯人ではないという前提での話ですからね」

「どうも違うようだ」岩倉は、十年前のアリバイを説明した。

「三角関係で揉めた可能性はないですか？」村野はこのアリバイを完全には信じていない感じだった。

「そういう可能性もあるかもしれないけど、今後は証言が本当かどうか、調べていくことになる」

「しかしこれだけだと、容疑者じゃないと断定はできませんね。マスコミに対して、別の恋人がいたとも言えない。それがバレると、今度はそっちに取材が行ってしまうかもしれません」

「そいつは避けたいな。相手は新婚さんで、今は穏やかに暮らしているし……変な話だけど、ガンさん、三川が死ねば全部解決する」

「ガンさん、それは極端ですよ」村野が溜息をついた。

「分かってる。それより何とかもう一度、三川と話してみたいんだ」

「刺激するのはやめて下さい」村野が警告した。「せっかく父親を宥めたんですから」

「お前には迷惑をかけるかもしれないけど、この件の裏を取るためには、どうしても三川の証言が必要なんだ」

「無茶しないで下さいよ……何だったら、俺も一緒に行きますけど」

「いや、それは……捜査には口出ししないのが支援課じゃないか」

「口出しじゃないです」村野が即座に反論する。「監視です」

「俺を監視するなよ」岩倉はむっとして警告した。

「ガンさんは、一番監視が必要なタイプですよ」

「馬鹿言うな。俺は鳴沢了じゃない」

「鳴沢さんは別格です」村野の声がかすかに慄いた。

鳴沢了は、警視庁の伝説の刑事の一人である。いや、異常に四角四面で頑なであることを除いて問題はないのだが、とにかく彼が絡むと事件がやたらと大きくなってしまう。ボヤで消えるはずが、山が丸ごと焼失する大火事になるようなものだろうか……どうも彼には、隠れた真相を抉り出してしまう独特の才能があるようだ。もちろん真相を探り出すのは刑事の仕事なのだが、彼の場合、それがいかにも乱暴なのだ。相手は怪我するし、自分もダメージを負うことすらある。とにかく、積極的につき合いたいタイプではなかった。

「支援課にとっても、あいつは別格なのか」

「鳴沢さんが絡んで揉めた時には、できるだけ出動しないようにしてます」

「マジか……」

キッチンタイマーに目をやると、五分が経過している。そろそろ話をまとめないと。

「とにかく、真中さんの家は大丈夫そうなんだな？」

「留学中の息子さんは、すぐに向こうの大学に戻るでしょうから、後はご両親だけになります。そうなった時が心配ですけどね。息子さんはしっかりしていて、ご両親の支えになってるんです」

「そうか……取り敢えず、そっちは大丈夫そうだな。三川の家族に関しては、できるだけ慎重にやるよ。容疑を晴らせば、両親だって落ち着くはずだ」

「刺激少なめでお願いします」

「分かってる。じゃあ、そろそろパスタが茹で上がるから」

「すみませんね、自炊の邪魔をして」

「珍しいことをすると、ろくなことがないな。それより、『ウイン』っていう言葉で何か思い当たることはないか？」ふいに思い出して訊ねてみた。

「ランディ・ウィンっていう外野手が大リーグにいましたね。典型的なジャーニーマンで、主にゼロ年代の現役時代に五球団を渡り歩いています。昔の選手だと、もう亡くなったけど、ジミー・ウィンかな。アストロズで、背番号24が永久欠番になってます」村野が一気にまくしたてた。

「お前……」岩倉は啞然とした。「お前の記憶力も相当おかしいぞ。いくら大リーグファンでも、そんなに簡単に名前は出てこないだろう」

「趣味ですから」村野がさらりと言った。

「しかし、ウインは人の名前としてはあり得るわけか……」

「それが何か？」

三川が混沌とする意識の中で、「ウイン」という言葉を口にしたことを説明する。

「うわ言みたいなものでしょう？　気にする必要ないんじゃないですか」村野は乗ってこなかった。

「しかし、気になるんだよ」

「ガンさんも細かいことにこだわりますね」

「こういう性格なんだよ。近いうちに、三川さんに二度目の事情聴取を行う。心配ならお前も立ち会ってくれよ」

「まったく……」

「お前が言ったことだからな」

「分かりました。その時は声をかけて下さい。俺は取り敢えず明日、礼央さんの葬儀に出ますので」

「時間があったら俺も顔を出すよ」礼儀というより、誰が来ているか確認するためだ。もっとも、家族は肉親以外の参列を拒絶しているから、警察官が何人も行くと、拒絶反応を示すかもしれない。行かない方がいいな、と考え直した。

電話を切ると、キッチンタイマーは十分を示していた。フライパンをもう一度火にかけ、塩、胡椒と醬油で味を整える。ツナにある程度味がついているから、味つけは控えめだ。本当はオリーブがたくさん入っていると風味が増すのだが、家の近くのコンビニでは見つからなかった。

キッチンタイマーがけたたましい音を立てる。パスタを鍋から上げ、徹底して湯切りした後でフライパンに投入した。火を止め、トングでソースと手早く混ぜ合わせる。皿に移し、手で揉んで細かくした海苔をかけて完成。ビールを開けて、一人の遅い夕食を始める。

ほとんど料理をしない岩倉だが、このパスタだけはたまに作る。まず失敗しないし、味が薄ければ、食べながら醬油を足していけばいい。今日も上手くできた。これを食べる度に、せめてパスタ料理のバリエーションを増やしてみようと思うのだが、結局作るのはいつも同じものになってしまう。たまに、仕上げに生卵を加えることがあるぐらいだ。

食べ終え、ビールも呑み干して夕食終了。後はシャワーを浴びて寝るだけだ。このところ寝不足が続いていたから、今日は少し早めに寝て、体力を回復しておこう。

十一時過ぎにベッドに入ったものの、寝ようとすると目が冴えてしまう。自分で口に出したせいか、「ウイン」が引っかかっていた。もちろん日本人の名前ではないだろうが、外国人なのか？　最近はおかしな名前をつける親もいるから、何か漢字を当てはめて強引にウインと読ませているのかもしれない。当て字は何だろう。宇員？　それとも右印？　勝利と書いて強引にウインと読ませるとか。

馬鹿馬鹿しい。

枕元に置いたスマートフォンを取り上げ、「ウイン　人名」で検索してみる。日本語では同じ「ウイン」読みでも、海外の人名なら綴りはいろいろある。「Wynne」もいれば「Wynn」もいるし、「Winn」もあった。人名だという思いこみは外した方がいいか……「勝利」の意味のウインかもしれない。

偶然、アーリー・ウィンという元大リーガーを見つけた。一九三〇年代から六〇年代まで長く活躍し、通算でジャスト三百勝を挙げて野球殿堂入りしているほどの名投手だ。村野はこの大投手の名前を知らなかったのか、あるいはわざと言わなかったのか。

まあ、どうでもいい。あの男は大リーグについて語り出すととめどがなくなる。少しでも質問すれば延々と蘊蓄を話し出すだろうし、それを聴き続けるのはさすがに鬱陶しい……。

人には誰でも、他人に理解できない部分があるのだな、とつくづく思う。自分の場合、古い事件について喋り出すと止まらなくなる。刑事の仕事に役立つはずだが、聞いている人間は呆然とするか、いかにも鬱陶しそうな表情を浮かべるだけだ。

迷惑をかけているつもりは一切ないのだが。

4

十時から行われた葬儀は、あっという間に終わってしまった。そもそも骨になった遺体を火葬するのにそれほど時間がかかるわけもなく、しかも家族が「無宗教でやりたい」と言っていたので、骨上げをして終わってしまったのだ。家族だけなので、どこかで食事をすることもない。遺骨は取り敢えず自宅へ持ち帰る、ということだった。

そして優太は、村野が「これからどうするんですか」と訊ねた瞬間、できるだけ早くトロントへ帰ると即答した。

「もう戻るんですか？」村野は思わず聞き返した。

「ええ。フライトが取れ次第」優太がさらりと言った。

「ずいぶん急いでいるんですね」

「大学院は忙しいんです。いろいろありますから」

「帰る時、空港まで送りましょうか？」もう少し話をしたかったので、村野は申し出た。

「いや、それでは申し訳ないですから」優太が断った。「というより、友だちが送ってくれることになってます」

「そうですか……じゃあ、お戻りはお気をつけて」

「いろいろお世話になりまして、ありがとうございました」優太が深々と頭を下げる。おかしな話だが、頭を下げる姿まで様になっていた。

このまま逃したくない。村野は「一つだけ、確認させてもらっていいですか？」と言って人差し指を立てた。

「ええ」優太が腕時計をさっと見る。本当に時刻を確認したいわけではなく、「時間がないアピール」だろう。

「ちょっと座りましょうか」

しかし、葬儀場のロビーでは落ち着いて話せない。遠くからお経が聞こえてくるし、これからまさに火葬しようとされる遺体が目の前を運ばれていったりするのだ。村野は「集中しろ」と自分に言い聞かせて話し始めた。

「礼央さんのことなんですが、十年前、三川さんとは既に別れていたという話がありまず」

「そうなんですか？」

「三川さんが、受験に集中するために、礼央さんと距離を置こうとしたようです。三年の夏休み頃だと思いますが」

「夏休みですか……ああ、そうかもしれません」優太がうなずいた。

「何か、心当たりがありますか？」

「姉のことですから、夏休みはほとんど家に寄りつかなかったんですけど、確かに三川さんの話をばったり聞かなくなりましたね」

「それまでは？」

「結構話していました。惚気(のろけ)みたいなものですけど、そういうの、姉から聞かされると馬鹿馬鹿しいから、かえってよく覚えてます。でも、夏休みになると、三川さんの話は出なくなってたな」

「三川さんには、別のガールフレンドがいたという話もあります」昨晩の電話で岩倉が教えてくれたことだった。

「ええ？」優太が目を見開く。「三角関係みたいな？」

「礼央さん、そういうことは何か言ってませんでしたか？」

「いえ、何も」優太が短く否定した。

「ということは、礼央さんは三川さんの新しいガールフレンドのことは知らなかった？」

「どうでしょうね」優太が首を傾げる。「もしもそれを知ってたら、大荒れだったんじゃないかな。馬鹿にされたと思うと荒れる人でしたから。何も知らなかったんじゃないかな」

「そうですか」

「しかし三川さんが……二股かけてたんですか？」

「二股だったかどうか、詳しい事情はまだ分からないんです。そもそも交際期間が被っていなければ、二股とは言わないと思います。その、新しいガールフレンドとは、それほど深い関係ではなかったようですしね」

「うーん……ちょっと信じられないな」優太がまた首を捻る。「三川さん、そんなに積極的なタイプでもないし、モテる感じでもなかったんですよね。姉と別れてすぐに別の女性に乗り換えるなんて、そんな器用なこと、できたのかな」

それはあなたとは違うだろう、と村野は心の中で白けた。優太なら、何もしなくても女性の方から寄って来るのではないか。

「その件、姉の事件と関係あるんでしょうか？　三川さんが三角関係のもつれで姉を殺したとか？」

「どうもそうではないようです」

「そうですか……もういいですか？」優太がまた腕時計を見た。「もう時間がないので。これから家に戻るんです」

「お引き留めして申し訳ありません」村野は立ち上がり、一礼した。

「いえ」

「しかし、海外の大学院に留学するのも大変ですね」

「そうですね。一度行くと、日本へ戻って来るのが大変です」優太が両手で顔を擦り、ブラックタイを締め直した。「まあ、今回はこれ以上日本にいてもしょうがないですから」

「しょうがない？」

「すぐに犯人が捕まるとも思えませんし、両親もこのまま二人で静かにしていた方が、ショックも早く消えるはずです」

「あなたのショックは？」

「僕は何とかやっていきます。忙しくしていれば、嫌なことなんか忘れちゃうんですよ」

そんなに簡単に？ 村野はかすかな疑念を抱いた。十年の重苦しさが一気に弾け、新たにもっと大きな悲劇が明るみに出たというのに、とても打ちひしがれているようには見えない。まるで「取り敢えず義務」で葬儀に参列して、用事が終わったらさっさと帰る、と言っているも同じではないか。

彼の中では、事件はとうに終わっているのだろうか。今更事件のことを言われてもどうしようもない、とでも考えているとしたら、彼もどこか異常だ。

両親とともに、斎場の駐車場で待機していたタクシーへ向かう優太の背中を見ながら、村野はどうしても違和感を拭えなかった。

優太は、あまりにも平常運転過ぎるのではないか。

葬儀を終えてすぐ、岩倉から電話がかかってきて、村野は京王線の中河原駅へ呼び出された。昼飯を奢るから三川の事情聴取につき合え、という話だった。昼飯はどうでもいいが、事情聴取するなら自分も立ち会わねばならない。岩倉の暴走は何としても防がねばならないのだ。そもそも病院には三川の父親も勤めているから、岩倉と顔を合わせる可能性は高い。そうなったら一悶着(ひともんちゃく)起きるのは明らかだった。

中河原の駅で落ち合う。普段はコンビを組んで動くのだが、今日の岩倉は一人。村野がいるから、それでちゃんと二人組になっているという判断なのだろうか。支援課の人間には、捜査の権限がないのだが。

岩倉は、鎌倉街道沿いにある中華料理屋に村野を連れて行った。

「この店に、何かあるんですか？」

「いや、この前来た時にチェックしておいただけだ」

街の中華料理店なのだが、中に入ると、照明には赤い派手な傘がかかっていて、壁には立派な書がかけてあるせいで、少しだけ本格中華寄りの店のイメージが膨らむ。しかしメニューを見ると、ランチは六百八十円から八百八十円までで、完全に町中華の値段だった。

「昨夜から、中華の口になってたんだよ」既にランチタイムを過ぎ、ががらの店内でテーブルに着いた途端、岩倉が言った。

「昨夜はパスタだったんでしょう？　しかも手製の」

「一人で中華を食べても面白くないからな」

「そんな本格的な中華だったら、こういう店じゃないでしょう」村野は声を潜めて言った。

「一晩経ったら、取り敢えず中華なら何でもよくなった」

岩倉は焼きそばを、村野は同じ値段の牛肉とナスの辛味炒めを注文した。百二十円足すと餃子がつけられるようだが、二人ともパスする。人と会う前——特に病院で面会する時は、ニンニクは厳禁だ。

「礼央さんの弟さんに、三川さんの新しいガールフレンドの話をしてみたんですけど、知りませんでしたね」

「家族だからって、何でも分かるわけじゃないだろう」岩倉は、さほどがっかりした様子ではなかった。弟から有力な手がかりが出てくるとは、期待していなかったのだろう。

「できるだけ早くトロントに戻るそうです」

「ああ？」岩倉が目を見開く。「帰国したばかりじゃないか。向こうの大学院生は、そんなに忙しいのかね」

「本人はそう言ってましたけど、何だか日本にいたくないような感じもしましたね」

「いたくない理由でもあるのかな」

「というより、今回の件に関しても、さほど関心がないというか」

「なるほど」岩倉が重々しい表情でうなずく。

「この情報で、何か分かります？」

「想像だけど、優太さんはあの家からさっさと出て、家族との関係を断ちたいと思ってるんじゃないかな。要するに彼は、エリートだろう？」

「それは間違いないですね」

「礼央さんがあんな感じだったから、家の中がぎすぎすしていたのは間違いないんだ。自分だけはそこから抜け出して、ちゃんと生きていこうと考えても全然おかしくない。若いうちにそう決意をしたとしたら、なかなか立派だと思うよ」

「家族を捨てたわけですか……確かに今日の態度は、えらく素っ気ない感じがしました。

戻ってきたばかりの時は、両親をすごく気遣っている感じがしたんですけどね」

「まあ、特殊案件だからな」自分を納得させるように岩倉がうなずいた。「あまり気にしない方がいいよ。お前がケアしなくちゃいけないのは、両親の方だろう？」

「そういうことです。そもそも三川さんの一家は、俺がケアすべき相手じゃないんですけどね……そちらの課長に押しつけられたんですよ」村野は抗議した。

「まあまあ、そう言わずに」岩倉は平然としていた。そのまま村野を丸めこもうとしたようだが、ちょうど料理が運ばれてきたので会話は中断した。

　時々、仕事中にこういう気分になることがある。本筋とはあまり関係ないところで妙に引っかかり、足が止まってしまうのだ。結果的に何でもないこともあるし、大きなトラブルの前触れだったりすることもある。それが自分で察知できないのが、村野の悩みだった。警視庁には、そういう能力——異様な勘が働いたり、本能的な危機察知能力に長けている刑事がいる。前者が失踪課の高城課長、後者が岩倉だ。そういう二人に比べて、自分には特殊な能力もなければ豊富な経験もない。

　仕事のやり方では、これからもずっと悩んでいくことだろう。


　岩倉は、勝手に院長室まで上がって行った。前回も院長立ち会いで三川から事情を聴いたので、今回も同じ手を使う、と村野に説明した。

　四階、廊下の端のドアには「無断立ち入り禁止」の札がかかっている。岩倉は迷いもせずにドアを開けた。

「いいんですか、ガンさん」村野は躊躇（ちゅうちょ）した。

「こっちには正当な用件がある」岩倉が平然と言った。

しかし、さすがに院長室を直撃するのは気が引けたのか、岩倉はまず事務室に顔を出した。途端に気づいた三川の父親・諭が、血相を変えて立ち上がる。

「ガンさん、ここは俺が」村野は岩倉を抑えた。

「分かった。任せる」

村野は前に出て、カウンターの前に立った。こちらへ向かって来た諭の顔から、わずかに怒りの表情が抜ける。

「またですか」声は平静だったが、わずかに怒りが滲んでいる。

「実は、極めて重要な情報があります」

「また息子を犯人扱いするんですか」声を押し殺しながら諭が抗議する。他にも事務スタッフがいるので、話の内容を聞かれたくないのだろう。

「息子さんが犯人ではない——事件にかかわっていなかったという証言があります」村野も彼に合わせて声を低くした。「それを直接、ご本人に確認させてもらいたいんです」

「無理です」

「どうしてですか？」

「今日は特に具合がよくない。朝からずっと、ほとんど意識を失ったように眠っているんだ」

「医師の立ち会いがあっても構いません」村野は引かなかった。

「しかし、話ができるような状態ではないんですよ」

「仮にそうだとしても、医師の判断を仰ぎたいんです。お願いします」村野は頭を下げた。

「……そちらの方が、前回かなり乱暴にやられた。それで症状が悪化したんですよ」

諭が、村野の後ろにいる岩倉を睨んだ。岩倉のことだから、表情を崩さず平然として

いるはずだが、諭が未だ怒っているのは間違いない。

「トラブルを避けるために、私が同席します。何かあったらすぐに中止します。そうい

うことですね、岩倉さん」

村野が振り向くと、岩倉が重々しい表情を浮かべてうなずいた。諭は諦めたように溜

息をつく。

「院長でも、他の医師の方でも構いません。立ち会いをお願いします」村野はまた頭を

下げた。

諭はまだしばらく文句を言っていたが、結局院長につないでくれた。しかし院長が奥

の部屋から出て来ると、また一悶着起きた。

「またですか？　この前も、ずいぶんひどかったですよ」院長が露骨に非難した。

「あの状態では仕方ないでしょう」岩倉が言い訳した。

「ああいう事情聴取は、医師としては絶対反対です。どんな病気にも、ストレスが一番よくないんです」

「しかしこれで、三川さんに対する容疑が晴れる可能性があるんですよ」岩倉が淡々と説明した。「容疑が晴れれば、彼の人生における最大のストレスは解消するんじゃないですか」

「五分ですよ」院長が折れ、両手をぱっと広げた。「私が立ち会います。何かあったら即中止ですからね」

「彼がすぐ話してくれれば、五分もかかりません」岩倉が自信たっぷりに言った。

病室へ入った瞬間、村野は濃厚に死の気配を感じた。自分も事故に遭って大怪我をした経験があるが故に、村野は病院とのつき合いが長い。死んでいく人も、何人も見送っていた。息苦しい……マスクのせいもある。コロナ禍の時から、特に病院に行く時には必ずマスクをするように、という通達が回ったので、今もそれを忠実に守っている。院内感染があちこちで起き、病院はにわかに危険な場所になってしまった。

岩倉が椅子を引いて座り、村野は彼のすぐ後ろに立った。岩倉がさっそく質問を始める。マスクをしたままなので、声がくぐもって聞こえた。

「漆間菜々子さんという女性を覚えていますか？　あなたが高校三年生の時のガールフレンドです」

「ああ……」三川が認めた。しかしもしかしたら、単に息が漏れただけかもしれない。

それほど三川の顔には生気がなく、話すエネルギーさえ残っていないようなのだ。

「あなたは受験に専念するために、真中礼央さんと別れた。しかしその直後に漆間さんとつき合い始めた」

「そう……」

肯定と考えていいかどうか分からない反応だった。しかし岩倉は構わず、一気に話を進める。

「礼央さんが行方不明になった夜、あなたは漆間さんとデートしていました。最初にその件を話せばアリバイが成立して、警察に追われることもなかったはずです。どうして何も言わなかったんですか?」

「迷惑に……なるから」

その言葉を聞いて、三川は岩倉の言っていることをきちんと理解していると分かった。一応、会話らしきものが成立しているので、村野は一安心した。

「漆間さんに迷惑をかけたくないから、ですか」

「彼女には関係ないから……」

「でもそのせいで、あなたは警察から疑いをかけられた」

「俺はやってないから……やってないから逮捕されるわけがない」

実際その通りだったのだが、そこまでしてガールフレンドを庇いたがる理由が理解できない。高校生なら、警察にちょっと圧力をかけられたら耐えきれず、すぐに自分が有利になる情報を喋ってしまいそうなものだ。

「あなたがやっていないとしたら、犯人は誰なんですか」

沈黙。喋るのが辛いのか、答えを持っていないのかは分からない。岩倉が「犯人は誰なんですか」と繰り返した。

「そこまでにして下さい」院長が突然警告を発した。まだ五分も経っていないが、もう無理という判断なのだろう。「血圧がよくない」

「……ウイン」ほとんどささやくように三川が言った。

「犯人はウインなんですか！」岩倉が血相を変えて確認する。

「ウインだ……」

そこで限界が来た。三川はすっと目を瞑ってしまい、首ががくりと落ちる。まさか、喋るのに力を使い尽くして死んでしまったのか？　村野は慌てたが、院長は冷静で、「出て下さい」と短く指示した。岩倉はなおも粘り「三川さん！」と呼びかけたが、院長が「いい加減にして下さい！」と大声で注意する。村野は岩倉の腕を摑んで強引に立たせた。

「中止です、ガンさん」

耳元でささやくと、岩倉がさっと振り向く。その顔に浮かんでいるのは、全く本音が読めない複雑な表情だった。怒っているような、満足しているような……とにかく、いつまでも病室にはいられない。村野は岩倉の腕を摑んだまま、廊下へ引っ張り出した。

ドアが閉まると、すぐに警告する。

「ガンさん、やり過ぎです。今のはまずいですよ」

「あのな、お前の仕事は、被害者家族を支援することだろう。事情聴取のやり方まで指導してもらう必要はない」

「今は加害者家族のケアも任されているんですよ」心ならず、ではあったが。

「三川は加害者じゃない。事件には関係なかった」

言われて、凍りついてしまう。そう、三川は自分のアリバイを説明しなかった理由を、自ら進んで語った。強制されたわけではなく自発的な発言だから、信用していいだろう。しかも岩倉は、やりとりを全てスマートフォンで録音している。証拠として有効だ。

岩倉がマスクを顎のところまで下ろした。思い切り息を吐くと、ニヤリと笑う。

「笑うべきところじゃないけど、一つ、線は潰せた」

「だけどこれで、ゼロからのスタートになりますよ」

「刑事の仕事はその繰り返しさ。さて、三川の父親と和解しようか」岩倉がマスクをかけ直した。「公式には、三川が犯人じゃないとは言えない。警察は、そういうのを説明しないからな。でも、容疑が薄れたと告げることはできる。その前提で、本格的な加害者家族——加害者じゃないけど、支援の方法を考えてくれよ」

まったく……支援課の仕事はしばしば、刑事たちが家族を怒らせた後の尻拭いになる。事件の解決しか考えていない刑事たちは、傷ついた人の気持ちなど考慮せずに暴走しがちなのだ。いや、悪気があるわけではなく、残された家族のために、一刻も早く犯人を逮捕しようと焦っているだけなのだが。

岩倉が特捜に報告を入れている間、村野は三川の父親と話した。

「ガールフレンド？」

「ええ」

「亡くなった女性ではないんですか？」

「違います。そして真中さんが失踪した日、息子さんはデートで帰りが遅くなりました。完全ではないですが、これがアリバイになると思います」

「そんなことがあったかな……」諭が首を傾げる。

「当時は、結構帰宅が遅いことがあったんじゃないですか」村野は指摘した。「真中さんは夜遊びが盛んで外泊もありました。それにつき合って、息子さんも帰宅が遅くなったり、帰って来ないこともあったかと思います」

「ええ」諭が認める。「本人は、認めたんですね？」

「はい。これが百パーセントのアリバイになるとは言えませんが、息子さんの容疑は限りなく薄くなったと思います」

諭がほっと息を吐き、両手で顔を擦る。泣いているわけではないが、目が赤い。

「それで、先日の件なんですが……」

「声明を出すことですか？」

「ええ。今は、余計な事はしない方がいいと思います。息子さんの件については、マスコミ向けに正式に発表することではないですが、情報は伝わります。そうなったら、自然にマスコミの取材もなくなりますよ」

「時間がかかるんですか？」

「すぐに、というわけにはいきません。しかし必ず騒ぎは収まります」

警察とマスコミの関係は微妙だ。恒常的に警察を取材している新聞やテレビの記者は、記者会見や現場でのレクチャーなどで最新の情報に触れることができる。しかし捜査の途中経過——特に特定の容疑者が捜査線上から消えたことなどは、公式な会見の場ではまず出ない。それでも記者たちは、一線の刑事から捜査幹部にまで夜討ち朝駆けをして、会見などでは聞けない情報を引き出す。その中で、必ず「三川は容疑者から外れた」という話が出るはずだ。関係ない人間を追いかけるほど警察は暇ではないし、関係ない人間の取材をマスコミが続けてトラブルを起こすのも好まない。その辺、阿吽の呼吸で情報は流れていくのだ。そして定期的に警察を取材していない雑誌などのメディアには、新聞やテレビの記者から情報が漏れる。そうしているうちに、騒動は自然に終結するのだ。

「では、今は何もしない方がいいんですね？」諭が念押しする。

「はい。万が一、まだ揉めるようなことがあったら、私に連絡して下さい。その時はまた、知恵を絞ります」

「そうですか……これで落ち着くといいんですが」

「私もそうなることを祈っています」

何とか友好的に話は終わった。「加害者家族支援」など初めてだったが、加害者の家族は家族で、様々なトラブルを抱えていることを改めて意識する。亮子ではないが、今後の警察は、こういうことにも対応していくべきかもしれない。

自分がやる仕事だとは思えなかった――思いたくなかったが。

電話を終えた岩倉が戻って来た。さっさと行くぞ、と言わんばかりに、エレベーターの方へ向かって顎をしゃくる。彼の後についていったが、エレベーターの前まで来ても岩倉はボタンを押さない。そのすぐ前にある小さな待ち合わせスペースに腰を下ろした。

「座れよ」

「ここで話すんですか？」病院の中でややこしい話をするのはまずい。それに、さっさと病院を離れてマスクを外したかった。

「大丈夫だよ、誰もいないし」

仕方なく、岩倉の向かいに腰かける。マスクはまだ外せそうにない。

「ウイン、聞いたな？」挑みかかるように岩倉が訊ねる。

「ああ、そうですね」

「確認してみるか」岩倉がスマートフォンを取り出し、先ほど録音した部分を再生した。

「あなたがやっていないとしたら、犯人は誰なんですか」沈黙。「犯人は誰なんですか」

「そこまでにして下さい」これは院長だ。「血圧がよくない」

「……ウイン」

「犯人はウインなんですか！」

「ウインだ……」


岩倉がもう一度再生した。確かに三川は「ウイン」と言っている。犯人はウインだ、と認めたも同然だが、絶対にそうだとは言い切れない。

「これで、捜査の方向性は絞れたじゃないか」岩倉がニヤリと笑う。

「ウインを探すんですか？」

「ああ」

「しかし、何なんですかね。人の名前だとしたら、日本人とは思えない」

「外国人が犯人の可能性もあるんじゃないか」

「それはちょっと、話が飛び過ぎだと思います」村野は疑義を呈した。「だいたい、三川さん本人が『犯人はウインだ』とはっきり名指ししたとは言えないじゃないですか」

「しかしこれは、重大な手がかりだ」岩倉は譲らなかった。

「それはまあ、ガンさんの仕事ですから、ガンさんが判断すべきです」村野は一歩引いた。

「お前も嚙んでくれてもいいんだぞ」

「無理ですね」三川の家族は納得させたが、今回の事情聴取で、また別の面倒な問題を抱えこんでしまったことになる。

真中家は、娘の恋人、三川を犯人だと思いこんでいる。その憎しみで、何とか精神をまともに保ってきたと言っていい。しかしその前提が崩れた今、彼らが寄りかかるべきものは消失してしまったのだ。

「今後も、真中家の人に事情聴取することはあるでしょうね」

「もちろん」岩倉がうなずく。

「できるだけ慎重にお願いします。葬儀も、決してけじめにはならないと思います」

「分かってるよ。俺は人権派なんだぜ」

とてもそうは思えないのだが……しかし村野はうなずいた。ここで岩倉を怒らせても何にもならない。

「ガンさんはともかく、他の刑事が気を遣ってくれるかどうかは分かりません。うちもしばらくこっちに詰めて、事情聴取の際には立ち会うことにします」

「お互いの仕事で全力を尽くす、ということだな」

岩倉がやけに爽やかに笑ったが、村野は不安でしかなかった。

5

岩倉は、夜の捜査会議が始まる前に立川中央署に戻った。久しく刑事課の自分の席に行っていなかったので、パソコンを立ち上げ、メールを確認する。何もなし……今の仕事は特捜だけだから、他の用件でメールが来るわけもないが。

刑事課に用意してあるポットのお湯でティーバッグの緑茶を淹れ、立ったまま飲む。最近コーヒーばかりで、少し胃が疲れていたせいか、ごく薄い、香りもほとんどないお茶の優しさが胃に染みる。

亮子がファイルフォルダを抱えて入って来た。

「あら、ガンさん、お茶なんか飲んでるんですか」

「課長の分も淹れましょうか？」

「自分でやりますよ」

亮子がさっさとお茶を用意し、自席に戻った。ファイルフォルダから書類を取り出し、目を通し始める。特捜本部ができていても、所轄の刑事課には他の仕事もある。盗犯係は、一ヶ月前に国立市内で発生した多額盗難事件——民家から「タンス預金」の一千万円超が盗まれた——にかかりきりになっているし、知能犯係は本部の捜査二課主導で動く詐欺事件捜査のヘルプを続けている。殺人事件で特捜本部ができた時は、強行犯係だけでなく盗犯、知能犯係も投入されて捜査するのが普通だが、今回はそうはいかなかった。仕方なく、生活安全課と組織犯罪対策課から応援をもらっての捜査が続いている。初動捜査を担当する機動捜査隊から人を借りてもいいぐらい、人手不足だ。機動捜査隊には、南大田署時代に岩倉が鍛えた若手の女性刑事、伊東彩香（いとうあやか）がいる——いや、彼女はもう捜査一課に上がって、今は特殊班に所属している。誘拐やハイジャックなどの事件を担当する特殊班で女性刑事は珍しいのだが、彼女は能力を買われたのだろう。岩倉としても誇らしい限りだった。「あいつは俺が育てた」と迷わず言える弟子がいるのは素晴らしい。

「これで、ゼロからリスタートになりましたね」

亮子が自席から声をかけてきて、岩倉ははっと我に返った。

「この捜査に時間がかかるのは、覚悟しておいた方がいいですよ」

「十年経ってから本格的に捜査が始まる事件も珍しいですね」

「ほとんど例がないですね。有名なのは、二十年前に神奈川県警——相模原市で起きた事件ぐらいかな」

「有名な事件？」亮子が首を傾げる。

「失踪したのは四十三歳の主婦だったんですが、それから五年経って、自宅で遺体で発見されたんです」

「自宅で？」亮子が目を見開く。

す」

「犯人は旦那でした。夫婦喧嘩の末に殺して、押し入れにずっと遺体を隠していたんで

「よくばれなかったですね。夫婦二人暮らしだったとか？」

「ええ。行方不明者届を出して、後は知らんぷり、を押し通すつもりだったんでしょうね。ところがそれから五年後、旦那が交通事故で死亡したんです。その事故の関連で所轄の交通課が家を調べて、遺体を発見したという次第で」

「それはちょっと……所轄は怠慢じゃないかしら。自宅で遺体を隠していたのに見つけられないというのは、問題でしょう」

「こっちだって同じようなものですよ」岩倉は指摘した。「死体遺棄場所は、被害者の自宅から百メートルも離れていない」

「だけど、家の中じゃない——ここで厳しく指摘しても、何にもなりませんよ」亮子が引き攣った表情で言った。「身内を批判しても、事件は解決しないんだから」

うなずいたが、岩倉の感覚では、十年前にこの件を調べた所轄と失踪課の明らかな失態である。早くに容疑者を絞りこんで、他の線を閉ざしてしまった故の判断ミスだ。結果、三川の人権は侵害され、しかも礼央の遺体は見つからなかった。それから十年が経過……事件解決は不可能だ、と岩倉の勘は告げている。

「それにしてもガンさん、相変わらずの記憶力ですね」

「こんなの、宴会芸みたいなものですよ」趣味、と言ってもいい。事件に関する記憶力

が異常にいいのは間違いないが、これは人並み以上に事件に興味があるからに過ぎない。サイバー犯罪対策課が岩倉の脳の働きに興味を持っているのは理解できるが、岩倉の感覚では、単に「好きこそ物の上手なれ」である。そんな状況を、科学的に解明できるとは思えなかったし、意味があるとも考えられない。

「ところで、熊倉はどうですか？」亮子が急に話題を変える。

「うーん」いきなり恵美の件で話を振られ、岩倉は言葉に詰まった。今のところ、ケアができているとは言えない。「正直に言っていいですか？」

「どうぞ」

「俺には合わないですね。苦手なタイプです」

「ガンさんでも、そういう相手がいるんですか？」亮子が面白そうに訊いた。

「いますよ。俺は結構、好き嫌いがはっきりしている方だ……彼女の場合、能力が云々というよりも、プライベートでの精神的なダメージが未だに大きいんでしょう。そういうのは、俺には解決できませんよ。向こうも言う気はないでしょうし」

「そうですか……現場で仕事させるのはきつい？」

「離婚して、いきなり所轄の現場に出て、しかも実家に出戻り——変化が激し過ぎますよ。もっと緩やかに、環境を変えるべきだったんじゃないですかね」岩倉は遠回しに認めた。

「そうもいかなかったんです」亮子の顔が急に真剣になる。

「どういうことですか？」

「彼女の旦那——機動捜査隊の刑事だけど、ＤＶがあったみたいなので」

「みたい、というのは？」

「あくまで噂に過ぎないんです。上司が熊倉に確認したんだけど、絶対に認めなかった。ただ、熊倉が不自然な怪我を負って出勤してきたことが何度もあったし、精神状態は悪化する一方だったから、結局離婚は成立したんです。近くにいると何が起きるか分からないから、捜査三課の上司と人事が相談して、思い切って引っ越しを伴う転勤をさせた」

「なるほど……」嫌な話を聞いてしまった。これは、自分には絶対に解決できないことだから、できるだけ恵美とは余計な話をしないようにしよう。ＤＶは深刻な問題だが、離婚したとなれば、これ以上被害を受けることもあるまい。今後刑事としてしっかり独り立ちするつもりなら、彼女自身が頑張って立ち直っていくしかない。誰かが手を差し伸べることも大事だが、その段階はもうとうに過ぎたのではないだろうか。最後にものを言うのは、彼女自身の「やり直したい」「変わりたい」という意思だ。

まあ、いずれにせよ今は、恵美のケアをしている余裕はない。この事件が無事解決したら——その可能性は極めて低いが——少しずつ見ていくしかないだろう。

さて、捜査会議の時間だ。

岩倉はお茶を飲み干して立ち上がったが、その瞬間、目の前の電話が鳴った。受話器を取り上げると、「外線から刑事課にと言っています」と声が聞こえた。誰かが署の代表番号にかけてきたのだろう。

やはり立ち上がった亮子に「これが終わったら行きます」と告げたが、面倒だな、という気持ちが動く。警察には、実に多くの電話がかかってくるのだ。苦情もあるし、悪戯目的の垂れ込みも多く、捜査に役立つ情報提供は、全体の一パーセントあるかないかだろう。

「立川中央署、刑事課です」

「あの……事件の関係はこちらでいいですか？」若い男の声だった。ひどく自信なげで、上ずっている。

「何か被害に遭われましたか？」それなら普通は一一〇番通報するはずだが、動転して、逆にわざわざ自分が住む街の警察署の代表番号を調べてかけてくる人も多い。もっとも、都内の警察署の代表番号は、一部を除いて下四桁が全て「〇一一〇」に統一されているから分かりやすいのだが。

「そうじゃないんですけど、あの、真中礼央さんの事件で」

これは要注意だ。遺体が発見されてから、特捜本部にはこれまでにも何度か、こういう情報提供の電話がかかってきている。「最近新宿で礼央に会った」というあり得ない話から、十年前に大阪で見かけたという裏が取りにくいものまで様々だった。一応、その都度内容を確認しなければならないので、時間の無駄にもなる。今回も同じような話だと、後が面倒だ。

「事件の、どういったことでしょうか」岩倉はできるだけ冷静さを保って訊ねた。

「十年前なんですけど……遺体が見つかったのって、あの立川の幽霊屋敷ですよね」

「近所の人からはそう呼ばれていたみたいですね」幽霊屋敷という呼び方を知っているということは、やはり近所の住人だろう。岩倉は少しだけ姿勢を正した。いい加減な情報ではないかもしれない。

「あそこで、真中さんを見たんです」

「見たというのは……真中さんがそこにいたんですね？」岩倉は念押しした。

「ええ。男の人と一緒に」

「それはいつですか？」岩倉はにわかに鼓動が高鳴るのを感じた。

「たぶん、行方不明になった日ですけど」男の声は自信なげだった。

「相手は誰ですか？　あなたが知っている人ですか？」

「知りません。あの、相手は三川さんじゃないですよ。三川さん、当時疑われていましたよね？」

「そういうこともありました」

電話してきたのは近所の人で、礼央や三川の顔見知りだと岩倉は想像した。声の感じからすると、二人の同級生かもしれない。自由に喋らせておくためには、相手を追いこまない方がいいのだが、思わず訊ねてしまった。

「あなたは、三川さんや真中さんとは知り合いですか？」

「はい」

　あっさり認めたので、岩倉は思わず背筋を伸ばした。おいおい、何なんだ？　十年経って、いきなり有力情報が出てくるなんて、普通はあり得ない。

「どういう知り合いですか？」

「高校の一年後輩です。真中さんの家の近くに住んでいて、真中さんとは小学校と中学校も同じです」

「だったら見間違えないですね」

「はい」

「分かりました」わずか一パーセントに過ぎない、役に立つ可能性のある情報だ。岩倉は立ち上がりかけ、気を取り直してもう一度座った。ここは腰を据えて話を聴いた上で、相手を摑まえておかないと。「重要な話のようですね。ぜひ、直接会って詳しく話を聴かせていただきたいんですが、これから会えますね？」

　岩倉が強く出ると、相手は抵抗もせずに「はい」と答えた。話す気満々というわけではなく、かなり勇気を振り絞って警察に電話してきたのだろうが、面と向かって話せば、情報は全て引き出せる自信があった。

　捜査会議に出ている場合じゃない。

田代史郎と名乗った男は、福生に住んでいた。元々実家は立川なのだが、高校卒業後、福生にある建設会社に就職して、それ以来ずっと福生市内のアパートで一人暮らしだという。

福生と言えば基地の街で、いかにもアメリカっぽいハンバーガーやサンドウィッチを出す店も多いのだが、そういうのは横田基地の西側の国道十六号線沿いに固まっている。田代はアメリカ色がまったくない、ＪＲ青梅線の西側に住んでいた。市役所の近く、玉川上水が流れる住宅地で、静かな環境だった。

「信用できますかね」覆面パトカーから降りた瞬間、恵美が不安を——不満を零す。この台詞を聞くのは今日三度目だった。始まったばかりの捜査会議を中断させて事情聴取に出発したのだが、亮子が相棒に恵美を押しつけてきたのだ。その時から彼女は、不満そうな表情を隠そうともしない。

「実際に会って聴いてみないと分からない」岩倉の答えも三回目。実に不毛なやり取りだ。

アパートは二階建て、ブロックをつなぎ合わせたような造りで、平成の始め頃によく見たスタイルだ。

指定された部屋のドアをノックすると、すぐに田代が顔を出した。張った顎の目立つ四角い顔、硬そうな髪の毛。背は低いが、Ｔシャツ一枚の上半身は、普段の仕事で鍛えられているためか、がっしりしている。

「中で話しますか？」一応聞いてみた。開いたドアの隙間から見える部屋はほぼゴミ屋敷といった様相で足の踏み場もないが。

「いや、中は……」田代が躊躇いを見せる。

「だったら、車を停めていますから、その中で話しましょう」渡りに船とはこのことだと思いながら、岩倉は提案した。田代は特に逆らわない。後ろめたいところもないようだし、警察を恐れてもいない感じだ。

「何か着てきます」

田代があっさり言って、ドアを閉めた。すぐにまたドアが開き、顔を出した田代はオリーブ色のナイロンのミリタリージャケットを着ている。下はＴシャツ一枚だから、ちょうどいいぐらいだろう。

「あ、ちょっといいですか」

「どうぞ」

何をするかと思ったら、一階の駐車場に停めた車——トヨタのＣ－ＨＲに向かい、ドアロックを解除した。運転席に首を突っこむと、すぐに出て来て、ジーンズの尻ポケットに何かを入れる。その間、岩倉はいつもの習慣で車のナンバーを暗記した。

「すみません、財布を車の中に忘れてしまって」田代が申し訳なさそうに言った。「今気づきました」

「それは危ない」

「無事でした」

「あの車、高い？」

「最近街中でよく見るけど、なかなか立派じゃないですか。ボディも大きいし」

「え？」

「まあ、そこそこです。でも、一・二リッターなんで、そんなに大きい車じゃないですよ」

「一・二リッターのエンジンで、あのでかいボディがちゃんと走るんですか？」

「実際はそんなに大きくないです。デザイン的に大きく見えるだけで、車重も一・五トンを切ってるし」

「そうは見えないけどなあ」有機的な曲線を描くボディのせいかもしれない。しかし、車の話題を持ち出したのは正解だった。田代は、最近の若者には珍しい車好きのようで、今の会話でかなりリラックスしたようだった。

岩倉たちは、玉川上水を渡ったところにある公園脇の道路に覆面パトカーを停めていた。かなり大きな公園のようだが、既に夜八時近いので、人気はない。

恵美が運転席に座り、岩倉と田代は並んで後部座席に陣取った。恵美が後ろを振り向き、ちらりとスマートフォンを見せてアームレストに置いた。録音準備完了。

「確認しますが、真中礼央さんとは昔から知り合いなんですね？」

「小学校から高校まで一緒です。でも、知り合いとは言えないかな。こっちが一年下なんで、話をしたことはほとんどないです。でも顔は分かりますよ」

「例の幽霊屋敷で、礼央さんを見たんですね？　どういう状況だったんですか？」

「男の人と一緒でした」

「年齢は？」

「高校生じゃない……たぶん、大学生かな」

「どんな人か、覚えていますか」

「小柄で」田代が頭の上で掌をひらひらさせた。「鼻の横に大きな黒子がありました」

突然、ピンときた。そういう風貌の男と、つい最近会ったばかりではないか。

「それはいつですか？」

「礼央さんがいなくなった日です」

「どうして断言できるんですか？　十年も前の話ですよ」

「言っちゃっていいのかどうか、当時は迷ってたんですよ」

「田代さん」岩倉は少しだけ声を低くして脅しにかかった。「せっかく話をしてくれる気になったんですから、隠さず全部話して下さい。礼央さんは遺体で見つかったんですよ。十年前、失踪した直後に既に殺されていた可能性が高いんです。あなたが見た男が犯人かもしれない」

「――俺、補導されたことがあるんですよね」少しふて腐れた口調で田代が打ち明ける。「中学の時に、万引きで。だから、警察にはいいイメージがないんですよ。言っても信用されるかどうか分からなかったし」

「いや、言うべきでしたね」岩倉は指摘した。「事は殺人事件なんですよ」

「でも当時は、単なる家出だと思ってました。礼央さん、プチ家出とかしょっちゅうだったし、あの時はとうとう本格的に家を出たんじゃないかって……高校三年生ですから、もう独り立ちできる年齢でしたし」

「じゃあ、周りはそんなに騒いでなかった？」

「だいたい皆、家出だろうって言ってましたよ」

「それで」岩倉は話を引き戻した。「どうしてそんなにはっきり、その男のことを覚えているんですか」

「ずっと引っかかっていたんです。それに俺、メモを取るのが癖なんで」

「その時の様子もメモにしていたんですか？」

「はい」田代がスマートフォンを取り出した。画面に顔を近づけて操作し、すぐに目当てのアプリを呼び出した。岩倉に示しながら、「これで分かりますか？」と訊ねる。

メモというか箇条書きだ。「9月6日、幽霊屋敷でRを見る。ちびの黒子男が一緒」。前後を見ると、特に脈絡のない——中には暗号にしか見えない文章が並んでいる。共通しているのは、日付だけはちゃんと書いてあることだ。

「日記、というほどじゃないですね」岩倉は指摘した。

「そうですね。気になったことだけを書いてるんで。今はインスタやツイッターを日記代わりにしている人もいるけど、そういうのはちょっと合わないんで……中学の時からずっと、携帯にメモで打ちこんでるんです」

「それを機種変しても引き継いでいるわけですか」

「そうなんです。それに、行方不明になった後、三川さんが疑われたりしたでしょう？　だから頭の片隅にはずっとこのことがあったんですけど、やっぱり警察には行く気になれなかったんです」

「今回は？　遺体が見つかったから電話してきたんですか？」

「そうです」田代が認めた。「さすがにあんなことになったら……可哀想じゃないですか」

　今さらそんなことを思われても手遅れだ。万引きで補導されたら、警察に足を運びにくくなるのは分かるが、「たかが家出」と考えないで、少し想像力を働かせることはできなかったのだろうか。文句はいくらでも考えついたが、今はむしろこの男に感謝すべきだろう。十年経って新しい手がかりが出てくることなど、滅多にない。

「その男に見覚えはないですか？」

「今思うと、見たことがあるような気もするんですけど」田代が首を傾げる。「近所で、何回か」

　手がかりが小さな音を立ててつながりつつある。しかし焦るな、と岩倉は自分に言い聞かせた。この段階であまりにも突っ走ってしまうと、ヘマをしかねない。あくまで慎重に行こう。向こうの居場所は分かっているのだ。

「私は、十年前はこの捜査には参加していませんでした。当時、礼央さんの周辺の人は、家出だと思っていたんですね？」

「内輪の人間は皆そう言ってましたけど、警察が三川さんを調べているっていう噂が流れて、ちょっとびっくりしました。それでその後、三川さんが大阪の大学へ行ったじゃないですか？　それで『やっぱり』っていう話になって」

「大阪へ逃げたと？」

「はい」

田代はやけに素直に話している。むしろ協力的過ぎるのが気になった。遺体が見つかったのが大きなきっかけになって話そうと思ったのは間違いないが、十年が経過していきなり警察に打ち明ける気になったというのも、微妙に不自然な感じがする。

「あなた、補導されたことがあるって言いましたね」

「その時だけですよ、一回だけ」田代が慌てて強調した。「その後は何もありませんからね」

「今は真面目に働いているんですよね」

「勘弁して下さいよ」田代が泣きついた。「中学生の頃の話なんで……もう十年以上前じゃないですか」

「それは、警察としては問題にしません」法律的には。しかし「人として」相手を見る場合は、どうしても色眼鏡をかける感じになってしまう。子どもの頃に少し悪さをする人間はいくらでもいる。しかしすっかり立ち直って、その後は穏やかな人生を送っている人がほとんどだ。だが、一度でも悪いことをした人間は、また何かやるのではないかと疑いの目で見てしまうのが刑事という人種である。

「礼央さんも、中学の時に万引きで補導されたことがあります。あなたは、彼女の仲間だったんじゃないんですね？」

「違いますよ」ひどく慌てた様子で田代が否定した。「中学や高校の頃って、学年が一年違うと、全然違うじゃないですか。つき合いなんてありませんよ」

「同じ部の先輩後輩でもない限り」

「そうです。小学校から一緒で、近所の顔見知りだったっていうだけですよ」

「でも、礼央さんがどんな人かは知ってましたよね？」岩倉は食い下がった。

「小学校では普通だったんですよ。でも、中学校に入って、急に悪くなって。あの頃、うちの中学校には結構悪い人間がいたんです。そういう連中とつるんで、影響を受けたんじゃないですかね」

「その後はずっと同じ感じ、ですか」

「あっという間に派手になって、中学生なのに化粧して夜遊びするようになって。何となく近づきにくくなりました」

「そうですか」

もう少し情報を絞り出せそうだ。岩倉は話を引き戻した。

「あなたが目撃した黒子の男ですけど」岩倉は自分の鼻の横を指さした。「他の機会に見たことはないですか？　この辺に住んでいた人じゃないんですか」

「それは違うと思いますけど……」田代が首を捻る。「でも、何度か見たことがあると思います。この辺の人じゃないから、逆に目立つというか」

「あなたとはそんなに歳も変わらない感じですか？」

「大学生だとしたら、数歳差ですよね」田代がうなずく。「この辺は顔見知りばかりなんで、知らない人がいるとどうしても『あれ』って思います。外の人が遊びに来るような場所じゃないですし」

「住宅街ですからね」岩倉は話を合わせた。「この時以外に見たかどうか、思い出せませんか？」

「うーん……」田代が首を後ろに倒した。「ちょっと思い出せないですけど」

「どんな服装をしていたか、何か目立つようなものを持っていなかったか、覚えていませんか？」

「ええと……あ、そうか」田代が急に明るい声を出した。「思い出しました。平成経済大学だ」

「そこの学生？」平成経済大学は、文字通り元号が平成に変わったのをきっかけに名前を変えた大学のはずだ。元の名前が何だったかは思い出せないが、確か創立は大正時代だったはずである。元号が令和に変わった今、また名前を変えたりするのだろうか。馬鹿なことを考えているうちに、ふと頭の中で記憶が蘇った。まさか……。

「たぶん、そうです」田代の声には奇妙な自信が滲んでいる。

「どうしてそんなことが分かるんですか？」

「トートバッグ？　布製の、大きなやつを肩にかけてたんですよ。大学のロゴつきの。あのロゴ、結構目立つんです」

「間違いなく平成経済大のロゴだったんですか？」岩倉は念押しした。

「派手ですから、見間違えないですよ」

「あなたは大学へ行っていないですけど」岩倉は指摘した。「それでも間違いないと断言できますか？」

「平成経済大って、この近くじゃないですか」少しむっとした様子で田代が反論する。「そのロゴの馬鹿でかいバージョンが建物にかかっていて、ガキの頃から見てるんです。間違えるはず、ないですよ」

「そうですか……」新たな手がかり。あまりにもポンポンと出てくるのが逆に不自然だったが、それでも次の一歩を踏み出すきっかけにはなる。

岩倉は丁寧に礼を言い、田代のスマートフォンの番号を聞き出して事情聴取を終えた。恵美の運転で覆面パトカーが動き出した瞬間、岩倉は「札幌だな」と告げた。

「札幌？　何のことですか」

「おいおい、覚えてないのかよ」岩倉はつい非難した。この件は、捜査の初期段階で会議でも報告していた。

「記憶にないですけど」恵美は悪びれた様子も見せない。

「とにかく、札幌に出張する必要が出てくるかもしれない」

「私もですか？」

「それを決めるのは俺じゃないけど」亮子はこの出張を許可してくれるだろうか。絶対的とは言えないが、かなり有力な証拠ではある。電話では確認できないことで、どうしても会って直接話をしなければならない。現地の警察に任せる手もあるが、それだと時間がかかってしまう。ここはやはり、自分で出向いて直接会うべきだろう。

岩倉はスマートフォンを取り出し、直接亮子の携帯にかけた。

「どうでした、ガンさん？」

「一応、証言を疑う要素はないですね」岩倉は聴いた内容をざっと説明した。

「なるほど。それで、札幌に出張したいわけですね？」

「できれば。予算がきついなら、一人でもいいです」むしろ一人の方が、身軽で動きやすい。

「ちょっと検討しますけど、ガンさん、自分で行きますよね」

「流れですから、もちろんそのつもりです。直接会って話をしたのは俺ですし。戦力をそちらに投入するにはまだ早いですから、一人でも大丈夫です」

「分かりました。調整しますけど、もしかしたら明日飛んでもらうことになるかもしれません」

「了解です」

かなり慌ただしくなるが、それでも構わない。一つ手がかりが出たら、一刻も早く潰す——それは捜査の基本だ。

第四章　迷走

1

札幌に来るのは何年ぶりだろう。千夏がまだ小学生の時に、夏の休暇で来て以来だと思い出す。そう、小学二年生だった千夏は、とうもろこしを食べ過ぎて腹を壊したのだった。

大事な出張なのに何となくぼんやりしているのは、寝不足のせいだ。昨夜、出張の許可はあっという間に出て、午前八時羽田発の飛行機のチケットも取れた。立川から出て行くので、念のために五時起き――五時に起きると意識すると、ほとんど眠れなかった。飛行機で眠ればいいと思っていたのだが、わずか一時間半のフライトでは、意外に眠れない。

十時半過ぎ、札幌駅着。ホームに出てマスクを外し、ようやく一息つく。コロナ禍以降、公共交通機関に乗る時にはマスクをするのが習慣になっていた。以前は、インフルエンザが流行っている時期でもほとんどマスクをすることがなかった岩倉は、未だに息苦しさに慣れていない。今は、外した瞬間の解放感を味わうためにマスクをしているのだ、と自分に言い聞かせている。

坂上が勤める札幌市役所までは、歩いて行くことにした。それほど遠くない――碁盤の目のような道路をひたすら南下していけば、十分ほどで着けるだろう。

地上に出た途端に後悔する羽目になった。四月だというのに札幌の空は黒く低く、今にも雪が降り出しそうなほど寒かったのだ。念のために持ってきていたコートを着こんでも、寒さは防ぎきれない。東京だったら、ほとんど真冬の感覚だ。地下街を使うべきだったか……しかしこれからわざわざ地下に潜るのも馬鹿馬鹿しく、背中を丸めて足早に歩き始める。

市役所周辺は札幌の中心地で、商工会議所やテレビ局などが集まるビジネス街でもある。街行く人たちの服装は、東京とほとんど変わらない。コートを着ているのは岩倉一人だった。札幌の人たちにとって、これぐらいの気温は既に「春」なのだろう。市役所前の交差点に入る直前、左手の方にテレビ塔が見えてくる。そう言えば、家族旅行でテレビ塔に登ったことも思い出す。あの時は、時計台、大通公園、羊ヶ丘展望台と札幌観光の定番ルートを辿ったのだった。久しく味わっていない、平凡で少し退屈な感覚……それが家族旅行というものかもしれない。

今回は、坂上には事前に何も通告していない。適当な用事をでっち上げて面会の約束を取りつけておくべきだったかもしれないが、やはり急襲したかったかもしれない。改めて「話を聞きたい」と頼んだら、向こうは警戒して用心してしまうかもしれない。

市役所に入るとすぐに、広々としたロビーになっている。床は茶色と白の三角形のタイルを複雑に組み合わせた幾何学模様で、非常に洒落た雰囲気だった。待ち合わせスペースとしてベンチも多く、一角ではコーヒーも売っているから、坂上とはここで話をすればいいだろう。彼が勤める人事課に直接乗りこむことも考えたが、大袈裟にはしたくない。

スマートフォンを取り出し、坂上の電話番号を呼び出す。通話ボタンを押して耳に押し当て、反応を待つ。仕事中だから私用の電話には出ないかもしれないと思ったが、坂上はすぐに反応した。

「坂上さんですか？　警視庁の岩倉です。先日、東京でお会いしました」

「ああ、はい」名乗るとすぐにピンときたようだ。「何か御用でしょうか？」

「ちょっとお話を伺いたいことがありまして。ロビーに出て来ていただけますか？」

「ロビー？」

「今、市役所まで来ているんです」

「え？」坂上の声のトーンが上がった。「札幌まで来たんですか？」

「そうです」

「わざわざ私に会いに？」

「えぇ」

「それはどういう――」

「とにかく、ロビーに降りて来て下さい」岩倉は彼の疑問を途中で断ち切った。電話で長々と説明していたら、わざわざ札幌まで来て急襲しようとした意味がなくなる。

「いいですけど……」

「お待ちしています」

一切余計なことを言わず、岩倉は電話を切った。もしかしたらこの電話で、坂上は逃亡してしまうかもしれない。人事課に直接押しかけて面会すべきだったかもしれないと思ったが……まあ、仮に逃げられても何とかなるだろう。そう簡単には逃さない。

坂上を待つ間、岩倉はカフェの前に立った。小さな店だが品揃えは充実している。飲み物の他に、北海道らしくソフトクリームも何種類もあった。岩倉は唐突に空腹を覚えた。朝食抜きで飛行機に乗ってしまったので、何も口にしていない。このままだと気合いが入りそうにないので、二人分のコーヒーを買い、さらにスティックチーズケーキを追加で頼む。その名の通り、棒状にしたチーズケーキだった。サイズは小さいが、甘味とチーズの香りはかなり強く、一気に食べるとそれなりに腹が膨れる。コーヒーで口中の甘味を洗い流したところで、エレベーターホールの方から坂上が慌ててやって来るのが目に入った。ベンチから立ち上がり、両手にコーヒーを持ったまま一礼する。

「コーヒー、どうぞ」

岩倉は手をつけていない方のカップを差し出した。戸惑いながら坂上が受け取ったところで、「座って下さい」と声をかける。坂上が、恐る恐るといった感じでベンチに腰を下ろした。その時、近くを知り合いが通りかかったようで、ひょいと頭を下げる。これはまずいな、と岩倉は瞬時に後悔した。ここは彼のホームグラウンドなのだ。知り合いと顔を合わせることもあるだろうし、そうすると気が散ってしまう。最悪、誰かに助けを求めることもできるわけで、岩倉は非常に不利だ。これなら、近くの警察署に呼び出しておけばよかった。事情を話せば、地元の所轄は必ず協力してくれる。

「いきなりすみません」さすがにこういう場所では高圧的に出るわけにはいかず、岩倉は丁寧に話し出した。

「いえ……でも、びっくりしました。わざわざ札幌まで来るような話なんですか」

「それは、あなたが何を話してくれるかによります」

「どういう意味ですか」向かいに座った坂上の喉仏が上下した。

「率直に話していただけるかどうかにかかっているんです」

坂上の顔から血の気が引く。このやり方はまずかったな、と岩倉は即座に方針転換した。取調室の中なら、高圧的な態度に出てプレッシャーをかけることもできるのだが、ここは市役所内のオープンスペースである。大きな声を出すわけにはいかないし、ゆっくり時間をかけて、彼の気持ちを解していくしかないだろう。

「例の廃屋の方、どうなりましたか？」警察の作業が終わった後も、取り壊し作業が止まったままであることは、岩倉も知っている。一日作業すれば終わりそうな感じだったのだが。

「実は、解体業者に断られまして」

「どういうことですか？」

「はっきり言わないんですけど、縁起が悪いっていうことじゃないですかね」

「そんなことを気にしていたら、仕事にならないと思いますが」

「私もそう思いますけど、実際に作業するのは向こうですから……それで今、不動産屋さんに新しい解体業者を探してもらっているんですけど、あの辺の業者は皆事情を知っていて、渋っているみたいなんです」

「それは、とんだ迷惑ですね」

「放っておくわけにもいかないし、また余計な金がかかりそうです」坂上がコーヒーを一口飲んだ。

岩倉は、今回の出張用に持ってきたタブレット端末をバッグから取り出した。人の顔を確認してもらう時、昔は写真を見せるのが普通だった。今は、スマートフォンに保存した写真を使う人間が多いが、岩倉はできるだけタブレット端末を使うことにしている。ノートパソコンとさほど変わらない大きな画面だから、よりはっきりと見てもらえるのだ。

礼央の写真を表示したタブレット端末を坂上に渡す。

「これは？」

「あなたの家で見つかった被害者の写真です」

「ああ、高校生だったんですよね」

「失踪当時は」

「可愛い子じゃないですか……ギャルですね」

「無念だったと思います。ご家族も苦しんでいます」

「分かりますが……それが私と何の関係があるんですか？」

「見覚えはないですか？」

「はい？」坂上がタブレット端末から顔を上げた。はっきりと戸惑いの表情を浮かべている。

「この女性を見たことはありませんか」岩倉は言葉を変えて、質問を繰り返した。

「見たことって……十年前の話でしょう？」

「あなたは十年前、現場の近くに住んでいた」

「近くって、高幡不動ですよ。そんなに近くはないです」

「しかし何回か、あの家を見に行ったことがあると言ってましたよね」そう、その話を聴いた時に、岩倉は坂上に対してかすかな疑念を抱いたのだった。

「それはまあ……親父に言われて、仕方なく様子を見に行っただけですよ。前もそう言いましたよね」

「覚えています」岩倉はうなずいた。「何回ぐらい行きましたか？」

「さあ……二回か三回ぐらいかな」

「そうですか」岩倉は右手を伸ばして、タブレット端末を返すよう、無言で要求した。取り戻すと、別の画像を表示する。今度は坂上に渡さず、画面を向けて見せるだけにした。「これに見覚え、ありますよね」

「もちろん。うちの大学のロゴです」

「このバッグ、持ってましたか？」岩倉が見せたのは、購買会のサイトからダウンロードしたトートバッグの写真だった。青地に、真っ赤な「H」と「K」をデザインした平成経済大のロゴ入りのバッグ。

「たぶん持ってた……と思いますよ」自信なげな口調だったが、坂上が認めた。「いや、持ってました。教科書とか入れるのに便利なんですよ」

「いつも使っていましたか？」

「毎日ではないですけど、たまに。それがどうかしたんですか？」

「このバッグを持ったあなたを、現場付近で見た人がいるんです」

「十年前に？　そんな昔のこと、覚えているものですか？」

「今のところ、その証言を疑う理由はありません」

「覚えてないですね。よく持ち歩いていたから、家を見に行った時にそのバッグを持っていた可能性もありますけど……」

「あなたは、真中礼央さんと知り合いだったのではないですか？」

「まさか」びっくりしたように坂上が少し声を高くする。「今回の一件で初めて聞いた名前です」

「名前は知らなくても、たまたま知り合ったとか？」

「意味が分からないんですけど」坂上の顔が強張る。「どういうことですか？」

「あなたを現場付近で見たという証言は、あなたと礼央さんが一緒にいたという意味なんです」

「まさか」坂上が目を見開く。「こんな人に会ったことはないですよ」

「会ったことがないと証明できますか？」

「いや、それは……無茶苦茶ですよ」坂上の手が震え、コーヒーがカップから少しだけこぼれた。顔をしかめ、カップを慎重にベンチに置く。腿に置いた手は、まだ震えていた。

「知り合いかどうか、じゃないんです。真中礼央さん――いや、この女性と会ったかどうかという話なんです」

「仮に会ったとしても、十年前ですよ？　覚えているはずないでしょう」

「話をしていても？」

「よほど印象に残ることがあったんじゃない限り、そんなことは覚えてないでしょう」

殺したとしたら、それこそ「よほど印象に残ること」だ。しかし記憶というのは不思議なもので、どうでもいいようなことをやけに鮮明に覚えている割に、非常に重要なことをどうしても思い出せなかったりする。妻の研究も興味深いものだな、とふいに思った。

「まさか、私を疑っているんじゃないでしょうね」

「あなたは真中礼央さんと会っていたはず——しかも彼女が失踪した当日に、です。この件について合理的な説明をいただけない以上、疑わざるを得ません」

「冗談じゃない！」

坂上が声を張り上げたが、明らかに虚勢だった。追いこみつつある、と岩倉は意識した。もしかしたらこの事件は、通り魔のようなものだったのではないか？　たまたま現場近くで会った二人の間に何かトラブルが起き——例えば坂上が彼女に乱暴して——殺してしまったとか。あの廃屋は、当時坂上の父親の持ち物だったが、何度か見に行っていたということは、敷地の中がどうなっているか、坂上自身も把握していただろう。どこで殺して埋めれば外から見えないかも、分かっていたに違いない。

「場所を変えましょうか」

「どういうことですか」

「近くの警察署で話を聴きます」岩倉は、すぐ近くに警察署があるのを事前に調べておいた。歩いて五分ほどだろう。

「逮捕するんですか？」坂上が大きく目を見開いた。

「いえ、まずはしっかり話を聴きたいと思います。それに、ここで話していると、誰に見られるか分かりませんよ。それだとあなたにも都合が悪いんじゃないですか？」

「……脅すんですか？」

「そういうつもりはありません。気を遣っているだけです」

しばらく押し問答が続いたが、結局坂上は折れた。この場でいくら話を続けても、自分が有利にならないと気づいたのだろう。

坂上は「早退するので準備をしたい」と言って、一人で勤務場所である人事課のある十一階まで戻ると言ったが、岩倉はついていった。そのまま逃げられたら目も当てられない。坂上は不機嫌になって何も言わなかったが、岩倉がエレベーターに乗りこむのは拒否しなかった。

坂上が自分の席で荷物をまとめ、上司に何か報告するのを見ながら、近くの警察署に電話を入れる。こういうことはよくある——出張して捜査をする刑事に便宜を図るのはどこの道府県警でもやっていることで、簡単に話が通った。交通課の取調室を貸してもらえることになり、取り敢えず準備完了になった。

坂上は背広の上衣を着てやって来た。コートはなし。岩倉自身は、市役所の庁舎に入ってからもずっとコートを着たままだった。それでちょうどいいぐらいだから、やはり東京よりは相当気温が低い。

署までの五分の道のり——岩倉は事前に行き方は確認していた——の間、坂上は一言も喋らなかった。無理に話す必要はない。これから徹底的に喋ることになるのだから。

交通課の取調室も、刑事課のそれとさほど変わりはない。部屋の造りもほぼ同じだし、容疑者から話を聴くということでは、役目は全く同じなのだ。そして、入った途端にいつも感じる不気味な感覚……岩倉は常に「調べる」立場でここに入るのだが、それでも取調室の中で泣き、叫び、罪の重さを実感した人間の怨念が籠もっているような感じがする。

岩倉は、ドアを開け放したままにした。交通課のスタッフが話したり電話したりする声がそのまま入ってくるが、これは正式な取り調べではない。立ち会いを道警の人間に頼むわけにはいかないから、あくまで任意。事故が起きないようにするためには、交通課から丸見えになっている必要がある。

「そもそも、平成経済大のバッグを持っていても、私だと断定できるわけがないでしょう」岩倉が話し出す前に、坂上が切り出す。必死の形相だった。

「いえ、あなたと人相が非常によく似ている」

「だけど、それだけじゃ……」

「要素が二つあります」岩倉はVサインを作って見せた。「トートバッグと人相。二つとなると、かなり重要です」

「だけど、それだけじゃ……」

「あなたがその場にいなかったという証明ができれば、問題はありません」無理だろう、と岩倉は読んでいた。十年前でも、よほど強烈な出来事なら覚えているかもしれないが、何でもない普通の日にどこで何をしていたかは分からないものだ。田代のように日記代わりにメモをつけている人間なら、それを使って記憶を引っ張り出せるかもしれないが。

「確認です。十年前の九月六日、あなたは遺体が発見された現場付近で、真中礼央さんと会っていませんでしたか？」

「そんな人は知らない」

「知らないかどうかではなく、会ってませんでしたか？」岩倉はまたタブレット端末を取り出し、傷だらけのテーブルに置いた。「この女性です。会った記憶はありませんか？」

「ちょっと――ちょっと待って下さい」坂上が慌てて、バッグからスマートフォンを取り出した。何か記録してあるのかと思ったが、結局は見ない。しかし、何かを思い出したようだった。「九月六日って言いましたよね？」

「ええ」

「その日は東京にいなかったと思います」

「そうなんですか？」

「まだ夏休みでした。帰省していたと思います」

「間違いないですか？」

「いや、ちょっとはっきりしないんですけど……十年前ですよね？」

「そうです」

「私は大学の三年でした」自分を納得させるように坂上が言った。「だから……あ、そうか」

ふいに坂上の顔色が明るくなる。スマートフォンを操作すると、すぐに何かを見つけ出したようだった。画面を岩倉に示すと、スーパーのホームページが表示されている。岩倉の知らない店名――北海道ローカルのチェーン店のようだった。

「これは？」

「長い休みで帰省する時には、必ずこのスーパーでバイトしていたんです」

「十年前もですか？」

「大学時代、帰省した時は必ず働いていました」

「証明できますか」

「調べてくれる人はいます」坂上は自信たっぷりだった。「当時ここの店長をやっていた人が、今は本社にいるんです。今もたまに会いますから、向こうも私のことは分かっています」

「名前は？」

「石野（いしの）さん」

「そんなに親しかったんですか？」

「四年生の時には、就職しないかって誘われたんです。スーパーに就職するつもりはなかったから断りましたけど、ずいぶん可愛がってもらっていました」

「確認します」

負けかもしれない、と岩倉は覚悟した。スーパーの代表電話番号を調べ、ドアを開け放したまま、交通課に出る。電話を貸してもらえないかと若い課員に頼むと、デスクを譲ってくれた。すぐに電話を入れ、今は総務課にいる石野という男を呼び出す。

「坂上君ですか？　もちろん覚えてますよ」石野があっさり認めた。「覚えているというか、今も年に一回は一緒に呑みますから。彼は、高校の後輩なんですよ」

「そうなんですか」

「彼、何かしたんですか？　警察のお世話になるような人間じゃないですよ」石野の態度がにわかに強硬になる。

「参考までに話を伺っているだけです。それが十年前のことで、記憶だけではっきりしない……それで、確認できる人に話を聴こうと思いました」

「十年前ですか」

「十年前の九月、坂上さんがそちらのスーパーで働いていたかどうかを確認したいんです」それだけ古いとさすがに無理だろう、と岩倉は思っていた。

「分かりますよ。ちょっとお時間をいただければ」

予想外の答えが返ってきて、岩倉は言葉を呑んだ。そんな昔の勤務ダイヤが残してあるのか？　こちらが黙っていると、石野の方で勝手に話し始めた。

「うちはもう、ずいぶん前から社内文書の電子化が進んでるんですよ。そもそもスーパーですから、バイトやパートの人が多いでしょう？」

「ええ」

「だからこそ、勤怠（きんたい）と給料の管理はしっかりしないといけないんです。全店のデータが、本社に集約して残してあります」

「十年前のものでもですか？」

「データは別に、場所を取りませんから」石野が軽く笑った。「デジタル化して以降の記録は全部残っています。ただ、引っ張り出して確認するのに時間がかかりますから、ちょっと待ってもらえますか？」

「時間を指定してもらえれば、電話をかけ直しますよ」

「いや、こちらから折り返します。どこへかけますか？」

岩倉は自分のスマートフォンの番号を告げた。次にこの電話が鳴った時は、坂上を解放せざるを得ないだろう。

二人で出張しなくて正解だった、と岩倉は自分を慰めた。無駄な捜査の経費が一人分で済んだのだから。

結局、坂上のアリバイは成立した。十年前の九月六日、夏休み中だった坂上は、スーパーの札幌琴似（ことに）店――彼の実家の近くらしい――で、開店前の朝八時から夕方四時までの勤務に入っていた。バイトが終わってから飛行機で東京へ飛んで犯行に及ぶことも可能だっただろうが、翌日も同じ時間帯に出勤している。羽田から新千歳行きは、初便が朝の六時ぐらいだから、東京にいたらバイトに間に合うわけがない。

岩倉は、市役所まで送ろうかと申し出た。

「結構です」所轄の玄関前で、坂上が呆れたように言った。

「ご迷惑をおかけしたんですから、昼飯でも奢りますよ」

「冗談ですよね？」坂上が目を見開く。「さっきまで取り調べを受けてたんですよ？　仲良く飯なんか食えないでしょう」

「あれは取り調べではありません」岩倉は訂正した。「事情聴取です」

「あれで事情聴取だって言うなら、取り調べは拷問みたいなものじゃないですか」

言い捨て、坂上が大股で東方へ去って行く。その背中を見送りながら、岩倉はスマートフォンを取り出した。刑事として一番嫌な仕事――失敗の報告が待っている。

亮子が電話に出ると、岩倉は開口一番「アリバイが成立しました」と告げた。

「もう？」亮子は疑わし気だった。

「当時バイトをしていたスーパーが、勤務ダイヤを確認してくれたんですよ。真中礼央さんが失踪した日も翌日も、彼はスーパーで勤務に入っていました」

「十年も前ですよ？　間違いないんですか？」

「電子的にデータが残っていましたからね。スーパー側としては、特に嘘をつく理由もないでしょう」

「分かりました……ガンさん、どうします？」

「帰ります」北海道日帰りか、と考えるとがっくりきてさらに疲れを意識する。「こっちにいても、これ以上やれることはないですから。チケットが取れ次第、戻ります」

電話を切り、スマートフォンでチケットの確認を始める。今日帰れなかったらどうしよう……空手で一人、札幌の夜を過ごすことになってしまう。それは虚しく敗北を嚙み締める、長い時間になるはずだ。

幸い、午後四時発の日航便に空席を確保できた。間もなく午後一時半。フライトまで二時間半と考えると、それほど余裕はない。せめて美味い昼飯ぐらい食べたいが、ゆっくりしている時間もあるまい。

刑事の出張には、あまり美味しいことはないのだが、今日は本当に、疲労を募らせるだけだった。

それにしても田代の野郎、とむっとした。この情報が間違いや勘違いだったら説教が必要だし、もしもわざと偽情報を流したのだったら、逮捕だ。警察の業務を妨害した容疑は、間違いなく成立する。

よし、戻ったら早速締め上げてやろう。夜には立川に戻れるから、今日にもその時間はあるはずだ。田代には、警察の本気をたっぷり思い知ってもらおう。

葬儀が終われば一段落――葬儀は故人とのお別れであり、家族にとってははっきりとした区切りになる。支援課にとっても同様だ。新メンバーのデータ大好き男、川西真守（かさいまもる）は、村野がそういう話をした時に、「数値化できそうですね」と嬉しそうに言ったものだ。馬鹿な……悲しみの薄れ方は人それぞれで、とても数値化できるものではない。川西は、その辺の勘違いをいつまで経っても修正しようとしない男なのだ。

2

葬儀の翌日、村野は父親の真司が帰宅する時間を見計らって、再び真中家を訪ねた。どこの会社でも、葬儀が終わってから何日かは忌引きで休めるはずなのだが、真司は早くも仕事に復帰しているというので、夕方になった。今日は特に話があるわけではなく、夫婦二人の様子を見るのが狙いだった。

お茶をもらい、雑談から入る。

「優太さんは、無事にトロントに戻ったそうですね」今日日本を離れた、と聞いていた。

「ええ」まだネクタイも外していない真司が答える。

「大学院生は忙しいんですね」

「去年のコロナの影響で、カリキュラムが大幅に遅れたそうです。今、その遅れを取り戻すためにしわ寄せがきているようですね」

「理系ですから、実験なんかも多いでしょうし」

「そうなんでしょうね。私は文系の人間ですから、よく分かりませんが」真司が茶を一口飲んだ。

「お仕事、復帰されたんですよね？　少し忌引きを取って、休まれた方がいいんじゃないですか」

「仕事している方が気が楽なんです」真司が打ち明ける。「家でじっとしていると、あれこれ考えてしまって」

「奥さんは大丈夫ですか」村野は孝子に話を振った。

「今は、礼央と一緒ですから」

その言葉が、村野の心を震わせる。葬儀は終わったが納骨はまだで、遺骨は仏壇にある。それを「一緒」という感覚は……いや、今までも、そういう風に言う人はいた。骨になっても家族は家族。一緒にいることこそが大事なのだと、涙ながらに訴えられたこともある。

「まだ落ち着かないと思いますが、何かあったらいつでも電話して下さい。カウンセリングの専門家を紹介することもできますので」

「今のところは何とか大丈夫です。これ以上ご迷惑をおかけするのは申し訳ないですし」孝子が遠慮がちに言った。

「こういう時に支えるのが我々の仕事ですから、いつでも何でも言って下さい」

「もう、十分です」真司が頭を下げた。「いろいろご面倒をおかけして」

「そうですか」

「まだコロナが怖いですけど、今年は夏に海外へ行こうかと思っているんです」真司が唐突に話題を変えた。

「ああ、いいですね」急に話が変わって戸惑ったが、村野は話を合わせた。

「礼央が中学生の頃までは、毎年夏には旅行に行ってたんです。高校生になったら嫌がるようになったので、家族旅行はやめてしまったし、礼央がいなくなってからはずっと……でも、昔みたいにするのもいいかなと思ってるんですよ」

「分かります。どちらへ？」

「それこそ、トロントへ行ってみようかな、と」

「息子さんに会いに、ですね」

「清潔で安全だし、いい街らしいですね。一度見てみたいんです」

「トロントなら、大リーグの試合もお勧めですよ。ドーム球場ですから、天気に関係なく楽しめます」村野はつい趣味に走って発言した。

「ああ……野球にはあまり興味がないんですけどね」

おっと、話を滑らせてしまった。微妙な沈黙が満ちる中、インタフォンが鳴った。孝子が立ち上がり、リビングルームの片隅のインタフォンに向かう。

「はい……あら、朋美（ともみ）ちゃん」孝子の声のトーンが急に上がり、明るくなった。「わざわざ来てくれたの？　すぐ開けるわ」

インタフォンを切ると、夫に目を向け「あなた、朋美ちゃん。澤田朋美ちゃん」

「朋美ちゃんだって？」真司の顔にも赤みが差し、頬が緩んだ。

「そうなのよ」

孝子が、はねるような足取りで玄関に向かった。真司は椅子に腰を落ち着けたままだったが、表情は緩んでいる。

「どなたですか？」村野は訊ねた。

「礼央の幼馴染みなんですよ。小学校で一番仲が良かった子ですけど、中学校に上がるタイミングで転校してしまって。今、どこにいるのかな」

「わざわざ来てくれたんですかね」

「優しい子なんですよ」真司の表情がさらに崩れる。小学校の頃の印象で語っているわけだが。

ほどなく、孝子が朋美を連れてリビングルームに入って来た。朋美は非常に落ち着いた感じの女性だが、鼻をぐずぐず言わせてティッシュを目に押し当てている。孝子も目を赤くしていた。玄関で再会した瞬間に、二人とも泣き出したのだろう。

朋美は村野を見ると一瞬怪訝そうな表情を浮かべたものの、さっと一礼した。そのまま、孝子に促されて隣の和室に入って行く。真司も「ちょっと失礼します」と言って二人の後に続いた。

すぐに、低い泣き声が聞こえてくる。二人分……ひどく居心地が悪くなったが、何も言わずに去る訳にはいかない。小さな声が漏れ伝わってきたが、三人がどんな会話を交わしているかは分からない。スマートフォンを見るわけにもいかず、村野は座ってお茶を飲みながら、三人が戻るのを待った。

五分ほどして、真司だけが戻って来た。やはり泣いたのか、目が赤い。

「私はこれで失礼します」村野は立ち上がった。

「すみません、お構いもできませんで」

「とんでもないです」

孝子も戻って来たので、挨拶して家を出る。そのまま帰ってもよかったのだが、せっかくだから、朋美に話を聴いてみようと思った。考えてみれば村野は、礼央の友人たちとはほとんど会っていない。今後の参考にするために、話を聴いてみるのもいいだろう。

所轄から覆面パトカーを借り出していたので、中で待つことにした。三十分ほどして、朋美が家から出て来た。最初に見た時よりもずっと疲れた感じで、体が縮んでしまったようにも見える。礼央の両親としばらく玄関先で話していたが、やがて深々と頭を下げて立ち去った。送る、送らないの話をしているのだろうと村野は想像した。

覆面パトカーから出て、歩いて朋美の後を追う。角を曲がったところで、「澤田さん」と声をかけると、驚いたように身をびくりと震わせた朋美が振り返った。一瞬怪訝そうな表情を浮かべたが、先ほど家で会ったことを思い出したようで、素早く一礼した。

「警視庁の村野と言います」

「刑事さんですか？」朋美が聞き返した。

「いや、刑事ではなく、犯罪被害者支援課という部署にいます。ご家族にずっとつき添っていたんです」

「ああ……はい」朋美が目を見開く。「ありがとうございました。おじさまとおばさま、大変なショックを受けていますね。あんな二人を見るのは初めてです」

「役に立てたかどうかは分かりませんが……あなたと、ちょっと話がしたいんです」村野は切り出した。「今後の参考までに、真中さんの家のことを聞かせていただけませんか？　被害者支援は長く続くものですから」

「いいですよ」

「行きたいところまで送りますよ。車がありますから」

「ああ……いいんですか？」遠慮しながら朋美が言った。「この辺、バスもないし、タクシーを呼んでも時間がかかるんです」

「どこまで行きましょうか」

「国立の駅まで乗せて行ってもらえると助かるんですけど……」

「大丈夫です」

覆面パトカーの助手席のドアを開けてやると、朋美はまったく躊躇せずに乗りこんだ。中には無線などの装備があるので、一目で普通の車とは違うと分かる。しかし朋美は、まったく動じる気配がなかった。村野は、スマートフォンのカーナビアプリを操作して、ホルダーにセットした。

「なかなか度胸がありますね」車を発進させた瞬間、つい言ってしまった。

「はい？」

「一応、これはパトカーなんですよ。普通の人には、乗る機会はないでしょう」

「彼が警察官なんです」

「ああ……そうなんですか」警察官とつき合っていてもパトカーに乗る機会はないと思うが、元々度胸が据わっている人なのかもしれない。

「今はどこに住んでいるんですか？」

「高松です」

「香川の？」

甲州街道に出るまでのわずかな間に、村野は朋美の半生をしっかり聞き出した。先ほどは哀しみに打ちひしがれていたが、元々テキパキしたタイプらしい。話はシンプルで、分かりやすかった。

朋美は、小学校を卒業すると同時に、父親の転勤に伴って福岡県に引っ越した。その後も数回の引っ越しを経験し、結局東京には一度も戻らず、香川県に住んでいた時に、地元の大学に入学した。両親は東京へ戻って来たのだが、朋美は高松に残り、卒業後は地元で教員になった。今は私立高で数学を教えているという。「何だか高松に根が生えたみたいで」というのが彼女の言い分だった。高校の同級生だった恋人は、香川県警で白バイ警官をやっているという。もしかしたら彼の存在もあって、高松に残る気になったのかもしれない。

「礼央さんとは、連絡を取り合っていたんですか？」

「ずっとです。最初は文通で、でもすぐに携帯で連絡を取り合うようになりましたけど」

「こういうことを言うと何ですけど、礼央さん、中学生ぐらいからだいぶ悪くなって、ご家族にも心配をかけていたようですね」

「ああ」朋美の声が低くなる。「でも、私にとってはずっと同じ――小学生の時のままの礼央でした」

「最後に連絡を取ったのがいつか、覚えてますか？」

「いなくなる何日か前だと思います。メールでやり取りしていて」

「どんな内容だったか、覚えていますか？」

「さすがにそれは……もうメールも残っていませんし。でも、近況報告的な、他愛ない内容だったと思います。いつもそんな感じでしたからね」

「変わった様子はなかったですか？　礼央さんは、ご家族とあまり上手くいっていなくて、プチ家出を繰り返していたようなんです」

「そういうこと、本人からは全然聞いてなかったんです」朋美の声が暗くなる。「他の友だちが教えてくれたんですけど、礼央と連絡を取る時は、敢えてそういうことは話題にしませんでした」

「気を遣っていたんですか？」

「余計なことを言って、連絡が途切れるのも嫌だったんです。転勤族の子どもにとって、友だちは大事なんですよ」

「行方不明になる前、どんな様子だったかは知ってますか？」

「ちょっと問題があるという話は、別の友だちから聞いてましたから、またプチ家出なのかなと思ったんです。でもすぐに、事件かもしれない——疑われている人がいるって聞きました」

「知っている人ですか？」

「私は知りませんでした。結局、事件なんですよね？」

「ええ」

「その人が犯人なんですか？」

「違います。それは証明されました」

「じゃあ、犯人はまだ分からないんですね」朋美が溜息をついた。

「申し訳ないです。今、担当部署が全力で取り組んでいます」

「警察の仕事のことは、少しは理解していますから、簡単にいかないことは分かります」

村野は軽く咳払いした。「どうして犯人を逮捕できないんだ」と責められるのも辛いが、変に理解を示されたり同情されたりすると、これまた反応に困る。

「今回は、遠いところを大変でしたね」

「最初、礼央が遺体で見つかったことは知らなかったんです。私の地元では大きなニュースになっていなかったみたいで、見逃したんでしょうね。後で、昔の友だちから連絡が来て、びっくりして……でも、お葬式は家族葬でやるから参列できないって言われたし、私も仕事の都合がつかなくて、今日になってしまいました」

「それでも、ご両親にとってはありがたいことだったと思いますよ」

「そうだといいんですけど……私はまだ、気持ちの整理がつきません」

「こういうのは、簡単にはいかないものです」

「そうですよね」

カーナビアプリの指示に従い、車を走らせる。国立、立川周辺の道路は入り組んでいて、これがなかったらとても国立駅に辿りつけないだろう。駅前のロータリーに入り、駅舎の前、タクシー乗り場の先で車を停める。

「ありがとうございました」丁寧に言って、朋美がドアに手をかける。

「今日はどこへ泊まるんですか？」

「あ、両親の家です」

「今はどちらに？」

「南千住です」

「それは……遠いですね」このまま車で送ろうか、と一瞬言いかけた。朋美は率直に話してくれるし、雑談のように話を続けていけば、まだ情報が出てくるかもしれない。しかし彼女が直接知っているのは、あくまで「小学生の頃の礼央」だ。

「このまま、ちょっとだけいいですか」

「ええ」朋美が手を引っこめる。

「礼央さん、行方不明になる前に、何か困ったり悩んだりしていることはなかったですか？」

「うーん……」朋美が顎に指を当てた。「困ってるって言えば、家のことでしたけどね」

「そんなに家族仲が悪かったんですか？」今の両親の悲しみを見ていると、非常に愛情深い親のように見えるのだが、それは十年という歳月による変化かもしれない。実際、十年前は、両親は行方不明者届を出そうともしなかったのだ。二人にすれば、不良になった娘は頭痛の種でしかなかったかもしれない。

「高校生は、親と上手くいっている人の方が少ないと思いますよ。いつの時代でもそうでしょう」高校の教諭らしい発言だった。

「最近は仲のいい親子も多いですけどね」

「そう見えるだけです」朋美が微笑んでドアを開ける。「どうもありがとうございました。助かりました。交通の便が悪い場所だってこと、すっかり忘れてました」

「ああ――」ドアが閉まりかけた時、村野はふいに思い出して声をかけた。「もう一つだけ。『ウイン』という言葉に聞き覚えはないですか？」

「ウイン？　何ですか、それ」

「説明しにくいんですけど、今回の事件で、キーワードのように出てくる言葉なんです」

「誰がどういうタイミングで言ったんですか？」

「犯人がウインという人間である可能性があるんです」詳しい事情は話せない。三川は既に容疑者リストから外れているので、彼の名前を出すのは気が進まなかった。

「外国人みたいな名前ですね」

「それも含めて分からないんです」

「何か思い出したら電話します。全然記憶にないですけど」

そう言われて、名刺を渡していないことに気づき、村野は名刺入れから一枚抜いて差し出した。

犯人探しは自分の仕事ではないのだが、こうなると「ウイン」が何者なのかが気になってくる。まだ真中家、あるいは三川家に関する仕事をすることもあるだろうから、その合間に話を聞いてみよう、と村野は決めた。またお節介を、と文句を言われそうだが、少なくとも岩倉は分かってくれる……かもしれない。彼と気持ちが通じているのかいないのか、村野は未だに判断しかねている。

3

新千歳空港でフライトを待つ間、岩倉は恵美に電話をかけた。現場の近所で聞き込みをしていた恵美は、岩倉が偽情報だったと打ち明けると「やっぱり」と漏らした。

「やっぱりって、何か思い当たる節でもあるのか？」

「そもそも田代って、信用できない感じがしたじゃないですか」

「そう感じてたなら、その時に言ってくれればよかったんだよ」これでは後出しジャンケンのようなものではないか。

「岩倉さん、人の話を聴くような感じじゃなかったですよ」

そんなにむきになっていた？　そうかもしれない。他人の暴走を止めるのは得意だが、自分が脇目もふらずに突っ走ってしまう時があるのは、ちゃんと意識している。

「とにかく、改めて田代にきっちり話を聴かないと」

「じゃあ、せめて立川まで来て下さいよ」

「今からなら、羽田へ迎えに来られるんじゃないか？」

「捜査会議もあるんですけど」

捜査会議はまだ先だし、どうしても出なければならないものでもない。岩倉はつい溜息をついた。彼女のこの面倒臭がりな性格は、そのうち何とか改善しなくてはならないが……今はそんなことをしている暇はない。仕方なく譲歩した。

「立川駅までは来てくれるんだな？」

「何時ですか？」

「七時」

「……分かりました」

羽田だろうが立川だろうが、捜査会議には間に合わないが、岩倉としては、この件は今日中に決着をつけておきたかった。丸一日が無駄になったわけだが、被害者は俺一人だったんだから、と自分を慰める。他の刑事に迷惑がかかっていないだけ、よしとしなければ。

フライトの最中、ずっと考える。もしも田代が、俺に偽情報を教えたとしたら、その理由は何だろう？　単なる悪戯、嫌がらせにしては手が込み過ぎているし、本人の顔も名前も割れてしまうリスクを冒してまで偽情報を流したのは、警察の捜査をおかしな方向へねじ曲げるためではないか？　もちろん、この程度の話だったら、遅かれ早かれ嘘だと見抜けていたはずだが、ある程度時間稼ぎはできる。

何のために？　もしかしたら、誰かを庇った？

だとすると、田代はこの事件の真犯人に操られていた、あるいは田代自身が犯人である可能性もある。短い時間しか稼げないことは分かっているはずだが、その間にできることもあるだろう。犯人が逃げるため、あるいは重要な証拠を隠すための時間稼ぎとか。

北海道からの一時間半のフライト、そこから電車を乗り継いで立川へ向かう途中、岩倉は考え抜いて方針を変更した。

恵美は指示通り、立川駅の北口、ピタゴラス通りという奇妙な名前の路地にあるコイン式駐車場に覆面パトカーを停めて待っていた。そういう名前の通りがあることは、赴任してきた時に気づいていたが、まだ由来は調べていない。誰かに聞けばすぐに分かるとは思うが、謎のまま残しておいた方がいいこともある。興味の先送りだ。

「札幌では何か美味しいもの、食べました？」岩倉が助手席に乗りこむなり、恵美が訊ねる。

「札幌駅で、立ち食い蕎麦」

「何でですか？」心底驚いたように、恵美が訊ねた。「味噌ラーメン、スープカレー、ジンギスカン、海鮮……名物はいくらでもあるじゃないですか」

「時間がなかったんだ」やはり面倒臭い相手だな、と思いながら岩倉は答えた。仕事の話ではなく、いきなり食べ物の話題とは。「札幌から新千歳まで、結構時間がかかるし……それより、方針変更だ」

「田代に会いに行くんじゃないんですか？」

「奴に関しては、じっくりやりたい。だから、署に戻る」

「それじゃ私は、ただのタクシー代わりじゃないですか」恵美が露骨に不満を漏らした。

「ああ、悪かった」面倒臭くなって、岩倉は謝った。「それより、少しブレストがしたいんだ。飯を奢るからつき合えよ」この際、相手は誰でもいい。

「まあ……いいですけど」

特捜が動いている時は、どうしても食生活は貧しくなりがちだ。昼間はともかく、夜は会議室に用意されている冷めた弁当で済ませることが多い。捜査が長引くに連れ、温かく美味い物を食べたいという気持ちは、自然に高まってくる。ましてや今日は朝から、小さなチーズケーキと立ち食い蕎麦しか食べていない。

「ここに車を停めておこう。食べるのは、伊勢丹でもどこでもいいよ」あのデパートには、八階にレストラン街があるはずだ。

「近くに、ちょっと美味しいイタリアンがありますけど」

「時間、かからないか？」

「大丈夫です。パスタとメーンだけなら早いですから」

取り敢えず、彼女の機嫌を取っておくか。食べ終えて署に戻る頃には、捜査会議はとうに終わっているだろうが、相談したい相手――亮子は残っているはずだ。何だったら、途中で電話を入れて引き止めておいてもいい。飯のために上司を待たせる部下というのもなかなかすごいものがあるが、自分も少しはわがままを言っていい年齢だ、と思う。五十三歳は十分オッサンだ。

立川駅北口は、大通り沿いはビジネス街の雰囲気があるのだが、細い路地には気やすい店が集まっている。安く美味そうな居酒屋も多いのだが、今日はまだ仕事があるから、酒抜きだ。

恵美が案内してくれたイタリア料理店は、小さなビルの一階にある、ごく狭い店だった。カウンターとテーブル席が四つ。テーブルは埋まっていたので二人並んでカウンターにつくと、厨房の様子もよく見えたが、非常に狭く、シェフが中腰の姿勢でフライパンを振るわなければならないほどだった。狭いとはいえ、料理担当は一人しか見当たらず、「早い」という恵美の言葉がにわかには信じられなかった。

「料理は君が選んでくれ」

「いいですけど、岩倉さん、何か好みはないんですか」

「札幌の立ち食い蕎麦の後だったら、何でも美味く食べられるよ」岩倉は「立ち食い蕎麦評論家」を名乗れるほど詳しいわけではないが、外回りの時などにはどうしても頼ることが多い。最近は、麺などにこだわりをもって美味い蕎麦を食わせる店も多いのだが、今日初見で入った店は完全に外れだった。麺はぼそぼそ、それに何より、汁が酷かった。出汁の味をまったく感じさせない、ただしょっぱいだけの汁は、二口飲んだだけで十分だった。その汁を吸ったかき揚げの味も強烈で、半分ほど残してしまったぐらいである。

「私、しらすとカラスミのパスタにします。岩倉さんは……ポモドーロでいいですか？」

「どういうやつだっけ？」岩倉は自炊では一種類のパスタしか作らないし、そもそもイタリア料理には疎い。

「トマトソースだけです。ペペロンチーノと一緒で、一番ベーシックなパスタですよ」

「いいよ」そんなに簡単なら、今度作ってみようか、と思った。

「シェアしなくていいですよね？」

「ああ」しらすとカラスミのパスタは、自分だけで食べたいのだろう。それはいい。そもそも岩倉はカラスミが——カラスミだけではなく珍味全体が好きではない。日本酒好きなら癖のある味を好むだろうが、岩倉は日本酒を積極的に呑むタイプではないのだ。

　恵美が注文を済ませると、パスタは五分で出てきた。いくら何でも早い。作り置きを温めて出しているのではないかと疑ったが、厨房に電子レンジは見当たらなかった。あまり期待しないで食べてみると、非常にもちもちして歯触りがいい。

「美味いね」思わず言ってしまった。

「生パスタだから、出来上がりが早いんです。普通のパスタだったら、茹でるだけで十分ぐらいかかりますけどね」

　味も上々……トマトの酸味がほどよく、しかもコクがある。抑え気味のニンニクの香りもいいアクセントだ。恵美のパスタからは、カラスミ特有のしつこい香りが立ち上ってくる。好きな人にはたまらないだろうが、岩倉はやはり遠慮して正解だと思った。

「この前、自宅でパスタを作って、一人で侘しく食べたんだ」会話のネタとして、岩倉は打ち明けた。

「どんなパスタですか」

「ツナの和風パスタ」

「美味しそうじゃないですか」

「俺には、人間にあるべき多くの才能が欠落してるけど、一番ひどいのは料理だな。でも、月に一回ぐらい、急に作りたくなる」

「それって、奥さんが一番困るパターンですよね」

「今は誰にも迷惑はかけていないよ」

離婚話になると面倒だと思ったが、彼女は突っこんでこなかった。

メーンはサルティンボッカ。仔牛肉と生ハムを重ねて焼き上げた料理で、パンと一緒に食べるとちょうどいい塩味だった。たっぷりある一皿を二人で分けて食べていくうちに、腹が一杯になってしまう。

「デザートはパスする」岩倉は宣言した。

「私もいいです。コーヒーだけ、飲みませんか?」

「そうしよう」

二人ともカフェラテを頼む。あっという間に料理が出てきて、息も継がずに食べ切ってしまったので、時間に余裕はあった。

「それで……さっきのブレストの件ですけど、どういうことですか?」

「Tのことなんだけどな」

「はい」

Tが「田代」だということは、彼女にもすぐに分かったようだ。安心して、イニシャルのまま話を進める。

「Tについてどう思った？　第一印象で信用できないと思ったのか？」

「できませんね」恵美があっさり断言した。「何というか、一度つまずいて、後は右肩下がりで転落の人生という感じじゃないですか」

「手厳しいな」

「態度も、微妙に変でしたよね。そもそも、十年経っていきなり情報を持ってくるっていうこと自体、やっぱり信用しにくいですよ」

「そうか……」岩倉はカフェラテを一口飲んだ。エスプレッソの方がよかったな、と思う。ミルクの甘味のせいか、口中の脂分が上手く洗い流せない感じがする。「今回の件、Tが何らかの目的で俺たちを騙したような感じ、しないか？」

「ああ……確かにそんな感じはしますね」

「どういうパターンが考えられる？」

「Tが犯人」

「それは俺も考えた。こっちを惑わせるための工作みたいなものだろう？」

「ええ。でも、リスキーですよね。何もわざわざ、顔を晒さなくてもいいでしょう」

「そうなんだよ。だから俺は、Tは一種の捨て石になったんじゃないかと思う」

「捨て石？」恵美が首を傾げる。

「誰かのために」

「庇ったんですか？　でもそれでも同じですよ。岩倉さんは、疑ってるわけでしょう？」

「ああ。奴の狙いは逆効果だな」田代の限界はこの辺なのだろうか。どんな結果が出てくるか想像できずに、取り敢えず警察を混乱させてやろうとしただけ？

「どうしますか？」

「それは上と相談するけど、取り敢えずTをマークする必要があるな。周辺を調べてから、じっくり追いこみたい」

「それで、今夜行くのはやめたんですか？」

「こっちには今、手持ちの材料が何もないからな」岩倉は財布を抜いて勘定を済ませた。二人で四千円超、か。まあ、こんなものだろう。ブレストのおかげで考えはまとまったし、むしろ安上がりだったと考えるべきだ。

　推測を説明すると、亮子も田代の周辺捜査に同意した。

「万引きで補導歴があるという話でしたよね」

「現在の状況と直接関係ないとは思いますが、一応頭に入れておく必要はあるでしょう」

「じゃあ、早速明日から、始めて下さい。本人に気づかれないように——ガンさんにそんなことを言う必要はないですね」

「十分過ぎるほどベテランですからね」やや自虐気味に岩倉は言った。「じゃあ、ベテランの力を見せて下さい。取り敢えず、熊倉と組んでお願いします。必要なら、すぐに応援を出しますから」

一緒にやる必要はないな、と岩倉は判断した。恵美と一緒だと苛々させられることも多いので、別々に動いて、後で情報をすり合わせる方がいいだろう。ストレスなく働く——二人一組で動くのが警察のルールだが、時にはルール破りをするのもいい。気持ちよく動いた方が、絶対にいい結果が出るものだ。

岩倉は翌朝、田代が勤める会社への事情聴取を恵美に任せた。田代にばれないように極秘でやらねばならないから気を遣う仕事だが、恵美にもそれぐらいの能力はあるだろう。

岩倉自身は、特捜本部に籠もって電話作戦を開始した。田代の、仕事以外の生活を探るために、彼の友人たちの割り出しにかかったのである。これまで事情聴取してきた人間のリストが役に立った。田代は、礼央が住んでいた街で育ち、彼女とも顔見知りだった。共通の知り合いが何人もいるはずだと睨んだ通り、すぐに田代を知っている人間が摑まった。

「田代ですか？」その中の一人、都庁に勤務する近藤智という男は、露骨に嫌そうな声を出した。礼央とは中学校までの同級生で、彼女に対してもいい印象を抱いていなかった——事情聴取で、結構露骨にくさしていたのを岩倉は思い出した。

「そうです。礼央さんとは、幼なじみというか、近所の顔見知りというか」

「田代は、よく家にも出入りしてたはずですよ」

「そうなんですか？」

「礼央さんと、というより優太と幼なじみです。同級生ですから」

おっと、これは新しい情報だ。そういえば田代は、優太とは同学年である。しかも家に出入りしていたとなったら、礼央のことをほとんど知らなかったという田代の証言が怪しくなる。

「確かあの二人、小学校の時には同じサッカークラブに入ってたんじゃないかな。練習の行き帰りに、同じジャージを着て、よく並んで歩いてましたよ」

「なるほど……それは確かに幼なじみという感じですね」

「でも、あいつも中学校に入ると悪くなっちゃってね」

「中学の時に、万引きで補導された話は把握しています」

「何なんですかね……中学校に入ると、悪くなる奴は悪くなるんでしょうね」

「礼央さんの影響ですか？」

「関係ないとは思いますけどね。別のグループだったはずだから」

あの辺には、そんなにたくさん、不良のグループがあるのだろうか？　もっとも礼央は、中学生になると、年上の悪い連中と関係ができていたそうだから、一学年下の田代とは関係がなくても不自然ではない。

「優太さんとも切れたんですか」

「いや、中学校までは一緒だったから、相変わらず一緒にいるところをよく見ましたよ。片方がおかしくなっちゃっても、幼なじみの関係は変わらないのかもしれませんね」

「親友？」

「当時はね」

「今は……立場も変わりましたね。一人は高卒で、工事現場で身をすり減らして、もう一人は研究者目指してカナダに留学中。いや、別に工事現場で働くのを馬鹿にしているわけじゃないですけど」

岩倉は手帳に「優太」と書きつけて円で囲んだ。何故か気になる。そう、姉の葬儀のために帰って来た優太の態度は、妙に素っ気なかったと村野から聞いている。そして葬儀が終わると、まるで逃げるようにカナダへ帰ってしまった。そこまで急ぐ理由は何だったのだろう。

「今は、あの二人はつき合いはないんですかね」岩倉は訊ねた。

「いやあ、そこまでは分からないです」

「田代さんのことをよく知っている地元の人、他にご存じないですか？」

「それなら、草間（くさま）ですかね」

岩倉は手帳のページを戻して、独自に作ったリストを見返した。これまで特捜が事情聴取した人間の中に、草間という人物はいない。

「草間さんは、どういう人ですか」

「立川で会社をやってます。やっぱり田代の昔の同級生ですけど、有名人ですよ」

「そうなんですか？」岩倉の頭にある人名録にはその名前がない。

「まだ二十七なんですけど、立川周辺で店を何軒も持ってます」

「青年実業家？」

「いやあ……去年、突然会社を作ったんで、内輪では結構話題になりましたよ。十年近く会ってなかったのに案内状が来たりして」

「どこで連絡が取れますか？　会社ですかね」

「そうですね――ちょっと待って下さい」近藤が電話から離れる気配がした。職場のパソコンで何か調べているのかもしれない。業務外で使うと問題視されるかもしれないが、同じ公務員の頼みだから大目に見てもらおう。「『ミートビート』という会社です。代表番号は分かりますよ」

「申し訳ない、教えて下さい」近藤が告げる番号を頭に叩きこみ、さらに訊ねる。「どういう会社ですか？」

「焼肉ですね。今、多摩地区に四軒ぐらい店を出してるようです」

「四軒あったら立派にチェーン店ですね」

「まあ……」近藤はどこか喋りにくそうだった。「どういう経緯でこの会社を起こしたか、よく分からないんですよ。それまで、結構悪いことをしていたっていう噂もあるし。それに、コロナ禍に乗っかったみたいで、ちょっと感じ悪いんですよね」

「飲食店なのにコロナの影響に乗る？」

「コロナで閉めちゃった店、結構あったじゃないですか。草間は、そういう店にほぼ居抜きで安く入って、商売を始めたみたいです。いい肉を使っているから、味は確かみたいなんですけど……」

別に「ずるい商売」とは言えないのだが……店舗が撤退して空室が出れば、その物件のオーナーや不動産屋は経済的なダメージを受ける。そうするとますます経済が回らなくなり、日本経済は静かに、しかし確実に沈没していくだろう。草間は、何人もの人間を助けたのではないか。

「商売を始める前に何をしていたかはご存じないですか？　その歳で、そんなに多額の開業資金を用意できますかね」

「噂がね……」近藤が遠慮がちに言った。

「どんな？」

「半グレのグループに入っていたとか、あまりよくない話です。高校を卒業した後何をしていたのか、知っている人間が全然いないのも気味悪いんですよね」

「なるほど……取り敢えず、田代さんと仲がよかったのは間違いないんですね」

「高校ではよくつるんでいた、と聞いています。地元では結構怖がられていたみたいですよ」

かなり警戒しなければならない相手のようだ。電話を入れて面会のアポをとる、あるいはいきなり会社を訪ねることもできるのだが、それではあまりにも無用心過ぎる。

しばらく電話での聞き込みを続けた後、岩倉は夜の世界に詳しいネタ元に連絡を入れた。平野明彦（ひらのあきひこ）――元神奈川県警の刑事で、岩倉がまだ解き明かしていない何らかの理由で県警を辞めた後、東京で夜の商売に転じた。そして、大変な事情通である。刑事としての能力なのか、夜の世界で培ったものなのかは分からないが、彼からもらった情報が外れたことは一度もない。

「岩倉さんは、いつも嫌な時間に電話してくるな」平野が嫌そうな口調で言った。「まだ寝たばかりですよ」

「もう十二時だよ。明け方に寝たとしても、寝足りてるだろう」

「昼夜がひっくり返った生活を送っている人間がいることぐらい、岩倉さんにも分かるでしょう」

「……申し訳ない」どうやら本当に、寝たばかりのようだ。「ちょっと情報が欲しいんだ」

「いいけど、高くつきますよ」

平野は、毎回「高くつく」と言うものの、具体的に何かを要求してきたことはない。

岩倉も飯を奢るか酒を呑ませるかしないといけないなと思いつつ、一度も実行したことはなかった。情報が一方的に流れるだけという、刑事とネタ元の関係としては奇妙な状態がずっと続いている。

「ミートビートという会社に聞き覚えは？」

「名前からして、精肉関係ですか？」

「いや、焼肉チェーンの『香焼亭（こうしょうてい）』を運営している会社」

「ああ、香焼亭ね。多摩の方でしょう？　あれは長続きしないと思いますよ」店名が出ると急にピンときたようだ。つまり、彼の頭には既にこの情報がインプットされている。

「どうして」

「店の名前がよくない」平野がさらりと言った。「響きがあまり心地好くないですね。食べ物屋は、名前も大事なんです。いかにも美味そうな名前ってあるでしょう」

「そうかもしれない……」今日の平野は、普段よりも雄弁だ。

「で、その店が何か？」

「社長に話を聴きたいんだ」

「十分注意した方がいいですね」

「どうして」岩倉はスマートフォンを握り直した。平野がこういう忠告をする時は、相当危険な状況なのだ。

「西麻布会、知ってるでしょう」

「ああ」やはりそっちの筋か、と岩倉はピンときた。実際にはそういう名前の会があるわけではなく、警察――半グレの捜査を担当する組織犯罪対策部特別捜査隊の連中がそう呼んでいるだけだ。文字通り、西麻布界隈の繁華街を中心に幅広く活動している連中で、二年ほど前には覚醒剤の大量取引でメンバー三人が逮捕されていた。

「社長がそこの人間？」

「それは詳しくは分かりません。あるいは、お飾り社長かもしれませんね」

半グレの連中も、暴力団と同じで様々な商売に手を出す。違法、合法様々だが、その中でも飲食ビジネスは大きな柱だ。レストランや酒場、クラブなどにダミーの経営者を置いて金を吸い取ることはよくある。

「分かった。注意しておくよ」

「岩倉さんのことだから、半グレの連中なんかどうでもいいと思ってるかもしれませんけど――」

「そんなことはない。俺は慎重なんだ」

「それは分かってますけど、相手が相手ですからね」

「ご忠告、感謝しますよ」

電話を切り、草間を攻める方法を考えた。危険な相手の可能性があるから、一人で行くのは避けた方がいいだろう。できれば強面のパートナーがいればいいのだが、今回の特捜にはそういう刑事はいない。仕方ない……取り敢えず亮子に報告して、自分がどこに行くかは知らせておかないと。

草間という男に会うと告げると、亮子が唐突に意外なことを言い出した。

「私も行きます」

「いや、課長が現場に出たらまずいでしょう。ここでどんと座って指揮を執っていないと」この女性課長が出たがりなのは分かっているが、そもそも、荒事になったら役にたたないだろう。力勝負では、小柄な彼女は当てにできない。

「ずっと座りっ放しだから、体が固まってるのよ。たまには外へ出るのもいいでしょう」

そこまで言われると、断る理由はない。ということは、俺は課長の運転手か……まあ、一人で行くよりはいいかもしれないが、面倒なことにならないように、と岩倉は祈った。

何とかいけそうだ、と岩倉は少しだけ安心していた。空振りするのが嫌だったので、事前に電話を入れたのだが、その時の感触では、草間は素直に話してくれそうだった。

ミートビートの本社は立川市にあり、署からは車を使うよりも歩いた方が早いぐらいだった。それを告げると、亮子は「だったら歩きましょう」とあっさり言った。

「今日は散歩日和だし」

「散歩はいいですけど、呑気に対応できる相手じゃないかもしれませんよ」岩倉は忠告した。

「こっちも素人じゃないんだから」亮子が苦笑した。

ミートビートの本社は、立川駅前を東西に貫く緑川通り沿いのオフィスビルに入っていた。歩いて十五分ほど、亮子の言う「散歩」には少しだけ短い感じだ。

「へえ」ビルを見上げながら、亮子が感心したように言った。「ずいぶんいいところに会社を構えているのね」

「でも、立川ですからね。新宿の西口ってわけじゃない」

「多摩地区の会社で、ここに本社があるのは一流なんですよ」

七階に上がり、ずらりと並んだドアの中からミートビートを探す。エレベーターから遠い場所にある七一〇号室。ドア横に、牛を戯画化したロゴがあるので、焼肉店を経営する会社なのだとは分かる。

ドアを開けると、小さなカウンターになっていた。室内をざっと見回す。それほど広くない……社員は、カウンターの向こうにある数席に収まるぐらいの人数なのだろう。飲食店を経営する会社は、それほど大きな規模である必要はないのかもしれない。これが本格的に全国展開するチェーンなら別だが、四店舗だったら、本当はどこかの店に本社機能を持たせるだけでも十分なぐらいだろう。

社員が固まっている奥に、やけに豪華なデスクがあるのが見えた。小柄な男が電話で話している。その横には、すりガラスの入った衝立。

一番手前に座っていた女性社員が立ち上がり、対応してくれた。

「お約束しています、警視庁の岩倉です」

「今電話中ですので、中で少々お待ちいただけますか」

案内されて、社長のデスクの脇を通って衝立の奥へ向かう。草間と一瞬目が合った。軽く会釈されたので、岩倉はさらに安心した。見た目は普通のサラリーマン、礼儀もしっかりしているようだ。

岩倉と亮子がソファに腰を下ろすと同時に、衝立の向こうから「それでは、よろしく」とよく通る声が聞こえ、草間が顔を出した。

半グレグループとの関係があるかもしれないと聞かされていたので、もっと軽い、あるいは露骨に悪そうな男を予想していた。しかし、最初に見た時の「普通のサラリーマン」という印象は変わらない。地味なグレーのスーツ姿で、シャツこそ派手なストライプ柄だが、ネクタイは無地の紺色だ。髪は綺麗に七三に分け、髭の剃り残しも一切ないことなく、銀行員のようなイメージもある。

名刺を交換し、さっそく本題に入った。

「田代史郎さんのことでお伺いしたいんですが」

「田代ですか？　ずいぶん懐かしい名前だな」草間が目を見開く。少しだけわざとらしく見えた。

「ご存じですね？」

「中学、高校と同級生でした」

「いやあ」草間がやけに爽やかな——作ったような笑みを浮かべる。「昔の話ですよ。そういうの、よくあるでしょう?」

「最近、田代さんとつき合いはありますか?」

「まったくないですね」草間があっさり否定した。「確か今、建設会社で働いてるんじゃないかな」

「住む世界が違うということですか」岩倉は少し意地の悪い台詞をぶつけた。

「いや、そういうつもりじゃないですよ」草間がさらりと言い訳した。「昔の友だちです。今は接触がない——それだけの話ですよ」

「彼はどんな人なんですか」

「どうですかね」草間が首を傾げた。「そんなに親しいわけじゃなかったですから」

「私が聞いている話と違いますが」岩倉は突っこんだ。

「どんな話を聞かれたのか分かりませんけど、大袈裟に言う人もいますからね」

「田代さんについて、調べているんです」

「何かやらかしたんですか?」さほど関心なさそうな様子で草間が訊ねる。

「そういう訳ではないんですが」

「だったら、私に聴くのは筋違いじゃないですかね」草間がわざとらしい笑みを浮かべたまま言った。「話せることは、特にありませんよ」

「今は――仕事が忙しいということですか」

「そうですね。去年から本格的にこの仕事を始めたので、今は必死です」

そこで岩倉は、隠し持っていた決定打をぶつけようかと思った。しかし口を開きかけたところで、突然それまで黙っていた亮子が言葉を発する。

「草間君、ずいぶん偉くなったわねえ」露骨に馬鹿にするような口調だった。

「はい？」草間の顔が一瞬凶暴になった。

「私のこと、覚えてない？　だとしたら、相当記憶力が悪いわね。もしかしたら、薬のやり過ぎでおかしくなった？」

「いきなり何ですか、失礼な」

草間が憤然と言ったが、亮子は動じなかった。岩倉がちらりと横を見ると、唇を歪めて皮肉っぽい笑みを浮かべている。彼女のこんな表情を見るのは初めてだった。

「もうちょっと物覚えがよくないと、ビジネスでは失敗するわよ」亮子が嘲笑うように言った。「もしかしたら、髪型が変わったから、私だと分からなかった？　それじゃ、女の子にモテないわよ」

草間が無言で亮子を睨む。亮子は平然としていた。

「五年前、あなたがやらかした事件の時に、散々話したでしょう？　もう忘れたの？　それともあれぐらいは、あなたの感覚では大した事件じゃなかった？」

草間が唇を引き結ぶ。亮子に主導権を握られるのが悔しく、岩倉は急いでまくしたてた。「西麻布会」で「五年前」と言えば、すぐにこの事件が頭に浮かぶ。

「五年前、西麻布会の中で仲間割れが起きて、一人が拉致される事件が発生した。監禁は一週間に及び、発見されたのは拉致された人間ではなくその遺体——五人が逮捕された。四人が殺人と監禁の容疑、一人が監禁のみの容疑で、その一人があんただったな」

岩倉は一気に言葉をラフにした。こんなことを大声で話していると、社員にも聞かれてしまうだろうが、それはそれでいい。プレッシャーになる。

「あんたは自分の部屋を提供していただけで、実際起訴された時も裁判でも、その言い分が認められた。執行猶予判決を受けて、その後はどうしていましたか？　去年この会社を興すまでは何をしていたんですか？」

「……脅す気ですか？」

「いえ」亮子が岩倉に代わって淡々と言った。「事実を言ってるだけです。一つ、言っていい？」

草間が腕を組む。必死に唇を一本の線にしていたが、こめかみを汗が一筋流れる。亮子はペースを変えずに、淡々と続けた。

「私は今でも、あなたを疑ってるわ。監禁事件で部屋を提供しただけで事情を知らないなんて、通用しないわよ。本当はあなたもやってたんじゃない？」

「冗談じゃない！」草間が声を張り上げる。「裁判も終わってるんですよ。何で今さらそんなことを言い出すんですか」

「すべての事件が、きっちり解決するわけじゃない」岩倉も淡々とした口調で話に乗った。「どこかに、少しずれた部分とか、理屈に合わない部分が残るんだ。刑事がどんなに疑っても、証明できないことはある。裁判に影響がなければ、無理に捜査を進めないで、謎のまま残してしまうこともある」

「あなたがまさにそうだった」亮子が話を引き継ぐ。「事前にどういう打ち合わせがあったか知らないけど、他の人たちは、あなただけ罪が軽くなるように口裏を合わせた感じがしたのよね。もしかしたら、あなたをずっと下っ端として、自分たちの都合がいいように使うためだったんじゃない？　この会社だって、西麻布会の息がかかってるんでしょう？　売り上げは、あの連中の資金源よね。突っこまれると、いろいろ都合の悪いことが出てくると思うけど」

「ああ、クソ」草間が吐き捨て、ワイシャツの首元に指を突っこんでネクタイを緩めた。

「分かりましたよ……三浦さん、全然変わらないですね」

「そう？　髪型は変えたけど」亮子が頭の脇を撫でつけた。

「そういう意味じゃなくて、くどいというかしつこいというか」

「必要があれば、私はどこまでもくどくなれるわよ……それで、田代さんのことを教えてちょうだい」

「教えてって言われても、何が知りたいんですか」

「真中礼央さんの失踪事件——殺人事件については知ってるな？」岩倉は話を一気に本

筋に引き戻した。

「ああ」草間の顔が歪む。

「田代さんが、あの事件に関係してるんじゃないか？」

「ああ？　あいつが犯人とか？」

「可能性はないでもない」

「あれって、いつだっけ？　もう十年ぐらい前じゃない？」

「失踪したのはちょうど十年前だ」

「その頃って、田代もまだ高校生じゃない。高校生が人を殺すかね」

「過去にそういう例がないわけじゃない。五年前に、この近く——あきる野市で、高校二年生の男が同級生の自宅を訪ねて、いきなり包丁で刺し殺した事件があった。一人の女の子を取り合って揉めてたんだけど、二人は幼稚園の時からの親友だった」岩倉はすらすらと説明した。

「そんな事件、知らないな」

「あんたは、ちょうど逮捕されて留置されていた時じゃないかな」岩倉は指摘した。

「普通にニュースに触れる時間もなかっただろう」

「ああ、まあ……」

「とにかく、未成年だから人を殺さないということはない。実際アメリカでは、六歳の子どもが人を殺した事件が——」

「ガンさん」亮子が鋭い口調で警告を飛ばした。「それぐらいで」

「失礼」岩倉は咳払いし、先程の質問を繰り返した。「田代さんが事件に絡んでいた可能性は？」

「それはない」

「どうして言い切れる？」

「あの頃、俺たちはよくつるんでたから、あいつが何をしていたかは分かってた」

「礼央さんが失踪したのは、十年前の九月六日だ。その日の田代さんのアリバイは証明できるか？」

「いや、それは……そんな細かいことを言われても」

「彼が誰かを庇っている可能性は？」

「犯人とか？」

「ああ」

「それはあるかもしれない」

草間の言葉に、岩倉は思わず亮子と顔を見合わせた。岩倉は質問を重ねる。

「具体的には？」

「知らないけど、あいつは基本的に、人の言いなりなんだ。自分では何もできない。誰かの子分になって、背中に隠れてついていくのが一番似合ってるんだよ」

「あんたとか？」

「俺もそうだけど……そうだよ、礼央さんの弟なんか、あいつにとってはまさに親分だった」

「優太さん」

「そうそう、優太って、昔から文武両道だったんだよね。勉強はできる、サッカーは得意で、先生のお気に入りでもある。礼央さんとは正反対みたいな感じでさ」

「田代さんが、優太さんの子分だった？」幼なじみ、親友というイメージだったのだが。

「小学生とか中学生の時なんかは、いつも優太の背後にくっついて、守ってもらってた感じだったよ。特に中学校の時は、ずっとそんな風だった。万引きで補導されて、つき合う友だちもすっかり変わったんだけど、優太だけは変わらず田代と遊んでた。優太本人は、使い勝手のいい子分という感じで扱ってたかもしれないけど、田代は友だちだと思ってたんじゃない？」

「使い勝手がいいって、パシリみたいなものか」

「優太は太陽みたいな人間だけど、本質は傲慢だからね。あれだけ勉強もスポーツもできて、将来を楽しみにされてる人間が、謙虚になれるわけがない」草間が鼻を鳴らした。

「しかしパシリと言っても、優太さんは悪いことをしていた訳ではないはずだ」それには、礼央の存在も影響していただろう。姉が悪くなっていく中、自分も道を踏み外したら両親に申し訳ない、と考えるのも不自然ではない。両親は極めて真面目、まともな人たちだから、姉弟とも悪の道に進んでいったら、家庭はとうに崩壊していただろう。

「大したことじゃないですよ。でも、田代は優太の子分だった——それは間違いないです。まあ、優太には他にも子分はいたけど」

「優太さんは、いったい何をやろうとしてたんですか？」

「別に、何も」草間が首を横に振った。「ただ、学校って、特に何もしなくてもグループができるじゃないですか。アメリカだと、スクール・カーストとか言うやつ？　それで言えば、優太は学校の頂点に立つ人間だったから、自然に取り巻きも集まってくる。まあ、俺なんかとは住む世界が違うってことかな」

その差は、歳を取るごとに広がる一方だろうか。草間は今、金だけは儲けているかもしれないが、金を稼ぐだけでは他人に尊敬されるわけがない。

それなりに情報を引き出したところで、岩倉たちは腰を上げた。

「店は、まだ増やすんですか？」

「はい？」岩倉が急に話題を変えたので、草間は戸惑っていた。

「去年最初の店舗をオープンして、もう四軒でしょう？　すごい勢いじゃないですか」

「それはまあ、計画は色々と」

「せいぜい、今のうちに稼いでおくといいわよ」亮子が嫌らしく忠告した。

「どういう意味ですか？」

「そのうち、いい弁護士が必要になるかもしれないから」亮子が草間に人差し指を向けた。引き金を絞り、一撃——最後に人差し指をピンと跳ね上げる。

岩倉は内心呆れていたが、彼女が指先を口で吹く真似をしなかっただけ、よしとした。

「課長、人が悪いですよ」ビルを出るとすぐ、岩倉は文句を言った。

「そう？」

「知っているなら知っているで、最初からそう言ってくれればいいじゃないですか。こっちもそのつもりで対応できたのに」

「少しぐらいサプライズがあった方が面白いでしょう。でも、あの男も白々しいわよね。最初から私だと気づいていたはずなのに」

「まあ……最後の脅しはやり過ぎです」

亮子が肩をすくめる。この課長はこんなタイプだったかな、と岩倉は首を捻った。歩き始めると、亮子が急に硬い口調で訊ねる。

「それで、どうですか？　何か手がかりになるような話が出たと思います？」

「気にはなりますけど、まだ何らかの推測をするのは無理ですね。高城さんなら何か思いつくかもしれませんけど」

「高名な高城の勘？　あの人の勘は、間が飛び過ぎていて、ついていけなくなることも多いそうだけど」

「確かにそうですね……俺はもう少し、理屈だてて考えます」

「何か思いついたらすぐに言って下さい」

「そこまで頼りにされると、ちょっとプレッシャーですね」

「違いますよ」亮子が困ったように言った。「思いついて、一人で暴走されたら困りますから」

それはあなたでしょう、と思った。もちろん、口にはしなかったが。余計なことを言わないのは、大人が自分の身を守るための基本である。

4

こそこそ動き回っていると、どうしても足元が頼りない感じになる。村野は、課長の桑田に対しては「引き続き真中家と三川家のフォローをする」と宣言してフリーハンドで動く許可を得ていたが、特捜はこちらの動きを知らない。ばれた時の上手い言い訳を思いつかなかった。

万が一を考えて、村野は再度三川の父親、諭に面会した。実際彼と会うのは、家族に対するフォローという点でも意味がある。

諭はさすがに少し落ち着いた様子で、この日は病院の食堂に村野を誘ってくれた。素っ気ない立ち話ではないだけ、大きな前進と言っていいだろう。

昼前の時間帯なので、食堂にはほとんど人がいない。ランチタイムの準備中で、温かな料理の匂いが漂ってくるだけだった。ただし、食欲を誘うようなものではない。どんなに進化しても病院食は薄味で、舌を喜ばすような味つけではないのだ。逆に言えば、舌に媚びるような濃い味つけの料理は、基本的にあまり体によくないのだろう。

諭がお茶を淹れてくれた。プラスティックのカップに入った薄い茶だったが、これはこれで悪くない。白湯のようなもので、胃には優しいはずだ。

「その後、マスコミの取材はいかがですか？」村野は切り出した。

「ようやくなくなりました」諭がほっとした口調で言った。「やはり、情報が流れたんでしょうか」

「非公式に情報が流れたのは間違いないようです。そうなれば、マスコミも引きますよ」

三川は犯人ではない――それが分かったら、マスコミが取材しなくなるのは当然だ。これで今後、三川家がしつこい取材に悩まされることはないだろう。余計なトラブルがなく収まってよかった。

「いろいろ乱暴なことを言いましたが……」

「乱暴なレベルには入りませんよ」村野は笑みを浮かべ、彼の謝罪の言葉を遮った。もっと直接的な怒り――それが暴力に発展しそうになったことも何度もある。ぎりぎりで回避できたが、村野が殴られていたら洒落にならないところだった。ただしそれは、あくまで「被害者家族」の話なのだが。

「息子さんの容態はどうですか」

「よくはないです。もともと、半年前にガンが分かった時に、余命半年と言われていましたから」

「頑張ってるんですね」

「十分な治療を受けていています。でも、どこかで覚悟しないといけないでしょうね」諭が溜息をついた。

「こういう状態でストレスをかけてしまったことは、大変申し訳ないと思っています」

「別に、謝ることじゃないですよ。あなたが無理に話を聴いたわけじゃないですから」

「そうご理解いただけると助かります。それで、ですね」

話が急に変わったためか、諭がにわかに緊張した。これまでの話題は前振りで、これからが本番――厳しい話がくると覚悟したのだろう。

「息子さんのストレスを解消する一番いい方法は、犯人を逮捕することじゃないかと思うんです」

「しかし、そんなことができるんですか？」

「息子さんは、犯人を知っていた可能性があります」

「まさか」諭が目を見開いた。「あり得ません。息子はこの事件には関係していないんですよ？」

「関係しているとは言ってません。知っているかもしれないと言ったんです」

「どうして息子が？」諭の表情が見る間に険しくなる。

「理由は分かりません。しかし、先日話を聴いた時に、息子さんは犯人が『ウイン』という人物だと取れるような発言をしたんです」

「ウイン？　何ですか、それ」

「我々にもまったく聞き覚えがないんです。人名のような感じがしますが、それ以外にも何か別の意味があるかもしれません。できればもう一度、この件に絞って、息子さんに話を聴きたいんですが」

「それはちょっと……無理だと思います」諭が首を横に振る。

「容態がよくないんですか？」

「今日は特に、朝から昏睡状態と覚醒状態が交互に来ているんです。目が覚めている時も、意識はあまりはっきりしていなくて、まともに話ができる状態ではありません」

「今後の見通しはどうなんですか？」

「いずれは、完全に意識を失ってしまうと思います。それがいつになるかは、医師にも分からないんです」

「そうですか……」となると、何らかの方法で「ウイン」の正体を割り出し、それを三川にぶつけるぐらいしか方法がないだろう。短い質問になら、彼も何とか答えられるかもしれない。

「犯人については、私も気にならないわけではないですが、今は息子の治療と看病に集中したいんです。正直、犯人探しに協力している暇はありません」

「分かります」村野はうなずいた。「絶対に無理はしません。私としても、真犯人が誰なのか、息子さんにぜひ教えてあげたいと思います。十年前から疑われて不快な思いをされたことは分かっていますから、その罪滅ぼしになれば……」

そう言っても、諭は首を縦に振らなかった。実際、いつ話ができるか分からないのだから、ここで父親が「イエス」と言えば事情聴取ができるわけではない。仕方なく、村野は一度引き上げることにした。

諭との短い面会を終えて病院を出ると、ほっとした。やはり病院は、村野にとっては鬼門だ。今でも、診察やリハビリで病院へ行く度に気持ちが深く沈んで、体調まで悪くなるぐらいである。とはいえ、膝が痛むことが多い季節の変わり目——まさに今だ——にこそ、積極的にリハビリをしなければならない。しかし厄介な事件に巻きこまれたせいで、最近は病院もすっかりご無沙汰だった。

さて、どうするか……昼時なので、どこかで昼食を済ませてもいい。しかし中河原の駅付近には飲食店が少ない。先日岩倉に奢ってもらった中華料理屋か、その隣にあるラーメン店ぐらいしか思い浮かばなかった。

取り敢えず駅の方へ向かって歩き出した瞬間、スマートフォンが鳴る。背広のポケットから取り出して確認すると、先日登録したばかりの朋美の携帯の番号が表示されていた。

「村野です」

「すみません、澤田です」

「何かありましたか？」村野は警戒した。朋美から電話がかかってくるとは思ってもいなかったのだ。「今、どちらにいるんですか」

「高松に戻りました」

「もう？」ほとんどとんぼ返りだったのではないか。

「学校は、長く休めませんから」

「大変ですね」

「はい――それはいいんですけど、昨日『ウイン』という言葉が出ましたよね？」

「ええ」何か思い出したのか？　彼女は「全然記憶にない」と言っていたのだが。

「礼央が言っていたんだと思います」

「礼央さんが？　いつですか？」

「小学校の頃ですけど、確か、優太君のことを『ウイン』と呼んでました」

「優太さんを？　どういう意味でしょう」

「さあ……それは私には分かりませんけど、あだ名ですかね？　ちょっと馬鹿にしたみたいな言い方でした」

「どういうタイミングで言ったか、覚えてませんか？」

「そこまでは覚えていないんですけど、もしもあだ名だとしたら、優太くんの友だちは覚えているかもしれませんね」

「確かにそうですね」姉も友だちも共通して使うようなあだ名などあるのだろうか。名前をもじったものならともかく……しかし朋美の情報は、村野の胸に確実に刺さった。

「裏が取れれば、重大な手がかりになりますよ」村野は指摘した。

村野はすぐに岩倉の携帯に電話を入れた。しかし岩倉は、簡単には食いついてこない。

「そうか」岩倉の返事は素っ気なかった。

「ガンさん、この件には『待った』ですか」村野はつい皮肉に聞いてしまった。

「いや、そういうわけじゃないけど、まだ状況が分からないじゃないか」

「もう少し詰めてみますよ。はっきりしたら、もう一度三川に当てればいいでしょう」

「三川に話を聴くのは、もう難しいかもしれない」

「だから急ぐんです。そっちでやってくれないなら、支援課としてやりますよ」

「それは、支援課の職分をはみ出しているぞ」岩倉が強張った声で忠告する。

「犯人を逮捕したいんじゃないんですか？」

「当たり前だ」

「だったら――」

「焦るな。この件は、焦るとろくなことにならない。いずれこっちも、その線にたどり着くかもしれない。それを待てよ」

「要するに、余計なことはするな、ですか」村野はつい苛立った声で言った。

「そういうことだ。そういう風に言われるのには慣れてるだろう」岩倉が皮肉を飛ばす。

「だいたい、お前の考えが当たってたら、被害者家族を追いこむことになるんだぞ？　支援課として、それでいいのか」

「そういうことは過去にもありました」

「嫌な事件だっただろう」

指摘され、村野は思わず口をつぐんだ。被害者のはずが実は加害者だった、あるいは加害者になってしまう――確かにそういう事件は、村野の心にいくつもの消せない傷を刻んできた。誰を、何を信じていいか分からなくなるのだ。

「個人的な感情は関係ありません」

「そうか。切るぞ」

言うなり、岩倉が電話を切ってしまった。乗ってくるかと思っていたのだが……彼も、自分の手柄を横取りされるのを嫌ったのかもしれない。いや、岩倉に限ってそれはないか。自らの手で事件の中心に辿りつくのは確かに快感だが、そもそも一番大事なのは、しっかり事件を解決することだ。「誰が」やるかは問題ではない。岩倉なら、それぐらいは分かっているはずだ。

そう考える村野自身が、自ら事件の核心に向かおうとしているのだが。

優太の知り合いを割り出す作業はゼロから始めねばならなかった。岩倉が名簿を持っているのではないかと期待して連絡したのだが、とても頼める雰囲気にならずに電話は終了……こうなったら、自分で何とかするしかない。

優太が卒業した高校を訪ねる。野球部や陸上部が練習する活気ある光景を横目に見ながら、村野は職員室に向かい、優太のかつての担任を探した。高校の教員は一つの学校の在籍が長いし、優太は数年前に高校を卒業したばかりだから、見つかるのではないかと期待して、電話もかけずに訪れたのだった。

優太が高校三年の時の担任、涌井がすぐに摑まった。五十歳ぐらいの実直そうな男で、警察官の訪問に戸惑い、微かに怯えているのが分かる。他の教員がたくさんいる職員室で話を聴くわけにはいかないので、彼が担当している化学の実験室で事情聴取することにした。

「参考までにお話を伺いたいだけです」何とか安心させようと、村野は低い声で切り出した。「優太くんのお姉さんが、遺体で見つかったことはご存じですか？」

「ええ」涌井の顔が一気に暗くなった。

「それで優太君は、カナダから一時帰国しました」

「そうなんですか？　それは知らなかったな」

「かなりの強行スケジュールだったんです。知り合いに挨拶する余裕もなかったんじゃないでしょうか」

「真中には久しく会ってないですね」涌井が顎を撫でた。「大学を卒業して留学する前に、一度ここへ会いに来てくれたのが最後だったかな」

「どんな生徒だったんですか？」

「優秀でしたよ。開学以来の天才……ではないですけど、海外の大学院で学んでいるぐらいだから、当然Sクラスの生徒でした」

「しかも、サッカー部でも活躍した」

「典型的な文武両道ですね。これで生徒会長でもやってたら、嫌味みたいなものだけど」涌井が何故か皮肉っぽく言った。

「そういうタイプじゃなかったんですね」

「さすがに、部活と勉強の両方であれだけ努力していたら、それ以上のことはできないでしょう」

「いずれにせよ、在学時は学校を代表するような存在だったんですね」

「それは間違いないですね。アメリカの高校だったら、卒業式で表彰されるようなタイプですよ」

「ただ、ご家族の件では悩んでいたとか」村野はかまをかけてみた。

「ああ……そういう噂は聞いたことがありますけど、はっきりしたことは知りません」

「お姉さんが行方不明になった時は、どんな感じだったんですか」

「本人は冷静——冷静を装ってましたよ。授業も部活も普通にこなしていました。あまり普通なんで、逆に心配になって一度話をしたんですけど、『大丈夫です』と言うだけで……そう言われると、それ以上は突っこめませんでした」

「精神的にもかなり強い人なんですね」

「そうじゃないと、あそこまで厳しく自分を律せないでしょう」涌井がうなずく。

「一見、非の打ちどころがない感じですね」言いながら、村野は話題を引き戻した。

「問題は家族のことですか……真中さんの家では、お姉さんの素行が問題になっていました」

「いや、その件は……他の高校の子の話ですからね」涌井が微妙に逃げた。

「でも、先生もご存じだったんでしょう？　お姉さんはかなり悪かった」

「横のつながりもありますから、噂としては耳に入ってきました」涌井が認めた。

「優太さんから直接、お姉さんのことを聞いたことはありませんか？　不満とか」

「私は、ないですね」

「友だちには話してなかったですかね？　優太さんのような人なら、友だちも多かったでしょう」

「それは……どうかな」涌井が首を捻る。

「違うんですか？」もしかしたら、あまりの完璧ぶりに、周りの人間は近づけない雰囲気を振りまいていたのだろうか。それとも……。「もしかしたら、敵か召使しかいないようなタイプなんですか？」

「それは極端過ぎますけどね」涌井が苦笑する。「高校生ともなると、我々も人間関係を全て把握できるわけじゃないですから。中学生ぐらいまでは、誰と誰の仲がいいか、それとも悪いかは分かりやすいんですけど、高校生はもう人格が完成しているし、教師が入る隙はあまりないんですよね」

「そうですか……先ほどの話ですけど、高校時代の優太さんを一番よく知っている人は誰ですか？」

「それだったら、サッカー部のキャプテンだった松岡（まつおか）かな」

「松岡さん、ですか」村野は初めて手帳を開いた。「今、何をしていますか？」

「教員になりました。東学院（ひがしがくいん）高校でサッカー部のコーチをしてます」

「私立高ですね」聞き覚えはある。確か、甲子園にも何度か出場している野球の強豪校だ。サッカーには興味がないからそちらのことは分からないが……それを言うと、涌井が苦笑した。

「真中たちが、二年連続で都予選の決勝で負けた相手ですよ。よりによってその高校に赴任して、サッカー部のコーチになっている。昔の仲間からは総スカンを食っているそうです」

　東京を大きく西から東へ移動する。東学院高校は江戸川区にあり、村野が昼飯抜きで到着した時には、もう午後になっていた。

松岡はちょうど、担当する物理の授業中だった。職員室にいると不審げな視線が気になるので、授業の終わる時刻を確認して、一度学校から出て待機することにした。

腹も減った……村野は膝を怪我して以来、食べ物にはそれなりに気を遣ってきた。昔のように自由に体を動かせないので、放っておくと体重がどんどん増えてしまう。せめて食事の時間は規則正しく、そして食べる際にはカロリーを計算するのが癖になっている。しかし、今日のように時間がない日はどうしようもない。取り敢えずエネルギー補給しておかないと動けなくなる。

学校の前にコンビニがあったので、サンドウィッチ二つとブラックの缶コーヒーで昼食にする。店の前で立ったまま、詰めこむようにサンドウィッチを食べた。一つは野菜だけ、もう一つはツナサンド。何となく物足りないが、夜までは持つだろう。

侘しい食事で気持ちも侘しくなる。しかし、これから重要な証人に会うのだと、自分を鼓舞した。

職員室に赴くと、向こうがすぐにこちらに気づいた。なかなか見目のいい若者……身長は百八十センチ強、サッカーをしているから筋骨隆々というわけではないが、贅肉が一切ないのは、背広を着ていても分かる。風貌はどちらかと言うとワイルドで、もしもプロサッカー選手だったら、女性よりも男性人気が高そうなタイプだ。

最初は余裕のある笑みを浮かべて挨拶したが、優太の名前を出すと急に渋い表情になった。

「この前、あいつにメールしたんですよ」

「そうなんですか？」

「お姉さんの遺体が発見されたニュースを見て、心配になったんです。でも、返信がなかったんですよね」

「急遽(きゅうきょ)帰国して、ばたばたしてたんです」

「帰って来てたんですか？」松岡が目を見開く。「だったら、連絡ぐらいくれてもよかったのに」

「家族だけで弔いをしたかったようです。最近はそういうのも多いですし、事件が事件ですから」

「ああ……」嫌そうな表情を浮かべて松岡がうなずくと、すぐに「こちらへどうぞ」と言って職員室を出る。そのまま、村野を進路指導室に連れて行った。そういえば、高校にはこういう部屋もあったな、と思い出す。二年生まではほとんど気にしないが、三年生になると何度も世話になる。

「優太さんは、そんなに無礼――何かあっても連絡もくれない人なんですか」座るなり、村野は切り出した。

「そんなこともないですけど、とにかく忙しい奴ですからね」

「やはり、カナダで大学院となると、簡単には帰国もできないでしょうし」村野は話を合わせた。

「いや、その前からですけどね。大学へ行ったら、サッカー部の仲間とも全然つき合わなくなりました」

「理系の人は、基本的に忙しいんですよね」

「そうなんですけど、二十四時間大学にいるわけでもないし……三年の時のメンバーは、今も年に一回は必ず集まるんです。二年連続決勝で負けたせいで、特別な仲間になったんですよ」

「その同窓会では、あなたは相当肩身が狭いんじゃないですか。何しろ今は、敵チームのコーチをしているんだから」

「ああ」松岡が苦笑する。「たまたまご縁があって、東学院高校にお世話になっているだけなんですけど……毎回『裏切り者』ってボロボロに言われます」

「だったら、同窓会に行かなければ済むと思いますけど」

「そうもいかないんです。キャプテンっていうのは、卒業してからも仲間の面倒を見なくてはいけないので」

「でも、優太さんは出席しなかった」

「まあ……」松岡が頬を掻いた。「忙しかったのは間違いないし、そもそもあいつは昔から孤高のストライカータイプだったから」

「ええと」村野は彼の言葉の真意をはかりかねた。「それは皮肉ですか?」

「いや、まあ……」松岡が言葉を濁した。それで、優太が部内でどういう立ち位置だったか、想像できる。

「彼はフォワードだったんですか」

「ええ」

「あなたは？」

「センターバックをやったり、ボランチだったり……守備中心でした」

「背が高いから」村野は頭の上で掌をひらひらさせた。

「まあ、そうですね。優太は、とにかく自分で決めに行くタイプでした。ボールを回して試合を組み立てるのは他の選手に任せて、自分は点を取ることに専念する」

「それで、嫌われていたんですか？」そもそもそれがフォワードの仕事のはずだが。

「何ですか、いきなり」松岡が、居心地悪そうに体を揺らした。

「嫌われていた、というのは表現が悪いかもしれません。文武両道、あまりにも完璧過ぎて、周りの人間は近づき難かった、という話を聞いています」

「それは、まあ、確かにそういうところもありました」松岡が渋々認めた。

「天狗だったんですか？」

「そういうのとは違います」

「だったら、どういう人だったんですか」

「説明しにくいんですよね」松岡が頭を掻いた。「孤高の男……で、人を見下していたところもありました」

「孤立していたんですか？」

「いや、そういうわけじゃないです。いつも取り巻きはいましたからね。ああいう人間には、必ずくっついている人間がいるでしょう？　後輩とかが、あいつの面倒を見てました」

「パシリですか」

「そういうこともありました」

「問題にはならなかったんですか？」

「どこの運動部でもある話ですよ。いじめとか暴力沙汰とかにならなければ、別に問題はないでしょう」

「なるほど……」村野は顎を撫でた。

「まあ、小学生の頃からず抜けて目立った存在だったから、本人も、周りの人間がフォローするのが当たり前だと思ったんじゃないかな。何しろ『ウイン』ですから」

「ウイン」ここでその言葉が出てきたか、と驚きながら村野はうなずいた。「優太さんがそういう風に呼ばれていたことは聞いています。どういう意味なんですか？」

「小学生の頃からのあだ名だそうですけど、全てを手に入れた勝者、みたいな意味じゃないでしょうか。小学生が、本当に言葉の意味が分かって使っていたかどうかは分からないけど……ああ、思い出しました。帰国子女の友だちがいて、そいつが最初に呼び始めたんですよ」

「すごい持ち上げ方ですね」

「本人は嫌がってましたけどね」松岡が苦笑する。「多少、馬鹿にされたような感じもするじゃないですか。俺だったら嫌ですね」

「彼のあだ名がウインだったことは、誰でも知ってたんですか？」

「小学生の頃から呼ばれていたから、古い友だちは知ってると思いますよ」

「そうですか……ウインですか」

「それが何か、問題なんですか？」

「ええ」村野はうなずいた。「大問題かもしれません」

この先どうやって調査を進めるか、村野は悩んだ。「優太＝ウイン」。最終的には、三川に確認を取らねばならない。しかし自分一人でそれをやっていいかどうか、判断ができなかった。とはいえ、岩倉に話をしても、先ほどの様子から判断して、すぐに動いてくれるとは思えない。

迷ったが、結局岩倉に連絡を取った。

「分かった」渋い反応をされると思ったが、岩倉はすぐに村野の報告を受け入れた。

「今、どこにいるんだ？」

「都営新宿線の一之江です」

「遠いな。中河原までどれぐらいかかる？」

「一時間ちょっとですよ」村野は既に一之江駅にいて、経路を調べていた。「都営線から京王線に乗り継げば、遠くないです」

「分かった。五時に中河原の駅前でどうかな」

「分かりました」

「三川に話を聴くのは、お前に任せるよ」

「いいんですか？」

「俺よりお前の方が、三川も安心するだろう。俺は、最初で方向性を間違えた」

岩倉が珍しく素直に非を認めた。よし……岩倉が何を考えているかいまいち読めないのが不安だが、しかたあるまい。ここは勝負だ。

勝負——勝ちと負け。ここで負けるのは誰なのだろう。


中河原駅の改札を出ると、岩倉が既に待っていた。すぐに、駅前のロータリーに村野を誘導する。覆面パトカーが停まっていて、運転席には、熊倉恵美が座っている。

「何で今日は車なんですか？」

「この後、やることがあるんだ。ここで事情聴取を終えたら、すぐに転進する。お前を送っていけないけど」岩倉が村野の膝をちらりと見た。

「それは別にいいです」

「今夜は、特捜で待機してもらった方がいいかもしれない」

「どういうことですか？」

「まだ言えない。中途半端な状況では話せない」

「そうですか……」そう言われたら、村野も黙りこむしかなかった。

極めて幸運なことに、今日の三川は体調がよく、院長も面会の許可をくれた。ベッドで上半身を起こしているのを見たのも初めてだった。顔色は悪いが、取り敢えずまともに話はできそうだった。

「こういう状況で申し訳ないんですが」村野は切り出した。「一つだけ、確認させてもらいたいんです」

「言うことなんか、ありませんよ」三川がそっぽを向く。

「あなたに対する容疑は晴れました。しかし我々は、まだ犯人に辿り着いていない。どうしても犯人を逮捕したいんです」

「知りませんよ」

「いや、あなたは知っている」

岩倉が無言でスマートフォンを取り出した。三川の耳元に近づけ、先日録音した内容を再生する。

「……ウイン」

「犯人はウインなんですか！」

「ウインだ……」

「どうですか」村野は三川に訊ねた。「これは先日、あなたと話した時の録音です。あなたはウインという人物が犯人だと認めた」

「覚えてない」三川が目を伏せる。

「ウインが誰か、分かったんですよ」

村野が言うと、三川ははっと顔を上げた。その目が潤み、唇が震えている。

「ウインは、真中優太さんだ。あなたが交際していた礼央さんの弟だ」

「俺は……」

「あなたは何を知ってるんですか？」

「俺は何も知らない」

「だったらどうして、犯人がウインだと言ったんですか」

村野は声を張り上げないように気をつけながら、しかし徐々に三川を追いこんだ。

「あなたは大学受験に集中するために、礼央さんと別れた。その後、別の女性と一時つき合っていましたね」

「それは……」

「我々には、その件を責めるつもりも権利もありません。問題は、真中さんの家で何があったかです。あなたは、礼央さんとつき合う中で、あの家の事情を知るようになったんじゃないですか？　そして礼央さんが失踪した時には、何があったのか分かっていたはずだ。しかし警察は、礼央さんと交際していたあなたが犯人ではないかと疑って、散々追及した。あなたが想像していることを喋れば、警察の捜査はそちらを向いたはずです。そうしていたら、事件はずっと前に解決して、礼央さんの遺体が十年も見つからない、ということはなかった」

「あいつはウインだった」三川がぼそりと言った。

「全てを手に入れた勝者、ですね？」村野は言葉を添えた。

「そういう人間が犯人だって言うのは……そんなことは言えない」

「もしかしたらあなたも、優太さんが怖かったんじゃないですか？」

「……ああ」三川が認めた。

「それで言えなかった？」

「優太は、何を考えてるか分からないんだ。いつも本音を隠している。でも俺は、礼央からいろいろ話を聞いていた。だから、礼央がいなくなった時、優太が何かやったかもしれないと思ったけど、確証はなかった。だけど今回、礼央が遺体で見つかって……」

「やっぱり、と思った」

三川がうなずく。証言としては弱い——優太本人から犯行の告白を聞いたわけではないのだから。しかし彼が聞いていた数々の傍証を聞くと、確信が強まってくる。だが疑問は、何故彼が十年前に優太の名前を警察に出さなかったか、だ。それを訊ねると、三川は痩せて出っ張った喉仏を上下させた。

「怖かった」

「優太さんが、ですね？」

「もしも違っていたら……自分が警察に名前を言ったと分かったら、あいつに何をされるか分からない。だから何も言えなかった」

「分かりました。高校生にはきつい話でしたね」

「もう……いいですか」三川が目を閉じる。唇も、きつく握り合わせた両手も震えている。

「今後、あなたに話を聴くことはないと思います。いろいろご迷惑をおかけしました」謝罪して村野は立ち上がった。「お身体を大事にして下さい」

「大事にするにも限界があるんです」苦しそうに三川が言った。「自分で自分の体をコントロールできなくなるのは……きついですよ」


病院から中河原駅へ戻る短い時間に、岩倉が状況を説明してくれた。

「札幌出張は、騙されたということですか？」

「そう言うな」岩倉が情けない声を出した。「ただしそのせいで、何が起きているかが分かってきた」

「事情は分かりました。共犯として身柄を押さえられますか？」

「それは向こうの証言次第だな。とにかく、これから署に引っ張って叩く。上手くいったら、今後の捜査方針は今夜決めてしまおうと思う。スムーズにいけば、一気に解決だ」

「ええ……」

「何だよ、暗い声を出して」

「支援課の仕事は、事件が解決したらそれで終わりじゃないんですよ」

「ああ」岩倉が納得したようにうなずく。「それはそうだ。だけど正直言って、今の俺には、お前をフォローする余裕がない」

「人をフォローするのはこっちの仕事です」強がりだと思いながら村野は言った。

「そうか。この件については、時間がある時にゆっくり話そう。とにかくお前は、特捜で待機していてくれ。今の話を報告してもらう必要もあるし、意見を聴くかもしれない」

「たまげますね」村野は思わず皮肉を吐いた。「支援課が、特捜から意見を求められる日が来るとは思いませんでした」

「時代は変わるんだよ」

岩倉の言い分は大仰だったが、村野は何故か納得していた。

中河原駅のホームは高い位置にあり、やけに強く風が吹き抜ける。今日は四月にしては寒く、まるで冬に逆戻りしたような陽気だった。コートを着て来てもよかったな、と後悔しながら、通過電車が巻き起こす強烈な風に耐える。この後、分倍河原でJR南武線に乗り換え、立川まで行くことになっている。

ベンチから立ち上がり、電車の到着を待つ。ふいに、心に穴が空いたような感覚を味わった。被害者は加害者になり、加害者が被害者になる――これまで何度か経験してきたが、未だに慣れない。世の理不尽さに、心が蝕まれる感じがするのだ。

支援課の仕事こそが自分の天職――やらねばならないことだと思っていた。しかしそれは自然な考えではなく、無理強いしていたのかもしれない。誰かがやらねばならないことなら、事故によって人生がねじ曲げられた自分が一番相応しいのではないか。

それは傲慢な思いこみだったのかもしれない。悲しみは人の数だけある。あくまで「寄り添う」のが支援課の仕事なのだが、ここでの仕事が長くなるうちに、いつの間にか自分には人の心が分かる、と妙な自信を持つようになってしまったのではないだろうか。

謙虚さ。

今の自分に必要なのは、それぞれのケースに謙虚に向き合う気持ちなのかもしれない。

第五章　帰らない男

1

取調室に入れられた田代は、明らかに動揺していた。万引きで補導されたのも十年以上前だ。どういう状況だったかは分からないが、さほど厳しく責められたわけではあるまい。

「北海道まで行って来ましたよ」岩倉は第一撃を放った。

「え？」

何も事情を知らされぬまま立川中央署へ連れて来られた田代は、心底驚いたようだった。

「あなたが現場で見たと証言した人は、今は北海道にいます。ただ、あなたが見たと言っていた十年前には、確かに東京に住んでいました」

「ああ……」

「しかし、彼にはアリバイが成立しました。十年前の九月六日、あなたが彼を見たと証言した日には、彼は北海道に帰省していたんです。九月六日前後に札幌にいたのは間違いない。それは証明されました」

「別に、嘘をついたわけじゃ……」

「いや、あなたは嘘をついた。どうしてですか」岩倉は決めつけて、さらに突っこんだ。「後でスマホを見せて下さい。あなたが見せてくれたメモが、本当に十年前に書かれたものかどうか、確認しなければならない」

「本当ですよ」

「だったら、調べても問題ないですね」チェックはできる。その結果は間違いなく、彼の嘘をあぶり出すだろう。だが岩倉は、実際にはそんなことをするつもりはなかった。とにかくここで落として、知っていることを全て喋らせたい。

最初、村野が優太の名前を出した時には、岩倉は乗れなかった。捜査の権限を持たない人間に指摘されても、「はい、そうですか」とすぐに取りかかるわけにはいかないのだ。しかしその後、思いついてある捜査を進めてみたところ、田代に対する——そして優太に対する疑いが一気に頭をもたげてきた。

我ながら勝手だとは思う。部外者に指摘されてもやる気が出ないが、自分で証拠を見つけると走りたくなる。

「先日、羽田へ行きましたね」岩倉は指摘した。

「羽田？　そんなところへは行ってません」

「あなたの車――あの格好いいC－HRが羽田空港の近くを走っていたことは、Nシステムで確認されたんです。Nシステムは分かりますよね？」

惚けた表情で田代がうなずく。次の瞬間には腰を上げかけたが、岩倉が「動くな！」と声を張り上げると、のろのろと座り直した。

「Nシステムは、通過した車のナンバーを全て記録します。ある車が、特定の時間にどこを走っていたか、ある程度は把握できるんですよ。あなたの車が、羽田空港近くを走っていたことは間違いありません。しかもそれは、真中優太さんがトロントへ帰るために、羽田空港へ向かった日なんです」

「知らない」

「通過時刻は午後三時半――カナダのトロント行きの直行便は、午後五時半発です。国際線に搭乗するためには、出発二時間ぐらい前には空港に着いていなければならない。あなたは、優太さんを乗せて羽田に向かったんじゃないですか？」

「知らない」田代が繰り返す。

「優太さんは葬儀の後で、羽田までは友だちに送ってもらうと言っていました。その友だちとは、あなたのことでしょう」これは村野から聞いていた情報だった。「どうですか？　優太さんを羽田まで送って行ったんでしょう？　そうじゃなければ、どうして羽田に行ったんですか？　説明できますか？」

「それは……」田代のこめかみを汗が滑り落ちる。今日は肌寒いぐらいの陽気なのだが。

「あなたは、小学校から中学校まで、優太さんと同じ学校だった。友だち——というか、はっきり言えば優太さんの子分ですよね？　優太さんのようにスポーツ万能で勉強もできた人は、まぶしく見えたんですか？　それで、近くにいて少しでもおこぼれをもらおうとした？」

「優太には……」田代の声が消えそうになった。

「何ですか？」岩倉は少し厳しく訊ねた。

「勉強も教えてもらったし、俺が万引きして補導された後も、それまでと同じようにつき合ってもらった。何でも言うことを聞くんですか？」

「だから、何でも言うことを聞くんですか？」

「別に、そんな大したことじゃない」

「中学校を卒業してからも、そういう関係は続いたんじゃないですか」

「それが何か、問題あるんですか」田代が開き直ったように反発した。

「ある」岩倉は断言した。「それが犯罪に関係していることだったら、大問題だ」

「犯罪って……」

「あなたは、本当に知らないんですか？」

「何を？」

「優太さんが、お姉さんを殺したかもしれない」

夜の捜査会議は終わっていたが、岩倉は亮子たちに声をかけて、待機してもらっていた。村野もいる。彼に向かってうなずきかけたが、どうも元気がない。何か考えこんでいる感じで上の空だった。

「村野?」

「ああ……始めて下さい」

声をかけても、まるで他人事のような感じだった。仕方ない。岩倉は、田代の取り調べ状況から説明した。

「公務執行妨害罪で、田代の逮捕状を用意しています」説明の途中で、亮子が口を挟んだ。

「了解です。奴には、少し頭を冷やしてもらいましょう」

「結局、真中優太に頼まれて、別の人間が犯人だと誘導しようとしたという筋書きですね?」

「ええ」

「札幌にいる坂上さんを陥れようとしたのはどうしてですか?」

「まったく偶然です。優太が、現場付近で坂上さんをたまたま見かけたことがあったらしい。坂上さんは学生時代、何度かあの家を見に行ったことがありました。近所の人間でないことは優太には分かったはずですから、記憶に残っていたんでしょう。実在の人物だから、アリバイ工作に使えると思っていたんじゃないですかね」

「田代はそのシナリオを使った……でも、何の見返りもなしに？」

「金の受け渡しはなかった、とは言っています」

「それで、そんな危険を冒すものかしら」亮子が首を傾げる。

「その辺は、もう少し詳しく掘り下げてみなければいけませんが、一種の支配かもしれません」

「支配？」

「精神的な支配ですよ。子どもの頃から、田代は優太の子分のようなものだった。そういう関係は卒業すれば切れるものですが、再会すれば復活する——それだけ、優太の影響力は大きいんでしょう。そうだよな、村野？」岩倉は話を振った。

「彼はずっと、『ウイン』と呼ばれていました」村野がぼそぼそとした口調で話し出す。「高校時代もサッカー部のエースで、下級生たちが取り巻きのように面倒を見ていたんです。傲慢で、何でも自分の思う通りにしないと気が済まない——そして実際にそうしていたのは間違いないと思われます。ただし当時は、それが何か悪いことにつながるわけではなかった」

「一つを除いてな」

岩倉が口を挟むと、村野が反抗的に睨みつけてきた。おっと……あいつらしくない。どうもこの件では、何か思うところがあるようだ。下手に刺激しないように進めないと。

「――とにかく、優太さんが多くの人に影響力を及ぼしていたのは間違いないようです」村野はつけ加えた。

「人生の勝利者、という意味で『ウイン』なんですね」

亮子が指摘すると、村野が同意するように無言でうなずいた。

「今のところ、優太の犯行だという直接の証拠はありません」岩倉は説明した。「それがこれからの焦点になります。カナダにいる人間を直接調べるのは物理的に難しいですが、今やれることもあります」

「何をするつもり？」

「家族を叩きます」

「ちょっと待って下さい！」村野が声を張り上げた。

「村野、それは俺の台詞だ」岩倉は少し皮肉をこめて言った。

「ガンさん、優太さんを犯人にしたくないような感じだったじゃないですか」

「考えは変わるんだよ。犯罪は犯罪だ。しっかり決着をつけないと」

「相手は被害者家族なんですよ」村野が真剣な表情で言った。

「被害者でもあり、加害者でもある」

岩倉が指摘すると、村野は黙りこんだ。ここで言い争いをするつもりはないが、しっかり釘を刺しておかないと。

「村野、お前の気持ちも仕事のこともよく分かる」

「分かってないでしょう。ガンさんが、支援課の仕事を理解しているとは思えない」村野が真顔で反論する。

「いや、分かるさ」岩倉も少しむきになっていた。「普通の刑事の仕事と支援課の仕事は、コインの裏表のようなものだ。見え方が違うだけで、結局は同じなんだよ……とにかくこの件については、家族に話を聴くしかない。家族が共犯者だったかどうかは、もちろん分からない。ただし、遺体を処理しただけでも死体遺棄は成立するし、事件の発覚自体は最近だから、時効は気にしなくていい」

「ガンさんの言いたいことは分かりますけど、仮の話をしてもしょうがないでしょう」

「だからこそ、はっきり調べるんだ。もうその段階に来ている」

「証言だけに頼るのが危険なのは分かってるさ。しかし、ここはやるしかないんだ。物的証拠は後から見つければいい。当然、お前も立ち会うんだ」

「証言しかない状態で……」

「俺は……」

「俺は暴走するかもしれないぞ。お前は、それを止めないといけないだろう。それこそ支援課の仕事のはずだ」

村野がふいに立ち上がり、一礼して去って行った。岩倉はしばらく息を止めていたことに気づき、ゆっくり深呼吸した。

「彼、大丈夫ですか？」亮子が心配そうに訊ねる。

「あいつは、支援課――被害者支援に対する思いが強過ぎるんですよ。相手に感情移入し過ぎて、時々冷静さを失ってしまう」

「彼自身、事故の被害者なんでしょう?」

「今も足を引きずってますよ。調子が悪い時は、歩くのもきついみたいですね」

「それは同情するけど……こっちとしてはやるしかないですね」

「人を殺して、そのまま普通に世の中を歩き回っているのは許せませんからね」

それは確かなのだが……今回は、そんなに簡単に割り切れそうにない。村野にとってはきつい仕事になるだろう。だがこれを避けたら、彼は後で余計に考えこみ、落ちこんでしまうはずだ。

明日は絶対に来いよ、と岩倉は見えなくなった村野の背中に声をかけた。

2

夜遅くに愛(あい)に電話をかけるのは久しぶりだった。そもそも最近、村野の方から電話することがあまりない。

かつて、村野と愛はつき合っていた。そろそろ結婚の話をしようかと思っていた矢先に事故に遭い、村野は右膝を負傷し、愛は下半身不随になって、車椅子での生活を強いられている。その後村野は捜査一課から支援課へ、愛もウエブ制作会社を経営する傍ら、民間の被害者支援センターで働き始めた。話し合ったわけではなく、それぞれ判断して決めたことだが、結果的に犯罪被害者支援で一緒に仕事をすることも多くなった。何とも奇妙な関係で、村野としても愛が何を考えているのか、よく分からない。確認すると、変な波紋が起きそうなので避けていた。

我ながら慎重——臆病だと思う。

「どうしたの、こんな時間に」

「寝てた？」

「寝てないけど、ご飯の誘い？」

村野はつい苦笑してしまった。村野が食事を一緒にする相手というと、支援課のメンバー以外には愛ぐらいである。事故に遭って以来、村野の人づき合いは極端に少なくなっていた。体の自由が利かないせいもあるのだが、自ら小さな穴に首を突っこんで、息をひそめて暮らしているような感じがしている。あの事故で、自分の人生は過去と断裂したのだという自覚があった。

村野は、今回の事件を説明した。しかし話し始めた途端、愛は「その件は聞いてるわ」と言って話を遮った。

「松木だな？」

村野と愛、優里の三人は大学の同期であり、特に愛と優里はツーカーの仲だ。二人の間に隠し事は一切ないと考えていいだろう。警察の中だけの話にしておきたいことが、愛にはあっさり伝わってしまったりしている。まあ、今までそれで大きなトラブルになったことはないから、特に問題はないのだが。

「状況が変わったのね」村野の問いかけを無視して愛が訊ねる。

「そういうこと。被害者家族が加害者家族——犯人になるかもしれない」

「今までも、そういうこと、あったでしょう。どうして今回だけ、そんなに気にするの？」

「あまりにも極端だから」立川から中目黒へ戻るまでの長い道すがら、村野は散々考えて自分なりに結論を出していた。それを愛に確認してもらいたかっただけなのだ。「それに、十年前に捜査を担当していた刑事たちがヘマしたのも納得できない」

「確かに、十年前にちゃんと解決していたら、こんなことにはならなかったわよね」珍しく愛が同意した。普通、彼女はどんな話題であっても、必ずカウンターの意見を出してくる——元々理屈っぽく、議論好きでもあるのだ。

「明日、家族と対決することになる」

「あなたが？」

「それは担当者がやる」

「あなたも立ち会うんでしょう？」

「いや……」それはまだ決めかねていた。というより今は、八対二で行かない方に心が傾いている。特捜が、どうしても支援課の立ち会いを要請するというなら、自分以外のスタッフに行ってもらえばいい。

「どうして」

「家族が追いこまれていくのを見たくないんだ」

「村野は今回、どうしてこんなに冷静なの？」愛が訊ねる。

「冷静？　そうかな」

「いつもなら、もっと頭に血が昇ってる……原因がはっきりしないことが多いからじゃない？　今回、比較的冷静に聞こえるのは、自分の精神状態の分析が終わったから？」

「そうだな」

「じゃあ、乗り越える方法も分かるでしょう。病気だって何だって、原因さえ分かれば、解決方法は見つかるはずよ」

「理屈はそうなんだけどさ」

「はいはい」愛が呆れたように言った。「あのね、警察的にこの仕事をどういう風に考えていて、どう処理するかは素人の私には分からないし、口を出す権利もないわ。だから今は、当たり前のことを言うわね」

「当たり前って……」

「何かに取りかかったら、どんな結果になるにしても、最後までやらないと駄目なのよ。中途半端で投げ出したら、それだけで後悔するから。結果じゃなくて、自分の行動を悔やむことになる……あなたも私も、あの事故のせいで嫌な記憶を抱えこんでるわよね？

そういうのは、人生に一つでいいんじゃないかしら」

「ああ」

「ほら、そんな情けない声出さないで」愛がわざとらしく乱暴に言った。「やる時はやる。それぐらい、あなたなら分かってると思うけど」

「分かってるのと、気持ちがそれについていくのとは全然違うよ」

「じゃあ、この件が無事に終わったら、奢ってあげるから。私が奢るっていうのは、珍しいのよ」

「分かってるよ」

「だから、しゃきっとしなさい、村野秋生」愛が少しだけ声を張り上げた。「あなたはいろいろ難しい――面倒臭い人だけど、意思は強いはずよ」

「自分ではそうは思わないけどな」

「自分のことは、自分では分からないものよ。とにかく、ちゃんと決着をつけて。私たち、今までずっとそうしてきたでしょう？　嫌なことがあっても正面からぶつかって、何とか乗り越えてきた。今回だって、乗り越えられないとは思えないわ」

過去に大丈夫だったから今回も大丈夫とは、絶対に言えない。だが村野は、自分を支配していた弱気が薄れていくのを感じていた。これまで愛が、こんなにはっきりと励ましてくれたことがあっただろうか。

彼女も、心変わりしたのだろうか。事故以来、ずっとつかず離れずの関係を続けてきたのだが、これからは二人の間柄も変わってくるかもしれない。

人はいつでも変わる。人間関係も、まったく同じままというわけにはいかないのだろう。

だが、自分たちの関係がどう変わる？　愛に言われて、明日はきっちり決着をつける決心は固まったが、彼女との関係は……まあ、全てに同時に結論を出すことなど、できないだろう。

3

今回、事情聴取の対象は真中礼央の両親に定まった。しかし同時には呼べない。二人一緒に家から連れ出したら、向こうも警戒するだろう。

それ故岩倉は、礼央の母親、孝子だけを警察に呼んだ。正確には、父親の真司が出勤したのを見送ってから玄関のドアをノックし、孝子を呼び出して警察に連れて来たのだ。彼女は特に抵抗もしなかったが、顔を見ただけでは本音は読み取れない。

取調室は使わず、広い会議室に入る。記録係は恵美が担当し、村野も同席した。

村野はこの日、朝九時に立川中央署に姿を現した。岩倉たちはちょうど孝子を迎えに行っていたのだが、亮子によると、戻るまで大人しく待っていたという。「元気がない」ではなく「大人しい」というのが亮子の説明だった。彼女の観察眼は信じていいだろう。

実際、会議室でも、村野はただ静かにしていた。

四人がけのテーブルで、岩倉は孝子の正面に座り、恵美はノートパソコンを開いて岩倉の横に陣取った。一方村野は、テーブルからは離れて、椅子に一人腰かけている。何だか、柔道の副審のような感じだった。背筋をピンと伸ばし、両手を膝に置いて、反則があればすぐに旗を上げようと待ち構えているような感じ。実際表情も、国際大会の決勝のように真剣だった。

「今回は、極めて重要な話があって、来ていただきました」岩倉は切り出した。

「……何でしょうか」孝子が消え入りそうな声で聞き返す。

「礼央さんのことです。ここであなたが話してくれるかどうかで、事実関係がはっきりします」

孝子はうつむいたままだった。肉の薄い肩が、がっくりと落ちている。

「礼央さんが殺害された件に関しては、残念ながら物証は一切出ていません。それは、十年前にこの件を担当した刑事たちが、間違った方向を調べていたからです。そして、間違わせたのはあなたたちだった」

「私は何も、そんな——」孝子が反論しかけたが、言葉を呑んでしまう。

岩倉は無言でうなずき、十年前の捜査記録を開いた。昨夜目を通していたので中身はすっかり頭に入っていたが、敢えて視線を落とす。無言の時間、孝子の緊張感が高まってくるのを感じる。

「十年前、あなたたちは行方不明者届を出して事情聴取を受けた時に、すぐに三川康友さんの名前を挙げました。若い女性が事件に巻きこまれた場合、警察はまず恋人を疑います。当然、当時の担当刑事たちも、三川さんを散々追いかけ回して、彼に不快な思いをさせました。三川さんが大阪の大学へ進んだことで、この件の捜査は実質的に途切れてしまったんですが、結果的にそれで正解でした。三川さんは、事件には関係ないとほぼ証明されましたから」

「だったら、誰が……」

「あなたは当時、本当に三川さんを疑っていましたか？」

「私は――私たちは、礼央とつき合っていた相手がいるかと聴かれたから、知っていると答えただけです」

当時の担当刑事の質問は、誘導尋問だったのだろうか？　いや、彼らは当たり前の質問をしただけだろう。もしも聴かれなくても、いずれ二人は三川の名前を出したはずだ。犯人を絶対に隠さなければならなかったから。

「これから聴くことは、確認が取れていません。単純な質問ですから、正直に答えていただけると助かります」

孝子は何も言わなかった。どんな言葉が飛び出してくるか、不安で心が揺れているのだろう。

「あなたの家は、どんな感じですか」

「どんなって……」孝子の顔に戸惑いの表情が浮かぶ。

「家というか、家族です。どんな関係でしたか？」

「普通です」

普通のはずがない。娘が万引きして補導されて以降、家族に平和な日々は戻ってこなかったはずだ。問題は、礼央がどんどん悪い方向へ足を踏み外していったのに対して、優太は依然としてスポーツ万能、勉強もできて、人生の「王道」を歩み続けていたことである。それを指摘すると、孝子の顔からさっと血の気が引いた。

「ここからは私の個人的な想像です。礼央さんと優太さんは、正反対の子どもだったんじゃないですか？　中学校の時に補導されて以来、礼央さんはいろいろ問題を起こしました。でも優太さんは小学生の頃からサッカーで頭角を現して、勉強の方もずっと申し分なかった。まさに人生の勝者ということで、友だちからは『ウイン』という渾名で呼ばれていたようです。そういう人から見て、何かと問題を起こす姉の存在は、どんな感じだったんでしょう？　もしかしたら、自分の足を引っ張る存在だと、疎ましく思っていたんじゃないですか？」

「姉弟仲は……普通でした」

普通でしたと言う前に、微妙な間が空き、岩倉は孝子の気持ちの揺れを感じ取った。

「優太さんは今回、警察の捜査を妨害しました」

「え」孝子がはっと顔を上げた。

「葬儀のために彼が帰国している時に、警察に情報提供がありました。遺体が発見されたあの空き家の前で、礼央さんがある男と話し合っていた、という極めて有力な情報です。その情報提供者が、十年前に警察に話をしなかった理由も、納得がいくものでしたが、怪しいと指摘された相手にも、結局はアリバイがあったんです。犯行――礼央さんが失踪した当時は東京にはいなかった。現場に姿を見せることは不可能だったんです。どうして今、あなたにこんな話をするかというと、この情報提供をするように指示していたのが、優太さんだったんです」

「優太が……そんな……」孝子の唇が震え始めた。

「情報提供してきた人は、優太さんの同級生です。小中学校で一緒で、ずっと優太さんの言いなりだったんです。優太さんは今回もそれに頼った――そういう人間関係を利用したんです。警察の捜査を邪魔して、疑いが自分の方に向かないように手配をして、自分はその隙にカナダに帰ってしまった。しかし、嘘としては下手でした。すぐにばれましたからね。この情報提供者に関しては、警察の業務を妨害した容疑で逮捕しました。今も取り調べが続いています」

「だけど、優太がどうしてそんなことを……」

「それをあなたに聴きたいんです。どうしてですか？　どうして彼は、自分の実の姉を殺したんですか？」

孝子との話が進むうちに、岩倉もさすがに気持ちが落ちてきた。村野のダメージはいかほどのものだろう。岩倉は時々彼の様子を横目で確認していたが、まるで固まってしまったかのように微動だにしない。あまりにも動かないのが気になり、岩倉は取り調べを始めてから一時間半ほどで休憩を宣言した。

「トイレなら、どうぞ」孝子に声をかける。

「それより、電話をかけたいんですが……」孝子は夫に相談しようとしているのだろう。真司はこの状況を知らず、普通に仕事をしているはずだ。

「それはもう少し待って下さい。昼休みの時間に、電話をかける時間を取ります」

「私は逮捕されたんですか」孝子が恐る恐る訊ねる。

「いえ」岩倉は短く否定した。「これはあくまで任意の事情聴取で、本当はあなたが電話をかけようが、ここから出て行こうが、こちらには止める権利はありません。あくまでお願いして、話を聴かせてもらっているだけです。でも、今後も是非協力して下さい。事実関係を明らかにしないと、礼央さんが浮かばれません」

その言葉が引き金になったように、孝子が声を上げて泣き出した。それまでも声が震えたり、涙を一粒こぼしたりすることはあったが、ここまではっきり泣くのは初めてだった。

岩倉は恵美に目配せした。さすがにこういう時の対応は、彼女も分かっている。孝子の両肩を抱くように会議室から連れ出すと、トイレに連れて行った。

岩倉は立ったまま、村野に向かって「で？」と短く訊ねた。

「何が『で？』ですか」

「俺の取り調べはどうだ？　何か問題あるか？」

「いえ」村野が肩をすくめる。「何もありません。技術点九十、芸術点八十五というところですかね」

「高いのか低いのか分からないな」岩倉は苦笑しながらもほっとした。村野には、冗談を言う余裕ができたようだ。

岩倉はテーブルに尻を引っかけるようにして座り、腕を組んだ。

「問題があると思ったら、いつでも介入してくれていい」

「今のところ、何もありません」

「これからいよいよ肝心なところに入るんだが……完オチすると思うか？」

「それはガンさん次第ですよ。それより、父親の方はどうするんですか？　これから呼んで調べるんですよね？」

「もちろん、そのつもりだ」

「二人を逮捕できる保証はないですよ。死体遺棄についてはともかく、俺は両親が娘を殺したとは思っていない」

「それは俺も同じだ」岩倉はうなずいた。「やったのはあくまで優太だと思う。両親は、その後の隠蔽工作をしただけじゃないかな」

「優太の方は、どうするんですか？　相手は海外にいるし、カナダとは犯罪人引渡条約もないでしょう？　ＩＣＰＯに国際手配は頼めるけど、実際には手を出せない」

「お前も考えてみたらどうだ？」岩倉は真剣に言った。「俺はよく、ずるいとか悪いとか言われる。実際そういう性格だし、ちょっと悪い手を使うこともある。もちろん、法的には問題ないし、目的はあくまで犯人を逮捕することだから、間違っているとは思わない。一方お前は、公明正大に――弱い人のために仕事をしている」

「ええ」村野が真顔でうなずく。

「でも、たまには別の方法を考えてみたらどうだ？」

「ガンさんみたいにずるい手、ですか」

「こういう難しい事件でどうやって犯人に辿り着くか、どうやって逮捕するか、枠を外して考えてみろよ。そういうことをしても、お前という人間が汚れるわけじゃない」

「ガンさんは、自分が汚れていないと思ってるんですか？」

「嫌なこと、言うなよ」岩倉はつい苦笑してしまった。「俺みたいに五十を過ぎると、汚れてるのか綺麗なのか、分からなくなる。敢えて言えばグレーだな。だけどお前も考えろよ。被害者支援も大事だけど、警察の第一の仕事は犯人を逮捕することだ。その他のことは、全部犯人を逮捕してから決めればいい」

「……分かりました」

村野が納得した気配はない。しかしそこで孝子が戻って来てしまったので、これ以上説得は続けられなくなった。恵美がうなずきかけてくる。何とか大丈夫、ということか。ゆっくりと岩倉の正面に座った孝子は、げっそりと疲れたようだった。目は赤く、前髪が濡れている。元々化粧っ気はなかったのだが、顔を洗ってきたのかもしれない。

座ってまた彫像になっていた村野がふいに立ち上がり、足元に置いていた大きなバッグからペットボトルのお茶を取り出した。孝子の前に置くと、「飲んで下さい」と静かな声で勧める。

「いえ……」

孝子が首を横に振る。とてもお茶を飲む気にはなれないのだろう。しかし村野は、キャップを捻り取って、もう一度彼女の前にボトルを置いた。

「水分は取っておいた方がいいです。喉が渇くと疲れますよ」

「……すみません」

孝子がうなだれるように頭を下げ、ペットボトルを摑んだものの手が震えてしまって、持ち上げられない。一度離して、苛立ちを隠そうともせず思い切り手を振ると、今度は何とかボトルを摑んで持ち上げた。ほんの一口飲んでテーブルに戻そうとしたが、もう一度口元に持っていくと、今度はぐっと大きく呷（あお）った。ボトルを両手で握り締めたまま、話し始める。

「礼央も、子どもの頃は全然手がかからなかったんです。優太を可愛がる、いいお姉さんでした」

「姉弟仲はよかったんですね」

「はい。二人だけの姉弟でしたし、歳も近かったですし。礼央も、小学生の頃はそこそこ勉強ができたんです。でもそれで、私たちが高望みしてしまって」

「高望み？」

「私たちが勧めて、中学受験をさせたんです。礼央も頑張ったんですけど、上手くいかなくて……地元の公立中学に進みました」

「それが、礼央さんの挫折のきっかけだったんですか？」

「それを誰かのせいにはできません……私たちの責任です」ペットボトルを握る孝子の両手に力が入る。「ちゃんと見てあげるべきでした。でもいつの間にか、あんなことになってしまって。万引きで警察から連絡が来た時には、目の前が真っ暗になりました」

「優太さんはどうでしたか？」

「優太は、真っ直ぐ育ってくれました。優太にも、私立の受験を勧めたんです。でも優太は、礼央が補導された後はずいぶん肩身が狭かったようです。無理にでも、私立を受験させておけばよかったと後悔しました」

「お姉さん思いだったんですね」

「中学生の頃までは……」

「変わったのはいつ頃ですか？」

「高校に入ってからです」

「姉弟で高校は別ですよね。優太さんは、地元の進学校に進んで、サッカーでも活躍した。高校生になっても、光り輝くような存在だったと思います。しかし、礼央さんの素行は悪くなる一方だった」

「優太にとって、礼央は疎ましい存在になったんだと思います。話もしなくなって、しょっちゅう口喧嘩していました。でもそれも、私たちのせいなんです」

「ご自分を責めるのはよして下さい」

「いえ、本当に私たちのせいなんです。礼央は荒れて、家の中で暴力を振るうようになりました。とうとう、包丁まで持ち出すようになって……」

「優太さんが間に入って止めようとしたんですね？」

「あれは事故なんです！」孝子が必死で声を張り上げた。「間違って包丁が刺さってしまって……わざとじゃないんです！」

「すぐに救急車を呼べば、助かったんじゃないですか」岩倉は敢えて冷静に質問を続けた。

孝子は話さない――言葉が出てこない様子だった。拳を口に押し当て、ゆっくりと深呼吸している。過呼吸になりそうだ。村野は、こういう時こそ介入してくるのではないかと思ったが、彼は依然として固まったたまま、何も言わない。無表情だったが、それでも内心苦しんでいるのは読み取れた。現在の孝子は「容疑者」である。これまで村野は、被害者、あるいは被害者家族が苦しみ始めたら、躊躇せず介入して事情聴取をストップさせていただろう。しかし今回はそれができない……岩倉はさらに声のトーンを柔らかくした。

「ゆっくり話して下さい。こちらは焦っていません。話していただけるなら、いつまでも待ちます」

そう、これはまだ任意の事情聴取なのだ。逮捕してしまえば勾留期限に追われ、どうしても時間との戦いになるが、今回はそれを気にしなくていい。

孝子が、肩を二度、上下させた。それからペットボトルを口元に運び、ゆっくりと長くお茶を飲む。ボトルをテーブルに戻し、キャップを閉めようとしたが、上手くいかない。手が滑って、キャップが床に転がった。村野が素早く身を屈めてキャップを拾い上げたが、テーブルには戻さない。ゆっくりと姿勢を正すと、孝子の側頭部を凝視した。

「整理します。礼央さんがあなたたち夫妻に暴力をふるい、とうとう包丁まで持ち出した。優太さんが止めに入って、その包丁が礼央さんに刺さってしまった——そういうことですね」岩倉は「刺した」とは言わずに、敢えて「刺さってしまった」という言葉を選んだ。優太が殺意を持って礼央を刺したかどうかは、本人にしか分からない。孝子はおそらく、十年間ずっと「あれは事故だった」と自分に言い聞かせていたのだろう。今はそれを無理に訂正しなくていい。

「礼央は……もう息がありませんでした」孝子の声が震える。「脈もなくなっていて、声をかけても全然返事をしなくて……」

「それで、どうしたんですか？」

　孝子が、躊躇いながら話し出す。途切れ途切れに続く証言を聞いて、岩倉は事件は完成した、と確信した。ただし、その中心に迫ることはまだできない。

　取り調べは昼に一時中断した。岩倉たちは昼食も摂らず、今後の方針について話し合いを続けた。

「死体遺棄で逮捕できるじゃないですか」恵美は強硬派だった。

「そうね。逮捕状を請求して――」

　亮子が同意しかけたので、岩倉は思わず「ちょっと待って下さい」と声をかけた。一瞬、会議室に沈黙が満ちる。ちらりと村野を見ると、笑いを嚙み殺していた。

「何だよ、村野」

「いや、本家の『待った』を聞けて嬉しい限りです」

　ふざけるな、と一瞬むっとしたが、すぐに村野の精神状態が平常に戻っているのだと気づいてほっとする。軽口を叩く余裕もできたわけか……。

「――とにかく、まだ決定的な一言は聴けていないんです。熊倉、孝子さんは、自分が死体を遺棄したと言ったか？」

「いえ」恵美が短く否定した。

「俺は何度も、死体はどうしたと確認した。だけどその度に答えは曖昧だった。要するに何も言っていないのと同じだ。彼女以外に死体を処理した人間がいたんだよ」

「……父親ですね」恵美が低い声で言った。

「その場の登場人物は三人だ」岩倉は指を三本、立てて見せた。「優太は、姉を刺し殺した後で部屋に閉じこもってしまった。孝子には、一人で遺体を処理するだけの力はないと思う。となると、残りは――」

「父親しかいません」

「すぐに父親を呼ぼう」岩倉は低い声で言った。「ここへ来させるまでにどれぐらい時間がかかる？」

「一時間ですね」恵美が腕時計を見た。「会社が新宿ですから、これから呼び出したらそれぐらいはかかります。私たちが迎えに行くと、もっとかかるでしょう」

「電話で呼び出せ。時間を節約したい」

「どうするつもり？」亮子が不安そうに訊ねる。

「現段階では、母親の逮捕状は厳しいかもしれません。遺体をあの空き家に運んで埋めたのは、父親だと思います。車で運べばいいし、あの空き家の敷地内だったら、夜中に何かしていても目立たない。母親の証言では、礼央が刺されたのは午後十時ぐらいでしたから、朝までに遺体を処理する時間は十分あったはずです」

「そうですね」亮子がうなずく。表情は厳しい。「いずれにせよ、父親への事情聴取は必須です。でも、いつまでも任意では引っ張れない。いずれは逮捕しなければいけません」

「分かってます。しかし、任意で調べている間に、やるべきことがあるんです」

「何ですか？」

誰とでも、ツーカーの関係とはいかないものだ。一から説明しなければならないのかと思うと、かすかに苛立つ。

「犯人にアプローチするためですね？」

村野がぼそりと言ったので、岩倉は思わず「お」と声を漏らして笑ってしまった。

「村野、お前、捜査一課に戻っても十分やっていけるよ。ブランクを感じさせないな」

「ガンさんが何を考えているかは分かりますけど、やめた方がいいですよ。違法とは言わないけど、問題になりかねない」

「そういうことは、よくないですね」亮子も同意する。「管理職としては、危ない方法は避けたいわ」

「危なくならないやり方を考えますよ。まず取り敢えず、父親を呼ぶ方向でいいですね？」岩倉は全員の顔を見渡して確認した。

返事なし。そうするしかないことは誰もが分かっている上で、岩倉が何かやらかすかもしれないと不安になっているのだろう。重苦しい雰囲気の中、ある調査を命じられた刑事が戻って来た。結果を報告すると、その場の緊張感がさらに高まる。

「無理だと思います」亮子は引き気味だった。「十年経っているんだから、何か出てくるとは思えないわ」

「鑑識の能力に期待しましょう。あいつらは何でも見つけ出す」岩倉は膝を叩いた。

「やりましょう。今すぐ――できれば今日中に目処をつけてしまいたい。こういうことには、勢いが必要なんだ」

「分かりました」亮子がとうとう了解した。「一応、本部にも報告します」

「報告したら止められるかもしれませんよ」

「そこは、私の交渉能力を信じて下さい。取り敢えず熊倉さんは、父親の会社に電話して上手く呼び出して」亮子が指示する。

「分かりました」恵美が渋い表情で答える。

「母親の方はどうします？　逮捕状の手続きはストップさせて帰す？」亮子が岩倉に話を振った。

「いえ」岩倉は即座に否定した。「後で、父親と一緒にあることをやってもらうつもりです。しばらくは――今日はここにいてもらわないと。村野、彼女の世話を任せていいか」

「いいですよ」村野が軽く請け負った。

「余計な話はしないで、な」

「そこは俺に任せてもらえますか？」村野の表情が急に引き締まる。「何を話すべきか、話すべきでないかの判断ぐらいはできます」

「分かった。お前を信用するよ」岩倉はうなずき、立ち上がった。

間もなく、最後の大きな歯車が動き出す。その後に何が起きるかは、まったく予想できなかった。

4

余計な話はするな、と岩倉に忠告されていたが、村野としてはただ黙って孝子を見守っているわけにはいかなかった。彼女は、午前中の岩倉との戦いで、心身ともにすり減っているはずである。それを少しでも癒して、気持ちを上向かせたい。これからさらに厳しい時間が待っているのだから。

孝子は、午前中と同じ会議室で待機していた。昼飯に弁当が出されたのだが、手をつけていない。

「少し食べませんか」村野は勧めた。

「食べられません」孝子が溜息をつく。

「食事を抜くと、疲れますよ」

「食べる気になれません」

孝子がまた溜息をついた。仕方あるまい。この状況で普通に食事ができる人間がいたら、精神力が強いというより、どこかずれている。村野は、隣の災害医療センター内のコーヒーショップで仕入れてきたカフェラテの大きなカップを、彼女の前に置いた。

「食欲がないんだったら、せめてこれを飲んで下さい。多少、カロリーは取れますから」

「すみません」頭を下げたが、孝子はカップに手を伸ばそうとしなかった。

「優太さんは、家族思いだったんですね」

「はい」孝子が顔を上げる。前向き――いい話だと思ったのか、少しだけ表情から険しさが抜けている。

「礼央さんのことを思って私立の中学を受験せずに、同じ公立校に入った。あなたたちを庇って、包丁を持った礼央さんを止めようとした。なかなかできることじゃありません」

「優しい子でした」

「名前の通りに」村野は相槌を打った。

「あの子の名前は、私たち夫婦でつけたんです」

「礼央さんは違うんですか?」村野は最初からかすかな違和感を抱いていた。女性で「礼央」。男だったらそれほど不自然ではないが、女性の名前としては強過ぎる感じがする。

「私の父が、姓名判断でつけたんです。女性でも、これからは勇気のある強い子に育たないといけないと言って……初孫でしたから、張り切っていたんです」

「なるほど」

「でも、礼央は自分の名前を本気で嫌っていました。十五歳になった時には改名しようとして、自分で申し立てするとまで言い出したんです」

「十五歳になれば、自分で申し立てできるんですか？」

「ええ。そんなこと、どこで調べてきたのか……」孝子が溜息をついた。「本当に嫌っているんだと知って、ショックでした。でも、いつの間にかそれも言わなくなりました。そして気づいたら、刺青を入れていたんです」

「刺青？」これは初耳だった。「高校生で刺青は……体育の授業でプールに入る時とか、目立ってしまうでしょう」

「ここなんです」孝子が右の脇腹を指差した。「裸にでもならない限り分からない場所だったんですけど、それを見つけた時には……」顔を伏せて力なく首を横に振る。

「ショックですよね」

「自分で体に傷をつけるなんて……主人が本気で怒って手を上げて、それからほとんど話さなくなりました。家に帰って来ないこともよくあって、どうしていいか分からなくて……」

「それは、いつのことですか？」

「高校一年の夏です。ひどくないですか？　高校生に刺青をする人がいるんですよ？」

村野は無言でうなずいた。タトゥーを規制する法律はないが、確かに相手は高校生である。派手に化粧していても、間近で見れば年齢は分かるのではないだろうか。それとも最近は、高校生でもタトゥーを入れるのは普通なのだろうか？

「主人は、家から追い出そうかって、真面目に言ってました。お金だけ渡して、さっさと出て行ってもらうとか。でも、高校生の娘を追い出すなんてできません。私は必死に反対しました。でも、礼央の暴力はどんどんひどくなって……」

「きつかったですね」

「辛かったです。どうしていいか分からないのに、相談する人もいないし、毎日追い詰められていく感じでした。それに、おかしな薬にも手を出していたみたいで」

「そうなんですか？」行方不明になる前、礼央には大麻の密売容疑がかけられていた。その件を持ち出すと孝子を傷つけてしまうかもしれないと懸念したが、これはどうしても聴かずにいられない。そもそも向こうから持ち出したことだ。

「確かに当時、礼央さんには、大麻を扱っているんじゃないかという疑惑がありました。警察もだいぶ厳しく調べたはずです」

「はい。家にも調べに来ました」

「家探ししたんですか？」

「もちろん、何も出てきませんでした。ただ……様子がおかしいことは何度もあったんです。酔っ払っているみたいにフラフラして、言ってることが支離滅裂で。おかしな薬物を使うと、そういう風になることがあるんじゃないですか？」

「薬物の種類にもよりますが、確かにそういうこともあります」幻覚系のドラッグだろうか。大麻や覚醒剤ではなく、錠剤の形で簡単に服用できるデザイナードラッグの中には、酩酊効果が出るものがある。

「もしもあの時、何か見つかって逮捕されていたら、とも思いました」

「ああ」悲しい希望だ、と村野は一気に暗くなった。身柄を拘束されれば、礼央が殺されることはなかったはずだから。

「その時、警察は優太の部屋も調べたんです。優太はそれに激怒していました」

「薬物関係で捜査をする場合、家全体を調べるのは普通のやり方です」どこに隠してあるか分からないからだ。しかし優太が激怒したのは理解できる。まったく関係ないのに、礼央のせいで自分の部屋を警察に荒らされた——そう考えて、姉に対する憎悪を募らせるのは不自然ではない。

「あなたは関係ないって慰めたんですけど、優太は本気で怒ってしまって。礼央に対して、ひどく厳しく当たるようになったのはそれからです」

「姉弟仲が悪くなったんですか？」

「俺の将来が潰れたらどうするんだって、何度も喧嘩してました。優太は、家を出るまで言い出したんです。東京を離れて、どこか全寮制の高校にでも入り直して、家族とは関係なく暮らしたいと」

「そんな時に、あの事件が起きたんですね？」

「はい」孝子が力なくうなずく。「優太も追い詰められていたんです。私たちは優太を責められませんでした」

だから遺体を処理して、優太の犯行を隠蔽した——このまま話していけば、自然にそういう流れになるだろう。だが村野は、そこでこの話題を打ち切った。これでは本格的な取り調べになってしまう。

「家の中は大変だったんですね」

「大変でした」孝子が認める。

「でも、優太さんは、ある意味タフな人だった。家庭がそういう状態で大変だったのに、変わらずサッカー選手として活躍して、成績も常にトップクラス。よほど精神的に強くないと、そんな風にはできないと思います」

「優太は、私たちの希望でしたから」

「優秀ですからね」

「はい。ですから——」

ノックの音が響き、孝子が口をつぐんだ。岩倉がドアの隙間から顔をつっこみ、手招きする。

「どうだ？」外へ出てドアを閉めるなり、岩倉が訊ねる。

「今は落ち着いています」村野は部屋から離れた。ドアは閉まっているが、話している内容が孝子に聞こえるとまずい。今聴き出した話を岩倉に説明する。

「さすが、人を落ち着かせるのは得意だな」岩倉がにやりと笑った。すぐに表情を引き締め、「父親が出頭に同意した。今、こっちへ向かってる」と報告する。

「ああ……」一瞬、頭の中に不安な予感が走った。どういう状況か、父親は既に悟っているかもしれない。「誰もつき添ってないんですよね？」

「電話で呼び出しただけだからな」

「それはまずい」にわかに不安が高まってくる。

「どうして？　時間との戦いなんだぞ」

「分かってますよ。でも、まずい」

「おいおい」岩倉が眉を顰めた。「自殺するとでもいうのか？」

「可能性はあります」

村野は駆け出した。父親の真司はここへは来ない。行き先は家だ、と予想した。家族が長く住むあの家は、惨劇の舞台である。しかし家族は、十年前の事件の後も、ずっとそこに住み続けた。恐怖の記憶よりも大事なのがあの家――向かう先はそこしか考えられない。

「父親と連絡が取れたのはいつですか？」

「三十分ほど前だ」

ちらりと腕時計を見る。会社から家までは一時間ほど、という話だった。残り時間は三十分。彼より先に家へ着ければ……村野はドアを開け、孝子にむかって「鍵を貸して下さい！」と叫んだ。事情が呑みこめない様子の孝子は、びくりと身を震わせた後で固まってしまった。

「鍵です！」

村野が叫ぶと、孝子がようやく起動した。ハンドバッグからキーホルダーを取り出し、テーブルに置く。先ほど車の鍵を借りてしまったので、ついているのは家の鍵だけだった。

「ありがとうございます」

村野は鍵を引っ摑むと、会議室を飛び出した。

「おい、村野！」

岩倉の声が背後で薄れていく。

クソ渋滞が……村野は何度も覆面パトカーのハンドルを掌で叩いた。立川駅周辺の道路はどこも交通量が多く、今日も立川通りでＪＲの立体交差を潜る時に、渋滞に摑まってしまった。とうとう耐えきれずにサイレンを鳴らす。村野には、サイレンを鳴らしていい立川中央署の覆面パトカーを走らせる権利はないのだが、今はそんなことを言っていられない。何とか立体交差を抜け出たものの、渋滞は、立川南通りまでつながっていた。この渋滞に巻きこまれて、どれぐらい時間をロスしただろう。時計を見る気にもなれなかった。

アクセルベタ踏みで先を急ぐ。家の前に覆面パトカーを停めた時、初めて腕時計を見た。岩倉が会議室のドアを開けてから、既に三十分が経っている。時間通りに事態が動くとは思えないが、どうしても気になった。

特捜が真中家の車を引き上げていったので、玄関脇のガレージは空だった。真司はそれを見てどう思っただろう。妻が買い物に出かけているとは考えなかったはずだ。

インタフォンを鳴らすべきかどうか、迷う。しかし音で彼を脅かしてはまずいと判断して、静かに鍵を開けた。玄関には、黒い革靴がきちんと揃えて置かれている。やはり真司は帰宅しているようだ。

足音を忍ばせ、リビングルームに入る。無人。しかし村野は、家に人の気配があるのを既に感じ取っていた。二階だと判断し、階段を上がる。二階にはドアが三つ……まず、階段の一番近くにある部屋――ドアは開いていた――を覗く。ベッドが二つあり、そこが夫婦の寝室だと分かった。誰もいない。

廊下に出た瞬間、異変に気づいた。一番奥の部屋のドア。ドアノブに、白いロープが結びつけられている。ロープはドアの最上部を通って室内に消えていた。

「真中さん！」村野は反射的に叫び、ドアに手をかけた。ロープのせいでドアは完全には閉まらず、すぐに開いた。しかし重い……ドアには真司がぶら下がっていた。必死でもがいていて、足が村野の腕を蹴る。まだ間に合う――村野はロープを摑み、全力で左の方向へ動かした。真司の体重がかかっているので、すぐには動かない。しかし村野は、両手でロープを摑んで、全体重をかけて動かした。やがてロープがずれ、ドアの天辺(てっぺん)から外れる。大きな音を立てて、真司の体が床に落ちた。

「真中さん！」

村野は部屋に飛びこみ、床に倒れている真司の横でひざまずいた。まだ生きているはず——真司が激しく咳きこみ、虚ろな目で村野の顔を見やる。村野だと認識しているかどうかは分からないが、急に目が潤み、声を上げて泣き出した。

村野が聞いた限りで最も激しい、大人の男の慟哭(どうこく)だった。

村野は、廊下で岩倉と立ち話をした。開け放したままの玄関から、救急車のランプの赤い光が入っている。真司には意識はあるが、救急隊員二人がリビングルームで慎重に事情を聴いていた。搬送するかどうか、判断しているのだろう。

「無茶するなよ」岩倉が厳しい表情で忠告した。

「家族を守るのが俺の仕事です」村野は反発した。「無事だったんだから、よかったじゃないですか」

村野としては、岩倉の失敗を責めることもできた。時間を重視するあまり、警戒が緩くなっていたのは間違いないのだから。もしも誰かが真司の会社に直接出向いて連行していたら、こんなことにはならなかった。

しかし岩倉に対する怒りは、どうしても膨れ上がらない。村野自身、その方針が決まる打ち合わせには同席していた。発言する権利がないと勝手に判断し、黙ってしまったのだから、自分にも責任がある。

ほどなく、がっしりした体格の救急隊員二人が部屋から出て来る。双子のようによく似た体型だったが、少しだけ背の高い方が先輩のようで、村野に向かって話しかけた。

「大丈夫です」

ほっと息を吐いてから、村野は「搬送の必要はないんですね？」と確認した。

「脈拍、血圧とも正常です。受け答えもできていますし、首を少し怪我しているぐらいで命に別状はありません。本人も病院へ行く必要はないと言っています」

「話はできますか？」

「我々が話せたんだから、大丈夫でしょう。首の怪我は軽傷です。処置しておきましたが、具合が悪くなるようでしたら、また連絡して下さい」

「お手数かけました」村野は頭を下げた。失われるべきではない命を救えた――しかし爽快感は一切ない。

「発見が早かったのが幸いでした」救急隊員が短く言って一礼し、出て行った。

「さて……始めるか」岩倉が両手を揉み合わせた。

「少し待って下さい」村野は即座に異議を唱えた。「自殺しようとした直後なんですよ。肉体的にも精神的にもダメージがあります」

村野は、先ほどの真司の号泣を思い出していた。泣くことでストレスが解消され、立ち直れることもあるが、涙で心の防波堤が決壊してしまうこともある。そうなったら、まともに話はできない。

「やるなら立ち会います」村野は宣言した。

「好きにしろ」

「今回は特に慎重に、丁寧にお願いします」村野は頭を下げた。

「お前の顔を潰すようなことはしないよ」

「俺の顔なんか、どうでもいいんです」村野は訴えた。「真中さんに気を遣って下さい」

岩倉がまじまじと村野の顔を見た。やがて、何かを諦めたように溜息をつく。

「分かったよ……しかし、やりにくくてかなわないな」

「ここは我慢して下さい。デリケートな事件なんです」

岩倉がうなずき、リビングルームに入った。後に続きながら、村野は一度深呼吸した。これからどうなるか……全ては岩倉にかかっている。

5

「体調はどうですか」村野の忠告——懇願を頭の片隅に置いて、岩倉は切り出した。

「大丈夫です」

真司は疲れ切った様子でダイニングテーブルについていた。首には救急隊員が応急処置した大きな絆創膏。命に別状はないにしても、かなりハードな状況に追いこまれている。

「痛みますか？」

「大丈夫です」真司が機械的に繰り返す。

「奥さんは今、警察にいます」

「そうですか……」真司が深く溜息をつく。

「どういう事情で、我々があなたに話を聴こうとしているか、もうお分かりですよね」

真司が無言でうなずく。話す元気はないようだ。あるいはまだ気持ちが固まっていないのか。これは相当慎重にやらないと難しい、と岩倉は覚悟を決めた。孝子の様子を見ていた限り、早く落とせるのではないかと楽観視していたのだが、真司の場合はそうはいかないかもしれない。

冷蔵庫が開け閉めされる音に気づいて、そちらに視線を投げる。村野が、ミネラルウォーターのペットボトルを取り出したのだった。遠慮がちにテーブルに置くと、「勝手に取り出してすみませんが、飲んで下さい」と小声で告げる。真司は、奇妙なものを見るような目つきでペットボトルを一瞥しただけで、手は出さなかった。

「十年前、礼央さんが荒れて、包丁を持ち出したことがあるのが分かっています。優太さんが止めに入って、結果的に礼央さんを刺してしまった——間違いないですか」

反応はない。この態度の意味を、岩倉は読みかねた。黙秘に徹するのか、それとも話す勇気が固まらないだけなのか。

「十年前、礼央さんは相当荒れていたと聞いています。中学受験に失敗したのがきっかけになって、警察に補導されたり、薬物取り引きの疑いをかけられたり……ご両親としては辛い毎日だったと思います」

「私はあの薬物捜査の一件の後で、出向したんですよ」突然、真司が打ち明けた。

「そうなんですか？」初耳だった。

「日本の会社というのは、基本的に社員に甘いものです。でもその一方で、噂や評判を異常に気にする。はっきりしないことでも、悪い噂があれば、人を平然と追い出す」

「それが家族の問題でも、ですね」岩倉は話を合わせた。「子どもの問題で親が謝罪するのは日本だけだと言いますけど、昔から続いていることなんですね」

「でも、薬物は本当にまずかったと思います。親の責任です。不思議なんですけど……逮捕されてもいないのに、どうしてそんな噂が会社の人の耳に入るんでしょう」

「噂は、どこからでも流れます。会社からはっきり言われたんですか？」

「いえ……単に『子会社に出向してくれ』と言われただけです。でも、私の年齢では、普通はあり得ない異動でした。仕事ではきちんと成果も挙げていたので、明らかにあの件が原因です」

「確認したんですか？」

「『家族のことか』と聞いても、返事はもらえませんでした。これは無言の肯定でしょう」

「それからずっと、子会社にいるんですか?」

「三年後に本社に戻りましたけど、もう席はありませんでした。いわゆる窓際です。定年延長にしましたけど、今もただ会社に行っているだけです」

真司は六十二歳。既に定年延長で、抑えられた低い給料で働く年齢になっている。しかし彼の場合、十年前——働き盛りの頃から、会社員としては干されていたわけだ。十年前は自分とほぼ同年齢だった男が、仕事を奪われてどれほど辛かったかは、岩倉にも簡単に想像できる。

「きついですね」

「きつかったです」

「礼央さんがいなくなったのは、そのしばらく後ですね?」

「ええ」

「何が起きたか、あなたの口から直接聴かせて下さい。私が説明するのではなく」

「それは……」真司が唇を舐める。首の絆創膏に手を伸ばし、そっと触れて顔をしかめた。

「痛みますか?」慎重に、と自分に言い聞かせて岩倉は訊ねた。

「いえ……ただの擦り傷ですから」

「話しにくいようでしたら、いつでも言って下さい。休憩します」

「ちょっと……水を」

真司がペットボトルに手を伸ばし、キャップを捻り取った。手は震えていない。まだ冷静だな、と岩倉はほっとした。真司が二度、ペットボトルに口をつける。慎重にキャップを閉めると、上から掌でしっかり押さえた。そうしないと、何か悪いものでも飛び出してくるのではと恐れるように。

「礼央さんは荒れていて、家庭内暴力もあったと聴いています。あなたはそれを抑えつけようとしなかったんですか？」

「娘に手を上げるわけにはいかないでしょう」

「優太さんはどうですか？　昔は礼央さんと仲が良かったはずですけど、礼央さんがいなくなる直前はどうでしたか」

「優太は優太でした。優しい子でした」

「いや、優太さんは激怒していたはずです」村野が突然割って入った。「薬物関係で警察の捜査が入った時に、優太さんの部屋も調べたそうですね？　優太さんとしては、自分も疑われているようで、我慢できなかったんでしょう。それがあってから、礼央さんに対する怒りを隠そうとしなくなった——違いますか？」

この情報は、昼時に村野が孝子から聴き出していたな、と思い出す。余計なことをするなと釘を刺しておいたが、村野が「雑談」でも彼女から何か聞き出してしまうことは予想していた。そして利用できるものは何でも利用するのが岩倉のポリシーである。

実際、これは効いた。真司の表情が一変する。村野が口を閉ざしたので、岩倉は一気に畳みかけた。

「優太さんは、文武両道で周囲の人にも慕われて、将来を嘱望されていました。そういう人に、何かとトラブルを起こしがちな家族がいたら、どうなるでしょう。何の責任もないのに部屋を捜索されたら、まるで自分が悪いことをして調べられているように感じてもおかしくない。そんなことが外に漏れたら、これまで自分が積み上げてきたものが崩れてしまうと考えて不安になるのが普通でしょう」

「優太は……礼央に厳しく言い始めたんです。ふざけたことをやめて、真っ当な道に戻るようにって。あなたが言う通りだ」真司が顔を上げる。「優太は、傷ついてはいけなかった。一筋の傷もつけてはいけない——私たちもそう思いました」

「大事な息子さんですからね」

「私たちにとって大事、というだけではないんです。息子はきっと世の中のためになることをするだろうと……それがどういうことかは分かりませんでしたけど。サッカー選手として皆を楽しませるようになるのか、それとも何か重要な研究で人々の暮らしを豊かにするのか」

「今のところ、後者の可能性が高いようですね」岩倉は話を合わせた。

「あの一件以来、優太も家ではすっかり変わりました。礼央に対して暴力こそ振るいませんでしたが、罵詈雑言がひどくなって、礼央も追いこまれていったんです。二人の関係が危ないのは、私たちにも分かっていました。でも二人とも、私たちの言うことには一切耳を貸さなかった」

「そしてあの日が来た」

岩倉はゆっくりと両手を組み合わせた。それを見ただけで、真司がびくりと身を震わせる。額が汗で濡れて光り、目の下がひくひくと痙攣する。相当神経質になっている。彼の人生はここで破滅するだろう。少し、心に余裕を——覚悟を持たせるべきかもしれないが、岩倉にとってここは、一気に攻めるチャンスだった。

「十年前の九月六日です。礼央さんが失踪したとされる日。あの日、本当は何があったんですか」

「優太と礼央が大喧嘩したんです」

真司が打ち明ける。これは孝子から聴いた話とは違う。孝子は、礼央が両親に激怒し、刃物を持ち出してきたのだと言っていた。

「何時頃ですか?」

「十時過ぎ……私たちは寝室にいましたが、リビングで二人が大声で言い争っていて、激しい物音がするのが聞こえて、慌てて下へ降りたんです。そうしたら、優太が包丁を持っていて……礼央が床に倒れていました」

「確認します」重要なポイントだ。「礼央さんが、あなたたちに向かって包丁を振りかざして暴れていたんじゃないんですか？」

「いえ」

夫婦で発言内容が食い違っている。両親が刺されそうになって、優太が慌てて間に入ったなら、正当防衛が成立するかもしれない。しかし、優太が先に包丁を持ち出して礼央を刺したとしたら、明確な殺意が存在したことになる。

「礼央さんは、刃物などを持っていませんでしたか？」

「いえ」

「礼央さんはどこを刺されていたんですか？」

「ここです」

真司が自分の鳩尾(みぞおち)に拳を当てた。心臓を一突き、という感じだったのだろう。狙ってか偶然かは分からないが、礼央はほぼ即死だったに違いない。これは、遺体の肋骨についていた傷跡とも一致する。

「他に傷はありませんでしたか？　手とか」

「ないです」真司が小さな声で断言した。見ると、両手を握って開いてを繰り返している。

「確実に断言できますか？　十年前のことですよ」

「それは……」

「あなたは、礼央さんの遺体をしっかり見た。しかも全身を。何故わざわざそんなことをしたんですか？」

「それは……」

もう一押し。岩倉の中では筋は通っていた。遺体を処理するために運べば、他に傷があったかどうかも自然に分かるはずだ。そこを攻めて話を続けてもよかったが、敢えて一歩引っこめる。

「優太さんは何と言っていたんですか？」

「自分がやった、と。許せなかったと」

「何が許せなかったんですか？」

真司が口をつぐむ。言ってはいけない秘密はまだあるようだが、ここは極めて重要なポイントだ。両親を庇って、包丁を取り上げようとしているうちに誤って刺してしまったか、あるいは殺意を持って自ら包丁を持ち出したか——傷害致死か殺人か。

「優太は何も言いませんでした」のろのろとした口調で真司が言った。「でも、私たちには分かりました。薬の一件があって以来、優太は成績も下がりがちでしたし、礼央とは毎日のように罵り合っていました。私たちにもきつく当たることが多くなって、ぎりぎりまで追いこまれていたのは分かっていたんです。でも私たちには、どうすることもできなくて……相談できる人もいなかったんです。私は私で、出向させられて仕事らしい仕事もなく、厳しい毎日でした」

「家族全員に逃げ場がない感じだったんですか」

「この家は――」真司が顔を上げて、リビングの中を見回した。「この家は、私が必死に働いて、家族サービスも満足にしないで建てて、家族の巣にしたんです」

「建てたのは、結構前ですか？」

「もう、二十年以上前になります」

「子どもさんが二人とも小さかった頃ですね」

「ここに家を建てる前は、同じ立川市内のマンションに住んでいたんです。二人が生まれた馴染みの深い街で、一生住める家を建てようと思って……」

「頑張ったんですね」

「でも、上手くいったのは最初の何年かだけでした。あの事件の後の十年は……住んでいるだけで、針のむしろだったんです」

「分かります。人が殺された家に住み続けるのは辛い、という話はよく聞きます」

場所の記憶、のようなものがあるという。何かが起きた場所へ行くと、途端に当時の記憶が蘇ってくるというのだ。ましてや彼らは、娘が死んだ――自分たちが殺してしまった現場である家に、ずっと住み続けていたのだ。

「そんなことがあっても、優太さんはきちんと立ち直ったんじゃないですか。立派に大学に進んで、今は留学もしている」

「それは違います」

「違う？」

「優太は立ち直ったんじゃない。あの一件でほっとしていたんです」

「それは、つまり……」岩倉の頭の中に警報が鳴り響いた。もしかしたら自分たちがこれから相手にしようとしているのは、怪物なのか？「優太さんにとって、姉は自分の人生を邪魔する――もしかしたら破滅させるかもしれない存在だった。それを取り除けたので、これからは邪魔する者がいなくなって、堂々と歩いて行けるようになった、とでも考えたんですか？」

真司が力なくうなずく。そのままうなだれてしまい、これ以上話す気がなくなったのではないかと思ったが、ほどなくのろのろと顔を上げた。

「あの後、優太ははっきり言ったんです」

「何と？」

「さっぱりしたと」

「まさか」反射的に言ってしまったが、岩倉は自分の予感は当たった、と確信した。

「本当にそんなことを言ったんですか？」

「驚きました。この部屋の真ん中で、包丁を持って立って、笑っていたんです」真司が怯えた表情を浮かべる。

「笑って……」

「正直、怖くなりました。でも、気持ちは分からないでもなかった。優太は何年も、礼央に悩まされてきたんです。自分の将来が不安にもなっていた。最大の障害物がなくなって、ほっとしたんでしょう」

「それからどうしたんですか」

　真司がまた黙りこむ。額にはさらに汗が噴き出て、一筋垂れた。大きく息をしながらペットボトルに手を伸ばし、呷るように水を飲む。そのままボトルを握りしめていると、今にも潰れそうにたわんだ。

「遺体は、この近くの空き家の敷地内で発見されました。遺体は、勝手に動きません。誰かがあそこへ運んで埋めた——あなたがやったんじゃないんですか」

　真司は何も言わない。ここからどう攻めるか、岩倉は悩んだ。そのタイミングを狙ったかのように、ワイシャツの胸ポケットに入れたスマートフォンが鳴る。着信を無視して引っ張り出し、テーブルに伏せて置いた。呼び出し音が消えた直後、今度は短くメールの着信音が響く。スマートフォンを取り上げ、メールを確認した。

「ああ」思わず声を漏らしてしまった。

　真司がゆっくり顔を上げ、不安そうな表情を晒す。これからその不安は絶望になる、と岩倉は思った。

「お察しかもしれませんが、我々は午前中からずっと、奥さんから話を聴いています。奥さんの許可を取って、あなたの車を押収して調べさせてもらいました。それで……」

岩倉は手にしたスマートフォンの画面を確認する振りをした。実際には、一瞥しただけで内容は全て覚えてしまっている。それをそのまま告げる。「トランクから女性の毛髪が見つかりました。長さ五十センチ、根元が三センチほど黒くなった金髪です」

岩倉はスマートフォンを操作し、保存しておいた礼央の写真を画面に表示させた。「失踪時」に警察に届けられた写真。しっかり化粧しているが、まだあどけなさの残った礼央の髪は相当長い。撮影された角度のせいで、実際の髪の長さは分からないが、背中まで届いているような感じがする。

そして、見事に金髪だった。

「当時、ご家族の中で頭を染めていた人は他にいましたか？　髪の毛が長かった人は……奥さんは、十年前と今、髪型は同じですか？」孝子は、顎が隠れるぐらいのボブカットにしている。

「トランク……まさか……」

「あなたは、礼央さんの遺体を車のトランクに入れて、あの空き家まで運んだんですね？」岩倉は確認した。「距離にしてわずか百メートルほどですが、車を使ったと考えるのが自然です。もちろんあなたは、遺体を運んだ形跡が残らないようにちゃんと準備したでしょう。血痕がつかないように、遺体をビニールで包んだりとか。遺体を処理し終えた時には、トランクに掃除機をかけたかもしれませんね。それで何も残らない――証拠は消えたと思って安心したんじゃないですか」

「何も残っていないはずだ……そもそも、十年も前の髪の毛が残ってるなんて、あり得ないでしょう」

「保存状態が良ければ、髪の毛はかなり長期間残ります。おそらく、トランク内のどこかに挟まって、掃除機でも吸い取れなかったんでしょう。あなたが見た限りでは完全に綺麗になっていたかもしれないが、実際には髪の毛は残っていたんです。我々はこれから、今回見つかった髪の毛を鑑定します。古いものですから、ＤＮＡ型の鑑定には手間取るかもしれません。そもそもＤＮＡ型を採取できるかどうかも、私には分からない。しかしあなたたなら、この髪の毛がどうしてトランクに残っていたか、説明できるんじゃないですか」

「私は……私は警察に行くべきだと言ったんだ！」突然真司が叫んだ。「礼央は、私たち家族を滅茶苦茶にした。でも礼央は、私たちの娘なんです。その娘が殺されて、しかも殺したのは優太……何が何だか分からなかった。ただただ、警察に電話を入れなくてはいけないと思って、電話に飛びついたんです」

「そういう通報はありませんでした」岩倉は指摘した。

「電話できなかったんです」

「どうしてですか？」

「優太が……優太が電話を取り上げて、床に叩きつけたんです。電話は粉々に壊れました」

「しかし、携帯で通報することもできた」

「できなかったんです」

「どうしてですか」

真司がポツポツと話す当時の状況を聴いて、岩倉は背筋が凍る思いを味わっていた。岩倉は長い刑事生活の中で、様々な「怪物」に出会ってきた。普通の人では到底理解できないような異様な動機を打ち明けて、捜査を混乱させる犯人もいた。

そして今、岩倉は新たな怪物に出会ってしまった。

岩倉は真司の監視を他の刑事に任せ、一度家の外に出た。近くの自動販売機へ向かうと、村野が黙ってついて来る。何もお前にフォローしてもらう必要はないんだぜ……とも思ったが、岩倉は何も言わなかった。

喉は渇いているが、今の気分に合う飲み物が見つからない。コーヒーの刺激は違うし、お茶の穏やかさも合わないだろう。甘いジュースは、喉に嫌らしく引っかかりそうだった。

無味の炭酸水が目につく。酒を呑む時でもない限り縁はないが、今はこれだと思って買った。飲むと相当強烈な炭酸で、喉が焼かれる刺激がある。それでも、無味の水は体を内側から冷やし、清めてくれる感じがした。

村野はブラックの缶コーヒーを買い、口をつけた。ぼそりと「自販機でホットの飲み物がなくなるのって、いつなんでしょうね」と言った。

「四月ぐらい——ちょうど今頃じゃないか？」

「何か、入れ替える決まりがあるんでしょうか」

「さあ」

どうでもいい会話――しかし岩倉は、村野の真意に気づいた。

「気を遣わなくていいよ。俺は平気だ」村野は気遣いの男だ。被害者や被害者家族とつき合っているうちに、相手の心を読み、先回りして手を打つのが普通になっているのだろう。それは大した能力だと思うが、難点がある。気遣っている本人が疲れきり、いずれ魂がすり減ってしまうのだ。

「平気じゃないでしょう」村野が指摘した。「今は、そんな栄養のない炭酸水を飲むべきじゃないですよ。ジュースか甘い缶コーヒーで、糖分を補給した方がいい」

「太るじゃないか」蒲田時代についた二キロの贅肉は、まだ落ちていない。

「へばるよりましです。一時的なもの――カンフル剤です」

「俺はちゃんと生きてるよ」岩倉は目の高さにボトルを掲げて見せた。透明な水の中で、細かい泡が激しく上下する。それに囚われてしまいそうになったが、意識を現実に戻した。「それよりお前、どう思った?」

「何がですか?」

「優太が姉を刺した時の、両親二人の証言が食い違っている。両親を庇った結果の事故なのか、自分で包丁を持ち出して、殺意を持って襲ったのか」

「真司さんの言い分を取ります」村野が躊躇わずに言った。

「そうか……俺もだ」

「孝子さんは、今でも息子を庇おうとしているんでしょう。一種の事故だったとすれば、罪は免れると考えてるんじゃないですか」

「母親としては、いつまでも息子を守りたい——そう考えるのは自然だな」岩倉はうなずいた。

「真司さんの今の証言には、嘘はないと思います。遺体の処理に関しては、証言の通りでしょう。ただ、物証が髪の毛一本というのは弱いですね」

岩倉はスマートフォンを取り出して、先ほど亮子から送られてきたメールを確認した。トランクから髪の毛を発見したと伝える内容だったが、彼女自身、これが証拠としてどれだけの効力を持つか、疑問を抱いている様子で「鑑定は難しそう」とつけ加えていた。そもそも家族が使っていた車だから、何かの拍子に誰かの髪の毛がトランクに紛れこまないとも限らない。

「まあ、俺は証言だけでも行けると思うけどね」岩倉は敢えて楽観的に言った。

「でも、それだけでは済まないでしょう。検察はゴーサインを出さないかもしれない」

「分かってるよ」指摘されると、やはり一抹の不安が残る。「一番重要なことが、まだ残っている。しかも解決できるかどうか、分からない」

「ガンさんだったら、どうしますか」

「お前はどうだよ」岩倉は逆に村野に訊ねた。「優太をどうする？　カナダとの間には犯罪者の引渡条約がないし、俺たちが現地で逮捕するのも現実味がない」

「俺は……」村野が少しだけ躊躇った。しかしすぐに、真っ直ぐな視線を岩倉に向けてくる。「ガンさんだったらこうするんじゃないかっていうやり方を考えました」

「何だよ、それ」

「ガンさんは、利用できるものは何でも利用するタイプですよね」

「ああ」

「それが時には、合法か違法か、すれすれになることもある」

「変なこと、言うなよ」実際には違法な方法をとったこともある。その際には、どこからもクレームが入らないように、細心の注意を払ってきた。

「ガンさん、変な人ですよね」

「失礼だな、お前は」岩倉は眉根を寄せた。

「俺に言わせれば、ガンさんはアンビヴァレントなんですよ。普段は、物凄く慎重じゃないですか。皆が一斉に同じ方向へ行こうとしている時に、平気で『待った』をかけられる。これって、なかなかできないことですよ。いわば、特捜本部の最終防衛線だ」

「俺ぐらいのオッサンになると、流れに逆らうぐらいは平気なのさ」岩倉はうそぶいた。

「そういう慎重な面がある一方、いざという時には違法になるかもしれない方法を取っても犯人を追いこむ。俺の感覚では、まったく逆のアプローチですよ」

「そんなこと言われても困る」岩倉は肩をすくめた。「それより、お前が考えた方法を聞かせろよ」

村野は静かに話し始めた。途中から怖くなってくる。まさに、岩倉が考えていたのと同じ作戦だった。他の刑事と考え方がシンクロしていると、ぞくぞくするような快感を覚えるのだが、今回ばかりはそうはいかなかった。

「分かった。お前がやるべきだな」

「俺は特捜の人間じゃないですよ」村野が顔をしかめる。

「しかしお前は、優太としっかり話している。向こうも、お前を刑事としては見てないだろう。支援課の人間――自分を助けてくれる人間だと理解してるんじゃないか？」

「まあ、それはそうでしょうね」渋々といった様子で、村野が認める。

「きついか？」岩倉は静かに訊ねた。

「いや、自分で自分をもっときつい状態に追いこんだこともあります」

「お前はそういう人間だよ。自分に厳し過ぎるんだ」

「ガンさんだってそうじゃないですか？」

「五十を過ぎたら、それはない」岩倉は笑った。「自分に甘くなる一方だ」

6

村野は特捜本部に戻った。支援課が特捜の仕事に正式に関与するのは極めて異例なのだが、岩倉が強く推してあっという間に参加が決まったのだ。実行は今夜九時。その時間だと、時差の関係でトロントは朝七時になる。優太が一日を始めようとしている時間だ。

「じゃあ、ゆっくり夕飯でも食べて準備して」刑事課長の亮子は落ち着いたものだった。そういえば岩倉が、「なかなかの胆力だぜ」と評していたのを覚えている。警視庁では女性管理職はまだまだ少数派だが、やはり仕事ができないと所轄の課長にはなれない。それは男でも同じだが。

打ち合わせが終わって、午後五時半。特捜本部ではこれからさらに夜の会議があるが、村野は一旦放免された。作戦決行の前に食事を済ませておこうかと考えながら、取り敢えず外へ出る。

「お疲れ様です」声をかけられ、はっと顔を上げる。

「安藤」梓が立っていた。いつものように大きなトートバッグ。小柄な彼女には大き過ぎて違和感がある。「どうした」

「応援です」

支援課には報告を入れていたが、事実関係を係長の芦田に話しただけだった。ここから先は自分一人でやるつもりで、誰かのヘルプは考えてもいなかった。

「なーんて」梓が悪戯っぽく笑った。「ご飯、奢りにきました」

「君が？」

「私というより、芦田さんが」

「何で芦田さんが俺に飯を奢るんだ？」

「経費を適当にいじって、捻出したみたいですよ」

「それじゃ、裏金だろう」つい苦笑してしまった。支援課には、情報提供者を「買う」ための機密費などはないので、どこをどういじっても余計な金は出てこないのだが……

「経費」と言いながら、芦田がポケットマネーを出したのでは、と村野は訝った。

「何でもいいじゃないですか。別に、やばいお金じゃないですよ。それでですね……この辺だとホテルのビュッフェがお勧めです」

「ああ」駅前に大きなホテルがあるのは村野も知っていた。しかし、何もビュッフェで豪華な夕食を食べなくてもいいのではないか。村野には変なジンクスがあり、厳しい仕事に臨む前の食事は質素な方がいい、と思ってできるだけ実行している。ベストは塩だけの握り飯に水だ。「ビュッフェ、やってるのか？」

「再開したそうです。それに、ビュッフェなら時間の調整もできます」梓が左腕を上げて腕時計を見た。「五時からやってます。早い時間なら予約なしでも入れますよ」

「わざわざ調べたのか？」

「美味しいもののためなら、調べ物ぐらいしますよ」

結局、梓の誘いに乗ってしまった。彼女の言うことにも一理あるし、そもそも歩いて十分ほどと近いはずだ。

か口にしなかった。歩きながら仕事の相談をするわけにもいかないが、だったら別に話をする必要もない。毎日顔を合わせているのだし、黙って歩けばいいだけの話だ。

昭和記念公園はだだっ広く、この季節は芝生も目に痛いほど綺麗な緑なのだが、夕方なので歩いている人はほとんどいない。大きな芝生の広場を迂回し、公園の案内所の脇を抜けて行くと、正面に立川のビル街が姿を現す。この街はまだ開発途上で、どこかバランスが悪いのだが、自然と都会が一体化しているのは悪くないな、と思う。マンハッタンのど真ん中にセントラル・パークがあるようなものか、と村野はまだ見ぬ野球の都・ニューヨークに想いを馳せた。

ホテルの一階にあるビュッフェレストランは、タイル張りの床が特徴的で、窓が大きく、全体に明るい雰囲気だった。窓際ではなく、レストランの中央付近、壁に大きな横長の絵がかかったところに陣取って、料理に向かって出撃する。

出張でホテルに泊まった時の朝食以外、こういうビュッフェスタイルの料理を食べる機会はない。朝食のビュッフェに比べれば、さすがに料理は豪華で、目移りしてしまう。

「しかし、何でもあるな」空の皿を持ったまま、村野はつぶやいた。梓は笑みを浮かべながら、もう皿を満杯にしつつある。

取り敢えず、スモークサーモンとローストビーフ、鶏肉と野菜をトマト味で煮こんだもの、さらにパスタを少量取って席に戻る。食べないで待っていた梓が、村野の皿を見て「駄目ですねえ」と皮肉っぽく言った。

「何が？」

「村野さん、ビュッフェはあまり来ないんですか？」

「ほとんど来ないな」

「料理のチョイス、滅茶苦茶ですよ」

「そうなのか？」

「最初は前菜的な軽いもの、それからメーン、三皿目は炭水化物でお腹一杯にして、最後はデザート──合計四回出撃して、それで終わりです」

そう説明する梓の皿には、あれこれ練りこまれたパテ、スモークサーモン、サラダが載っている。確かに前菜的なラインナップだった。

「君はそんなにしょっちゅう、ビュッフェへ行くのか？」

「高校生ぐらいまでは。両親が、ビュッフェ大好きなんですよ。誰かの誕生日とか記念日には、大抵ホテルのビュッフェでしたね」

「君の実家、金持ちなのか？」

梓が鼻を鳴らし、「フランス料理でフルコースを食べるよりはよほど安いです」と言った。

まあ……彼女の言うことにも一理ある感じではあるが、胃の中に入ってしまえば同じだ。結局村野は三回料理を取りに行き、その都度まだ食べていない料理で皿を満たした。

それでも全部はとても食べきれない。デザートはパスする。梓は最後に、小ぶりなケーキを二つ取ってきて、食事のフィニッシュにするようだった。

嬉しそうにケーキをぱくつく梓の様子を見ながら、コーヒーを飲む。ホテルだから何でも上等というわけではないだろうが、コーヒーも美味かった。

腹は膨れたが、何となく釈然としない。確かにこれから難しい仕事が待っているが、人生を賭けた大一番というわけではない。何も、支援課の仲間に気を遣ってもらう必要はないのだ。だいたい係長の芦田は、「これで飯でも食ってこい」と財布を抜くようなタイプではない。――今回は本当に自分の金ではないかもしれないが――気前のいいタイプではない。

「で?」村野は、梓がケーキを食べ終えたタイミングで切り出した。

「はい」梓がトートバッグを膝の上に置く。「用件は、もちろんこのご飯じゃありません。芦田さんが、村野さんに食べさせろと言ったのは本当ですけどね」

「芦田さんらしくないな。明日、雪が降るかもしれない」

「ですね」笑いながら梓がバッグに手を入れ、封筒を取り出した。表には何も書かれていない。「どうぞ」

「俺に?」村野は自分の鼻を指差した。

「今日の私はメッセンジャーですから」

「メッセンジャーって……」

「見て下さい。中に何が入っているかは分かりませんけど」

村野は訝りながら封筒を受け取った。封はされていない。左手で封筒をたわませ、右の人差し指と親指を突っこんで中身を取り出す。折りたたんだ紙片が一枚だけ。広げると、見覚えのある愛の字が目に飛びこんできた。

前へ。

それだけ。何なんだ？　村野は思わず首を捻ってしまった。梓は興味がないふりを装っているが、目を見た限り、中身を知りたくて仕方ない様子だった。

「何が書いてあるか、知りたいか？」

「私信ですから、まずいでしょう」

「見られて困るものじゃないよ」村野は手紙を梓に渡して「ラグビーの北島監督じゃないんだから」と言った。

「何ですか、それ」梓が怪訝そうな表情を浮かべる。

「知らないか？　明治大学のラグビー部の監督を長くやってた北島さんのモットーが、これだったんだ。最短距離で前へ進むという戦術のことを言いながら、実は精神性をも表現した言葉なんだ」

「へえ」梓が手紙を一瞥して、村野に返した。「村野さん、野球だけじゃなくてラグビーも詳しいんですね」

「スポーツ好きの間では有名な話だよ……このメッセージ、西原(にしはら)から預かってきたんだ？」

「ええ」

「何でわざわざ手紙なんだろう。メールすれば済む話なのに」

「わざわざだから意味があるんじゃないですか。手軽なメールやメッセンジャーじゃなくて、私に託すのは結構面倒だったと思います。でも、手書きで伝えたかったことがあるんでしょう」

「それは……」

「私は何も聞いてませんよ」梓がわざとらしく前置きした。「でも、村野さん、最近どうですか？」

「どうって？」

「私たちの仕事、きついですよね。毎回、違うパターンの事件に対応して、疲れることばかりです」

「それこそが、俺たちの仕事じゃないか」

「こういう仕事でも、少しずつ前へ進んでいくことがあるんじゃないですか？　どう言う風にかは分からないけど」

「俺が前へ進んでないっていう意味か？」

「私は何も言いませんよ」梓が慌てて言った。「愛さんの手紙でしょう？　これは愛さんの考えですよ」

「そうか……」

確かに被害者支援は、毎回やり方が違う。工夫して何とかしのいでいる村野の状態を、愛は「止まっている」「現状維持」と考えているのかもしれない。確かに、同じ仕事を繰り返しているだけとも言えるのだが、多くの人が同じように仕事に取りくんでいるはずだ。毎日の仕事をしながら、それとはまったく違う新しい道を切り開いていける人間など、数えるほどしかいないだろう。

それでも愛は、前へ進めと言う。

「君、本当は西原から何か聞いているんじゃないか」

「聞いてませんけど、最近、よく会いますよ」梓が笑った。「尊敬できる人生の先輩なんで」

「君たちがよくつるんでいるのは知ってるけど、変な影響を受けるなよ」

「影響を受けているとしたら、絶対にいい影響です」

梓が自信たっぷりに言った。何事であれ、自信を持って言える彼女が羨ましくもあった。昔は彼女自身が、支援課での仕事に悩んでいたのに、いつの間にか立場は入れ替わってしまったようだった。

作戦開始。

村野たちは、真中家からノートパソコンを持ってきていた。できるだけ普段と同じ環境で連絡を取りたかったからだが、背景が違うので、優太はすぐに変化に気づいてしまうかもしれない。

午後九時、優太の顔が画面上に現れた。いかにも寝起きといった感じで、髪の毛が乱れている。目も半分開いていないようで、直接会った時に感じられた快活さ、明るさはまったくない。

「どうしたの、こんな早くから」優太の声は曇っていた。

「悪いな」パソコンの前には真司が座った。気軽な台詞で会話を始めたが、表情が強張っているのは分かる。パソコンの内蔵カメラに映りこまないように、村野たちは会議室のテーブルを挟んで彼と向き合っていたので、顔はよく見えるのだ。あんなに厳しい顔をしていたら、優太は異変に気づくかもしれない。

「大事な話なんだ」

「何？」優太の声は眠そうだったが、ネットでの会話だから、そこまではっきり声のニュアンスが分かるわけではない。

「実は、俺と母さんは間もなく逮捕される」

「逮捕？」優太の声が突然甲高くなった。「どういうことだよ。まさか――」

「そのまさか、なんだ」真司が真摯(しんし)に訴える。「もう逃げきれない。証拠も見つかってしまった」

「証拠って、あんな昔の話が、どうして今になって？」

「いろいろあったんだ。俺たちは間違っていたんだよ。今からでも遅くない、一緒に罪を償おう」

「何言ってるんだ」優太の声に怒りが滲む。「俺には関係ない」

関係ない？　本気で言っているのだろうか。声の調子では分からない。

「村野」岩倉が小声で言った。「代われ。もうお前がやるタイミングだ」

最初の予定では、親子の会話が始まったら、村野がすぐに真司と交代することになっていた。しかし真司は、村野たちとの打ち合わせから外れて、自ら息子の説得を始めてしまった。かなり焦った様子である。

村野はテーブルを回りこんで、真司の肩を叩いた。

「代わります」

告げると、真司が顔を上げ、すがるような視線を向けてきた。もっと話させてくれ。自分が説得する——実際彼は、この作戦を始める前にそう言っていた。父親としての最後の役目だと思っているのかもしれない。だがこれは、あくまで警察の仕事だ。

「代わります」もう一度言うと、真司がようやくのろのろと立ち上がった。

「父さん？」

優太が呼びかけたが、真司は予め決めた通りに会議室を出て行った。その背中を見送ってから、村野はパソコンの前に座り、優太と対峙した。

「その節はお世話になりました。犯罪被害者支援課の村野です」

「どういうことですか」優太が怪訝そうな――怒りをわずかに滲ませた表情で問いかける。

「先ほど、お父さんが言った通りです。ご両親は間もなく逮捕されます。容疑は死体遺棄――礼央さんの遺体を埋めたのはお父さんです。お母さんはそれに協力しました。既に二人からは自供が得られています」

「そんな馬鹿な」

「いえ、物証も出ています。ご両親の証言も一致しました」結局母親の孝子は、最初の証言を覆した。優太は自分たちを庇ったわけではなく、自ら包丁を取り出して礼央を刺した――真司の証言と一致した。もちろん、直接の状況は検証しようがないから、それで決まりとはならないが。はっきりさせるためには、やはり優太の証言が必要だ。

「真司さんは、礼央さんの遺体を車のトランクに隠し、そのまま問題の空き家に行って敷地内に忍びこみました。そこで、穴を掘って遺体を隠す準備を始めたんです。人の体を隠せるほどの穴を掘るのにかかった時間は、約二時間。真司さんは、午前三時過ぎに車を出して遺体を空き家に運び、自分で掘った穴に埋めました。全て終わったのは、午前四時近かったそうです」

「だから？」

「礼央さんを殺したのはあなたですね？」村野はずばりと切りこんだ。「薬物関係の捜査であなたの実家に家宅捜索が入った後、あなたと礼央さんの関係は崩壊しました。あなたにとって礼央さんは、自分の将来を邪魔する存在になったんじゃないですか？」

「家族は関係ない」

「しかし、あなたがどれだけ頑張って成功しても『あの女の弟か』と言われる可能性はあります。もちろん、誰にも非難する権利はないんですが、世間とはそういうものです。あなたは、そういうことを想像して耐えられなくなった。実際、家宅捜索されたことは、学校でも噂になっていたはずです」

当てずっぽうで言ったが、優太は否定しなかった。実際、真司は会社に事情を知られていたわけだし、優太の学校の関係者にばれてもおかしくはない。

「あなたにとっても、辛い日々だったと思います。でもあなたは、自分の力で悪い評判を払拭した。サッカーも勉強も頑張って、誰にも文句を言われないような毎日を送っていた。それでも、礼央さんがあなたにとって危険な存在であることに変わりはなかった」

「俺には関係ない」

「彼女があのまま荒れた生活を送れば、いずれはもっとひどいことになったかもしれない——もしかしたらあなたは、ご両親を助けるために礼央さんを殺したんですか？」

「俺は何も言わない」否定。画面の中で、優太の表情は引き攣っていた。怒りが、ひしひしとこちらにも伝わってくる。

「否認ですか？」

「黙秘。何も言わない」

「ご両親は、礼央さんの遺体を埋めたことを自供しました。問題は、誰が礼央さんを殺したか、です」

「俺は知らない」

「あなたは、礼央さんの葬儀で帰国していた時に、警察の捜査を混乱させようとしました。田代という男は知っていますね？　中学校までのあなたの同級生で、子分のようなものだ。田代は、偽の目撃情報を警察に伝え、その結果、捜査は一時そちらに向いてしまいました。その間を利用して、あなたは無事にカナダへ戻った。自分が逃げるための工作だったわけですね」

「田代なんて男は知らない」

「彼は、あなたに命じられてやったと証言しています。警察の業務を妨害した容疑で逮捕もされました。これからさらに叩いて、あなたとの関係をはっきりさせるつもりです……あなたは、光り輝くような存在だった。人生の勝者という意味で、『ウイン』というあだ名でも呼ばれていた」

「その名前で呼ぶな」優太が厳しい声で反発する。

「分かりました。しかしあなたが、周りの人に大きな影響を及ぼしていたのは間違いない。小学生の頃から、周りには取り巻き連中がたくさんいた。あなたが頼めば、何でもやってくれる人たちです。しかしこの件は——礼央さんを殺害した件は、あなたが一人でやった。あの夜、あなたと礼央さんの間に何があったんですか？　喧嘩したんですか？」

「あの女は——」優太の怒りが爆発しかけた。しかし肩を二度上下させると、平静な表情に戻る。「俺は何も言わない」

「ご両親が逮捕されるんです。あなたが面倒を見なければ、家族は崩壊しますよ。帰国したらどうですか」

「俺は被害者だ！」優太が声を張り上げる。「あいつらのせいで、俺の人生は滅茶苦茶になったんだ！」

「どこが滅茶苦茶なんですか」村野は冷静さを保って訊ねた。「自分が望む大学に入り、今はカナダに留学している。もちろん、あなた自身の努力があってこそでしょうが、自分の希望通りの人生を生きているんじゃないですか」

「行きたい大学は他にあった。留学先も、カナダじゃなくてアメリカにしたかった。そもそも俺は、中学生の頃からずっと、自分のペースでは何もできなかったんだ」

「礼央さんのせいで？」

「家族全員のせいだ！」優太が怒鳴る。「あの女をあんな風にしてしまったのは、親だろうが。あいつらの教育が間違ってたんだ。だから、あいつらがどんな目に遭おうが、自業自得なんだよ！」

両親を「あいつら」呼ばわりか。真司を別室に移動させておいてよかった、と村野は内心胸を撫で下ろしていた。こんなことはとても聞かせられない——いや、もしかしたらあの両親はずっとこういうことに苦しんでいたのかもしれない。礼央の行動はどんどんひどくなり、それを責める優太からも罵声を浴びせられていたのではないか。

「あなたは、家族全員を恨んでいたんですね」

「あいつらがちゃんとしてれば、俺の人生はこんな風にはならなかったんだ！」

村野から見ればオールスター級の人生にしか思えないが、優太は殿堂入りを望んでいたのかもしれない。ワンランクずつ希望が下がり、子どもの頃に思い描いていたよりも「下」の人生になってしまったと悩んでいたのだろうか。人は、どれだけ多くのものを手に入れても、もっと摑めるはずだと期待してしまう。確かに優太は、落ち着いて自分の将来に取り組むことはできなかっただろうが……姉がいつ捕まるかと怯え、家族の中で衝突を繰り返し、精神的に追いこまれてしまったのかもしれない。最大の問題点である姉を殺した後も、改善されることはなかったのではないか。

「あなたは、両親に礼央さんの遺体を処理させたんですよ？　どんなに苦しんだにしても、自分の娘の遺体を自分で埋めて、葬式も出せなかった。その苦しみは分かりませんか？」

「やって当然なんだ」

「当然？」

なんだ」

「あんなことが表に出たら、俺は破滅だ。だから、親がきちんと処理するのが当たり前

「いい加減にしろ！」村野はとうとう切れた。「自分が殺して、親がその尻拭いをする

のは当然——そんな理屈は通用しない。あんたは結局、ずっと親に甘えてるだけなんだ。

いい大学に入れてもらって、留学の費用も出してもらっている。いつまで親に甘えるん

だ！」

「あいつらは、俺に対して責任があるんだ。俺の人生を滅茶苦茶にしたのはあいつらな

んだから」

「だけど今、事件の責任を取ろうとしている。あんたはそれを無視して、自分だけは逃

げ回るつもりなのか？」

「俺がカナダにいる限り、あんたらは手出しできないよな」優太が嘲笑うように言った。

「カナダと日本には、犯罪者の引渡条約がない」

「……それが分かっていて、カナダの大学を選んだのか？　本当はアメリカの大学への

留学を希望していたのに？」

「そんなこと、あんたに言う必要はない」

「ずっと海外へ行ったままというわけにはいかないんだぞ」村野は忠告した。「あんた

は学生ビザでカナダに入国した。学生でいる限り、そのビザはカナダでも延長可能なは

ずだが、永遠にそのままではいられない。それにパスポートの有効期限もある。だから

いずれは帰国する必要が出てくる。しかも、事は殺人だ。時効はない。あんたには逮捕状が出て、逮捕される覚悟をしない限り、永遠に日本には帰れなくなる。このまま海外を放浪するつもりなのか？　いつかはパスポートの期限も切れて、捕まって日本に強制送還されるぞ。そうなる前に、自分から帰国して出頭したらどうだ。全部話して楽にならないと、これからの人生、ずっと重荷を背負ったままになる」

「ならないよ」

「ご両親に会いたくないのか？」

「あんなクソ野郎たちには会いたくない」

「おい――」

「あんたたちには、俺は捕まえられないよ。俺は日本には帰らない」

「どこの国に行っても、いずれは不法滞在者になるんだぞ」彼が一体どこへ逃げようとしているかは分からないが、日本人が一人でいるだけで、命の危険と直面する国もあるはずだ。「わざわざ危ないことをする必要はない。帰国して、ちゃんと裁判を受けろ。事情が事情だから、情状酌量の余地もある」

「俺は、俺の人生を完璧にしたいんだ！　今からでも」

「そのためには、罪を償わないといけない」

「そんなことをしなくても、完璧にして――そのまま終わらせることだってできる。完璧なまま、俺の人生は終わるんだ」

「おい――」

村野の呼びかけに返事がない。そして画面から優太の姿は消えた。村野はもう一度「おい！」と大声を上げたが、当然返事はない。「まずい」と叫んで、椅子を蹴って立ち上がったが、そこで体が固まってしまった。岩倉が、両肩に手を置いて圧力をかけているのだ。

「落ち着け」

耳元で岩倉に言われ、村野はゆっくりと腰を下ろした。しかし座った瞬間、自分に対する怒りが頭をもたげてくる。

「クソ！」村野は思わず吐き捨てた。

「いいんだ」岩倉が低い声で言った。

「よくないですよ！　優太は自殺しますよ！」

「そんな風に聞こえたな」岩倉の声はあくまで冷静だった。まるで、この状況を予知していたとでも言うように。

村野は、今度はしっかり立ち上がり、岩倉と正面から対峙した。

「すぐに手を打たないと、手遅れになります」

「この件は、もう手遅れだったんだよ」

「もうって……」村野は眉を顰めた。

「優太は、生存本能が極端に強い人間なんだと思う。留学したのも、本当に勉強の目的能性もある」

だけだったかどうか……海外へ行ってしまえば、警察の手が届かないと計算していた可

「だけど、ずっと海外へ行ったままというわけにはいかないでしょう」村野は優太に言った言葉を繰り返した。「向こうで永住権を取得して、そのまま居座るつもりとか――」

言ってしまってから、その可能性はあると思い至った。正当な理由があってカナダに永住すれば、日本の警察が手を出すのは実質的に不可能だ。

優太は、警察が今になって事件を掘り起こすとは考えてもいなかったのではないだろうか。「カナダ永住で完全に安全になる」と判断していたかもしれない。しかし今や、彼にとって安全な場所は、世界中どこにもなくなった。

「とにかく、ご苦労さん」岩倉がさらりと言った。

「ご苦労さんって、これで終わりなんですか」村野は血の気が引くのを感じた。

「お前はな」岩倉がうなずく。「今回は、あくまで特別にヘルプしてもらっただけだから。もしもずっとこの件に関わりたいと思ったら、捜査一課に異動しろ。希望を出せば、お前なら通るだろう」

「俺の戦場は支援課ですよ」

自分で自分の言葉が信じられなかった。

「残念でしたね」署を出た途端、梓が言った。彼女は、部屋の片隅で状況を見守ってい

たのだ。

「ああ」村野としてもそれは認めざるを得ない。残念以外の感情はない。

「でも、あれが限界じゃないですか」

「分かってる。海外にいる容疑者に対して、警察ができることはたかが知れてる。逮捕状が出れば、ＩＣＰＯを通じて手配はできるけど、それで犯人が確保されるケースは少ない」

「ですね」

「俺は――」村野は溜息をついた。「前に進めなかった」

「愛さんは、別に非難しないと思いますよ」

「彼女は関係ない。俺の問題なんだ」

「そうかもしれませんけど、そんなに深く考えなくても……」

「君は考えないのか？」つい、挑発するような口調になってしまった。「支援課の仕事は、考えさせられることばかりじゃないか。大体、スッキリ終わることがない。自分がやっていることが正しいかどうかも分からなくなってくるよ」

「だから『前へ』なんじゃないですか？」梓が真顔で言った。「同じことを繰り返してるんじゃなくて、少しでも前進しよう――何が前進か分からないし、全然別の方向へ行ってしまっているかもしれないけど、そういう気持ちがないといずれ行き詰まります」

「……そうかもしれないな」そう認めながら、潮時かもしれない、と村野は思った。今また、人生の転機がきたのではないだろうか。

7

まったく渋谷っていう街は、と岩倉は内心ぶつぶつ文句を言っていた。遅れていた千夏の大学入学祝いを買うために出て来たのだが、結局娘は「私が選ぶから財布になって」とはっきり言った。まあ、買い物のセンスにはまったく自信がないから、これが正解だろう。

しかし、渋谷の人混みには参ってしまう。ＪＲの駅に一番近いビルであるスクランブルスクエアは、上から下まで人で溢れていて、人気店では身動きが取れないほどだった。一年前にはこんな人混みはなかったのに……コロナ禍で外出自粛が続いていた頃は、東京が廃墟になってしまった感じがしたものだ。もちろんあれが正しい東京の姿とは思わないが、これはいくら何でもひど過ぎるんじゃないか？　去年の教訓が完全に過去になってしまったと、岩倉はマスクをしっかりかけ直した。

結局、二時間近く上から下まで彷徨った末、千夏はバッグを一つ買った。とんだ散財だが、本当の悲劇はここからだった。

「じゃあ、私、行くから」

「おいおい、飯はいいのか」

「今日、友だちと表参道でご飯食べる約束してるの」

「大学の？　もう友だちができたのか」

「もちろん。何だか、やっと気が晴れた感じ」千夏がぱっと明るい笑みを見せる。「大学生活、満喫してるわよ」

「ああ、そうだろうな」

そう言われるとどうしようもない。自分が奢るから皆で飯を食べよう、と言おうとしたのだが、そのアイディアはすぐに引っこめる。こんなおっさんが一緒だったら、友だち同士の会話も盛り上がらないだろう。

千夏は、渋谷駅を中心に周辺のビルをつなぐデッキを、ヒカリエ方面に去って行った。表参道か……高校生の頃までは、渋谷をまるで聖地のように語っていたのだが、大学生になったら、もっと落ち着いた街を好むようになるのだろうか。

しょうがない。土曜日、時刻は夕方五時。せっかく渋谷まで出て来たのだから、少し時間を潰してから食事をしていってもいいが、一人で外食する気にはなれなかった。渋谷駅の半径五百メートル以内にいる人の平均年齢は、おそらく二十代前半。自分が浮いた存在であることは分かっているし、どの店に入っても居心地の悪い思いをしそうだ。せっかくだから、蒲田まで行ってみようかと思った。あそこには馴染みの店が何軒もある。しかし、腹が一杯になってから立川まで帰ることを考えるだけでうんざりしてしまう。

実里がいない生活は実に味気ないものだなとつくづく思った。

「ガンさん」

突然声をかけられ、驚いた。声がした方を見ると、村野……スーツにネクタイ姿で、いかにも仕事中という感じである。

「どうした。土曜なのに仕事か」

「ええ」

村野は疲れていた。一日みっちり仕事——しかも相当ヘビーな仕事だ——をしてきた感じである。

「向こうは待ってくれませんからね」

「今日は何があったんだ」

「交通事故です」

「ああ」支援課の出動で最も多いのが、実は交通事故と女性に対する暴行事件である。いずれもデリケートな対応が必要になるはずだが、さすがに交通事故の被害者家族に対する仕事は慣れているのではないか？　それを指摘すると、村野が力なく首を横に振った。

「暴走事故なんですよ」

「ああ？」

「八十二歳の男性が運転する車が暴走して、子どもを二人はねたんです。三歳の男の子が亡くなって、七歳の女の子が重傷です」

「マジか」岩倉は目を見開いた。

「ノーチェックですか？」かすかに非難するように村野が訊ねる。

「今日はずっと、娘につき合ってたんだよ。大学の入学祝いを買わされた」

「それは……嬉しいんでしょう？」

「ところが、一緒に飯でも食おうと思ったらフラれてね」岩倉は肩をすくめた。「今日は大学の友だちとディナーだとさ」

「彼氏かもしれませんよ」

「お前……人が気にしていることをわざわざ抉るなよ」岩倉は顔を撫でた。「まあ、恋人がいてもおかしくない年齢だし、いつかはそういうこともあるさ。それよりお前、これからどうするんだ？」

「一度、渋谷中央署に顔を出してから引き上げます。何とか落ち着いたので」

「飯でも食うかい？　この前の御礼で、飯ぐらいは奢るぜ」

「今日は約束があるんです」

「何だよ、お前もデートかよ」岩倉は顔をしかめた。

「いや、そういうわけじゃないんですけど……」村野が言葉を濁した。「でも、お茶ぐらいならいいですよ。この前の事件がどうなったかも聞きたいですし」

「そういう話だったら、その辺の喫茶店でってわけにはいかないな。俺も渋谷中央署へつき合おうか？」

「ああ……自販機ぐらいはありますよね」

「自販機か。冴えないねえ」言いながらニヤリとしてしまう。

「今の気分にはちょうどいいですよ」

二人は並んで歩き出した。渋谷駅周辺は、東京オリンピックを目処に猛烈な再開発が続けられ、今では岩倉にはまったく理解できないほど複雑になってしまっている。統一感が一切感じられないし、実際に歩いてみるとまさに迷宮だ。しかし村野はこの街に慣れているのか、特に迷うこともなく歩いている。スクランブルスクエアの中を抜け、青山通りと首都高三号線を挟むデッキに出る。この青山通りと明治通りの広い交差点には、昔からデッキがあったのだが、かけ直されてぐっと広くなった。

渋谷中央署は二つの大通りの交差点に面した大型の警察署だ。二十世紀末に建て替えられてから、もう四半世紀ぐらい経つ。「二十世紀末」とか「四半世紀」などというのが自然に頭に浮かぶのは、自分が歳取った証拠だな、と岩倉は皮肉に考えた。

庁舎は交差点に面して建っていて、形はやや変則的である。青山通りと明治通りの角は鋭角的に尖り、警視庁本部の庁舎と少し形が似ているので、「ミニ警視庁」と呼ぶ人もいるようだ。岩倉は、自分が入庁した頃の古い渋谷署も未だによく覚えている。

先に交通課への報告を済ませてしまいたいというので、岩倉はしばし一人になった。近くに飲み物の自販機があるのに気づき——署員と来庁者、双方のためのものだろう

──少し迷った末に炭酸水を二本買った。先日、真中家の前でこれを飲んでから、妙に癖になってしまっている。村野が好むかどうか分からないが、奢りだから文句は言わせない。今日は夏を先取りしたような暑さだし、これでいいだろう。

十五分ほどで村野が戻って来た。

「お待たせしました」

「ほらよ」炭酸水を渡してやると、村野の顔が綻ぶ。

「ありがとうございます。ちょうど刺激物が欲しいところでした」

「味はないぜ」

「カロリーは控えめにしてるんで、これでいいです」

「お前は、別に太ってないじゃないか」

「これ以上体重が増えると、膝にダメージがくるんですよ」

「そうか」

二人はしばらく黙って炭酸水を飲んだ。心地好い刺激が、気持ちを落ち着かせてくれる。土曜日、来庁者のいない警察署で男二人がベンチに腰かけ、無味の炭酸水を飲んでいる──おかしな光景だ。もっとも自分たちの組み合わせは、どこへ持っていっても変だろうが。公園でも海でも、違和感が強過ぎる。

「その後、どうなってるんですか？」村野が訊ねる。

「そっちはフォローしてないのか」

「あの家族は、もうフォローする対象じゃなくなりました」

「そうか、今や加害者家族だからな……まあ、心配するな。両親に関しては、こっちも丁寧に対応している。完全自供していて、二人の証言にも矛盾はないし、間もなく起訴だよ」

「優太は、結局どうなるんですか？」

「殺人容疑で逮捕状は出た。ＩＣＰＯに国際手配の手続きも取っている。しかし、逮捕はできないだろうな」

「やっぱり無理ですか」

「大学に問い合わせたけど、例の一件以来、講義には出ていないらしい。奴が住んでいるコンドミニアムの管理会社に確認したら、もぬけの殻だそうだ」

「どこかへ逃げられるものじゃないでしょう」

「ああ」岩倉はうなずいた。「奴はおそらく、カナダでの永住権申請を狙っていたんだろう。あそこなら暮らしやすいだろうし、何かと便利なはずだ。ただし、永住権を申請するには、日本側の警察証明が必要なんだよな」

「犯罪歴の有無を証明するやつですね」

「そう。海外では、推定無罪の原則は、感覚としても日本よりずっと強い。しかし警察庁は警察証明を出さないだろう。逮捕状が出ているわけだし、その判断にはどこからもクレームは出ないと思うぜ」

「カナダで隠れて生きていくつもりか、あるいは他の国に渡るのか……」

「日本に帰って来れば、すぐに分かる。そうしたら、一巻の終わりだ」

「俺は、あの男がちょっと怖くなりました」

「そうか？」

村野が無言でうなずき、両手でペットボトルを弄ぶ。

「言ってみれば、普通の人じゃないですか。いや、普通じゃないな。あれだけ文武両道で一流で、こんなことがなければ将来の成功は約束されていたも同然ですよね。社会の上澄みになれるタイプの人間だ」

「ああ」

「しかし実際には、化け物だった」

「化け物か……そうだな。いかにも悪い連中は、行動が予想できる。マル暴や半グレの連中なんて、何をしてくるか、むしろ読みやすいよな？　本当に怖い人間は、普通の人の中に紛れて生きているんだと思う」

「分かります」

「お前、だいぶショックを受けてるみたいだな」

「そりゃあそうですよ」村野が認めた。「被害者家族のはずが加害者家族になる――そういうことは何度か経験してますけど、毎回ショックは大きいです。支援課の仕事が何のためにあるのか、悩みますよ」

いし、ちゃんと指示を飛ばせる人間もいない。現場の人間が悩むのは当然だよ」

「支援課は、発足してからまだ日が浅い。仕事の内容もしっかり確定してるわけじゃな

「ガンさんは仕事で悩まないんですか？」

「ないね」岩倉は即座に否定した。「俺はもう、三十年も警察にいる。特捜には何回入ったかな……忘れたけど、一つだけ、自分で教訓を決めてるんだ」

「何ですか？」

「そんな大事な話を、タダで聞かせると思うか？」

「ガンさん……」村野が溜息をついた。

「すまん、すまん。そんな大袈裟なものじゃないよ。事件の解決にはこだわるべきだけど、事件の内容にはこだわらないことだ」

「その二つに違いがあるんですか？」

「犯人を逮捕するためには何でもやる。でも逮捕してしまったら——少なくとも犯人を割り出せたら、その後は淡々と処理するんだ。あくまで事務仕事、みたいな感じで」

「そんなこと、できるんですか？」村野が目を見開く。

「できないよ」岩倉は打ち明けた。「できないから、できるように頑張ろうと思ってる。俺もまだ、定年まで何年かあるからね。すり減って終わりにしたくないんだ。辞めた後も、まだやりたいことがあるし」

「未解決事件をまとめて本にするんでしょう？」

「何で知ってるんだ？　俺、そんなこと言ったか？」

「昔からそう言ってたじゃないですか。いいことだとは思いますけど……」

「その本のためにも、個別の事件に対してはなるべく思い入れを持たないようにしようと努力している。入れこみ過ぎると、冷静に書けないだろう？」

「分かりますけど、俺はそんな風に冷静にはなれませんね」

「刑事にも、いろいろなタイプがいる。事件にのめりこんで、被害者や犯人に感情移入し過ぎて、精神的にダメージを受ける人間も少なくない。でも、本人がそこから立ち上がって、きちんと仕事を続けられるなら、他人がとやかく言うことじゃない。お前は、どっちかと言うと感情移入する方だろう」

「特に支援課に来てからは……刑事の仕事じゃないですけどね」

「大友ぐらいの距離感が一番いいのかもしれないな」大友鉄は捜査一課の刑事で、取り調べの達人と呼ばれている。取り調べこそ、容疑者への感情移入が大事な仕事だが、彼は上手く対応しているようだ。

「確かに」村野がうなずく。「大友さんは、バランス感覚がすごいですからね」

「それも、自然に身につけたものだと思う。人それぞれさ……とにかく俺は、今回の件も淡々と、事務的に処理する。自分を守るためでもあるけど、冷静に考えれば、そんなに熱くなる事件でもないんじゃないか」

「そうですか？　すごく特殊な事件だと思いますけど」村野が首を捻る。

「失踪から十年経って遺体が発見されるのは、確かに異様な展開だ。でも、考えてみろよ。事件の実態は、一番よくあるパターン——家族内の揉め事から殺人だぞ？　確かにあの家族には特殊な事情があったけど、どんな事件でも特殊な部分はあるわけだから」

「理屈では分かるんですけどね」

村野の声には力がなかった。おそらく、先日優太を取り逃して以来、ずっと悩んでいるのだろう。この男が、何かあると自分の中に空いた深い穴を覗きこんでしまう癖があることは、岩倉も知っている。自省的とも言えるが、岩倉の感覚では、単純に「考え過ぎ」だ。被害者家族のことを常に考えねば支援課の仕事はやっていけないだろうが、間にクッションを一枚挟むような仕事のやり方を考えるべきである。

もっとも岩倉は、支援課の仕事を本当に理解しているとは言い難い。結局自分には、口を出す権利も能力もないのではないだろうか。

「行こうか。いつまでもこんなところで話してると、やっぱり変だ」

岩倉は立ち上がり、炭酸水を飲み干した。最後の刺激が喉を焼いたが、それでも清涼感の方が痛みを上回る。村野もベンチから離れたが、炭酸水はまだ半分ほど残っており、ボトルをしっかり握ったままだった。

渋谷中央署の正面入り口から出て、明治通りを流れる車を眺める。土曜なので多少交通量は少ないが、やはりここは渋谷だ。車列は途切れず、時々慣らされるクラクションが耳を痛く刺激する。

「約束があるんだったよな？」

「ええ」村野が短く答える。

「どこで？」

「これから連絡して決めます」

「渋谷は避けろよ。こんな混んでるところじゃ店も見つからないだろう」

「ですね」

あまり意味のない会話が流れる。まだ行きたくないのでは、と岩倉は推測した。もしも今日、自分と会っていなければ、村野は嫌な気持ちになることもなく、土曜の仕事を終えて無事に帰宅していたかもしれない。自分と会ってしまったことで、あれこれ考え、帰りにくくなってしまったのではないか。だとしたら、俺には責任があるな、と岩倉は思った。

「日々の仕事に流されて、知らない間に変わってしまうこともある」

「ですね」村野が繰り返し言ってうなずく。

「でも、強い意思があれば、自分で自分を変えることもできるんじゃないかな。相当きついとは思うけど、アスリートなんか、まさにそうじゃないか。記録のため、勝利のためにどんどん自分を変えていく」

「スポーツと仕事は違うでしょう。特に我々の仕事は、人の命を預かってるんだから」

「アスリートだって、自分の命を削ってるよ——いや、これは論点が違うけど。でも、俺も自分の人生を変えた」

「捜査一課を出たことですか？」

「ああ」岩倉はうなずいた。

「確かにそうですよね。ガンさんはずっと捜査一課にいて、四番打者としてやっていくものだと思ってました。それこそ、定年まで捜査一課一筋で。何があったんですか」

「そうか、お前は知らないのか」岩倉はまたうなずいた。確かに、声高に叫ぶことではないから、いかに噂話の好きな人間が集まっている警視庁の中でも、事情を知っている人は圧倒的な少数派のはずだ。「じゃあ、今日はサービスで話してやるよ」

「知った方がいいことなんですかね」

「秘密の共有だ。お前にも共犯者になってもらおうかな」岩倉はニヤリと笑った。その直後、意識して表情を引き締める。「俺は、お前が心配なんだよ。お前は、人の痛みを引き受け過ぎる。それが支援課の仕事かもしれないけど、お前が潰れるところなんか、見たくないよ」

「俺は、痛みを背負ってるんです。二人分の」

それ以上聞かずとも、村野の言葉の真意は分かった。彼自身、予期せぬ事故に遭って「被害者」になった。一緒にいた恋人は今でも車椅子の生活。だからこそ、警視庁にいる人間の誰よりも、被害者の痛みが分かる——自らの経験から、被害者に対して献身的になるのは理解できるが、それにも限度がある。

「分かってるよ。でも、俺みたいなオッサンになっても変われるんだ。お前は俺よりずっと若い。警察官人生もまだ長い。この辺で心機一転して、新しい道を歩き出してもいいんじゃないか」

「俺は別に、支援課を出るつもりは――」

「異動ばかりが新しい道じゃないよ。それをじっくり、二人で話し合おうじゃないか。オッサンが、相談に乗ってやるよ」

「悪いですよ」

「いいんだよ。こう見えて、俺は意外に面倒見がいいんだぜ？　若い連中の世話をするのは大好きだ。そうやって立派に育った奴らを見て、『俺が育てた』って自慢するのが何より楽しくてね」

「オッサンというより、お爺さんじゃないですか」

「そう呼ばれるのはまだ早い――よし、約束はキャンセルしろ。呑みに行くぞ」

行く当てはなかったが、岩倉は明治通りを恵比寿方面へ向かって歩き出した。数歩行って振り返ると、村野はまだ正面入口の前で立ち尽くしている。

「村野！」岩倉は声を張り上げた。「お前はまだ走れるんだ。今は、その準備を整えろ」

村野がはっと顔を上げた。険しかった表情が、徐々に緩んでくる。やがて、ゆっくりと最初の一歩を踏み出した。

世話焼かせやがって。

岩倉はにやつく表情を必死に押し隠し、大股で歩き始めた。

本作品は文春文庫のための書き下ろしです。
本書はフィクションであり、実在の人物、団体とは一切関係がありません。

文春文庫

骨(ほね)を追(お)え

ラストライン4

定価はカバーに表示してあります

2021年3月10日　第1刷

著　者　堂場瞬一(どうばしゆんいち)

発行者　花田朋子

発行所　株式会社 文藝春秋

東京都千代田区紀尾井町 3-23　〒102-8008
TEL 03・3265・1211(代)
文藝春秋ホームページ　http://www.bunshun.co.jp

落丁、乱丁本は、お手数ですが小社製作部宛お送り下さい。送料小社負担でお取替致します。

印刷・凸版印刷　製本・加藤製本

Printed in Japan
ISBN978-4-16-791653-4

（　）内は解説者。品切の節はご容赦下さい。

堂場瞬一
アナザーフェイス

家庭の事情で、捜査一課から閑職へ移り二年が経過した大友だが、誘拐事件が発生。元上司の福原は強引に捜査本部に彼を投入する……。最も刑事らしくない男の活躍を描く警察小説。

と-24-1

堂場瞬一
敗者の嘘
アナザーフェイス2

神保町で強盗放火殺人の容疑者が、任意同行後に自殺、その後真犯人と名乗る容疑者と幼馴染の女性弁護士が現れ、捜査は大混乱。合コン中の大友は、福原の命令でやむなく捜査に加わる。

と-24-2

堂場瞬一
第四の壁
アナザーフェイス3

大友がかつて所属していた劇団「アノニマス」の記念公演で、ワンマンな主宰の笹倉が、上演中に舞台の上で絶命する。その手口は、上演予定のシナリオそのものだった。（仲村トオル）

と-24-3

堂場瞬一
消失者
アナザーフェイス4

町田の駅前、大友鉄は想定外の自殺騒ぎで現行犯の老スリを取り逃がしてしまう。その晩、死体が発見され……警察小説の面白さがすべて詰まった大人気シリーズ第四弾！

と-24-5

堂場瞬一
凍る炎
アナザーフェイス5

「燃える氷」メタンハイドレートをめぐる連続殺人事件。刑事総務課のイクメン大友鉄最大の危機を受けて、「追跡捜査係」シリーズの名コンビが共闘する特別コラボ小説！

と-24-6

堂場瞬一
高速の罠
アナザーフェイス6

父・大友鉄を訪ねて高速バスに乗った優斗は移動中に忽然と姿を消す——誘拐か事故か!?　張り巡らされた罠はあまりに大胆不敵だった。シリーズ最高傑作のノンストップサスペンス。

と-24-8

堂場瞬一
愚者の連鎖
アナザーフェイス7

刑事部参事官・後山の指令で、長く完全黙秘を続ける連続窃盗犯を取り調べることになった大友。めったに現場に顔を出さない後山や担当検事も所轄に現れる。沈黙の背後には何が？

と-24-10

（　）内は解説者。品切の節はご容赦下さい。

堂場瞬一
潜る女
アナザーフェイス8

結婚詐欺グループの一員とおぼしき元シンクロ選手のインストラクター・荒川美智留。大友は得意の演技力で彼女の懐に飛び込んでいくのだが――。シリーズもいよいよ佳境に！

と-24-11

堂場瞬一
闇の叫び
アナザーフェイス9

同じ中学に子供が通う保護者を狙った連続殺傷事件が発生。刑事総務課のイクメン刑事、大友鉄も捜査に加わるが、容疑者は二転三転。犯人の動機とは？　シリーズ完結。（小橋めぐみ）

と-24-12

堂場瞬一
親子の肖像
アナザーフェイス0

初めて明かされる「アナザーフェイス」シリーズの原点。人質立てこもり事件に巻き込まれる表題作ほか、若き日の大友鉄の活躍を描く、珠玉の6篇！（対談・池田克彦）

と-24-7

堂場瞬一
虚報

有名教授が主宰するサイトとの関連が疑われる連続自殺事件。それを追う新聞記者がはまった思わぬ陥穽。新聞報道の最前線を活写した怒濤のエンターテインメント長編。（青木千恵）

と-24-4

堂場瞬一
黄金の時

作家の本谷は父親の遺品を整理中、一九六三年にマイナーリーグで野球をする若き日の父の写真を発見。厳格で仕事一筋だった父の意外な過去を調べるべく渡米する――。（宮田文久）

と-24-13

堂場瞬一
ラストライン

定年まで十年の岩倉剛は捜査一課から異動した南大田署で独居老人の殺人事件に遭遇。さらに新聞記者の自殺も発覚し――。行く先々で事件を呼ぶベテラン刑事の新たな警察小説が始動！

と-24-14

堂場瞬一
割れた誇り
ラストライン2

女子大生殺しの容疑者が裁判で無罪となり自宅に戻ったが、近所は不穏な空気に。〝事件を呼ぶ〟ベテラン刑事・岩倉剛らが警戒をしている中、また次々と連続して事件が起きる――。

と-24-15

（　）内は解説者。品切の節はご容赦下さい。

午後からはワニ日和
似鳥　鶏
「怪盗ソロモン」の貼り紙と共にイリエワニ、続いてミニブタが盗まれた。飼育員の僕は獣医の鴇先生と事件解決に乗り出す。個性豊かなメンバーが活躍するキュートな動物園ミステリー。
に-19-1

ダチョウは軽車両に該当します
似鳥　鶏
ダチョウと焼死体がつながる？　――楓ヶ丘動物園の飼育員「桃くん」と変態（？）「服部くん」、アイドル飼育員「七森さん」、そしてツンデレ女王の「鴇先生」たちが解決に乗り出す。
に-19-2

迷いアルパカ拾いました
似鳥　鶏
書き下ろし動物園ミステリー第三弾！　鍵はフワフワもこもこ愛されキャラのあの動物！　飼育員の桃くんと七森さん、ツンデレ獣医の鴇先生、変態・服部君らおなじみの面々が大活躍。
に-19-3

モモンガの件はおまかせを
似鳥　鶏
体重50キロ以上の謎の大型生物が山の集落に出現。その「怪物」を閉じ込めたはずの廃屋はもぬけのから!?　おなじみの楓ヶ丘動物園の飼育員達が謎を解き明かす大人気動物園ミステリー。
に-19-4

七丁目まで空が象色
似鳥　鶏
マレーバク舎新設の為、山西市動物園へ「研修」に来た楓ヶ丘動物園のメンバーたち。しかし、飼育している象がなぜか脱走して……。楓ヶ丘動物園のメンバーが大奮闘のシリーズ第5弾。
に-19-5

警視庁公安部・青山望　完全黙秘
濱　嘉之
財務大臣が刺殺された。犯人は完黙し身元不明のまま。捜査する青山望は政治家と暴力団・芸能界の闇に突き当たる。元公安マンが圧倒的なリアリティで描くインテリジェンス警察小説。
は-41-1

警視庁公安部・青山望　政界汚染
濱　嘉之
次点から繰上当選した参議院議員の周辺で、次々と人が死んでいく。警視庁公安部・青山望の前に現れた、謎の選挙ブローカー、刀匠らが、大きな権力の一点に結び付く。シリーズ第二弾。
は-41-2

（　）内は解説者。品切の節はご容赦下さい。

濱　嘉之
警視庁公安部・青山望
報復連鎖

大間からマグロとともに築地に届いた氷詰めの死体。麻布署に異動した青山が、その闇で見たのは「半グレ」グループと中国マフィアが絡みつく裏社会の報復。大人気シリーズ第三弾！

は-41-3

濱　嘉之
警視庁公安部・青山望
機密漏洩

平戸に中国人五人の射殺体が漂着した。捜査に乗り出した青山は日本の原発行政をも巻き込んだ中国の大きな権力闘争に気付く。そして浮上する意外な共犯者……。シリーズ第四弾。

は-41-4

濱　嘉之
警視庁公安部・青山望
濁流資金

仮想通貨取引所の社長殺害事件と急性心不全による連続不審死事件。所轄から本庁に戻った青山は、二つの事件の背後に広がる闇に戦慄する。リアリティを追求する絶好調シリーズ第五弾。

は-41-5

濱　嘉之
警視庁公安部・青山望
巨悪利権

湯布院温泉で見つかった他殺体。マル害は九州ヤクザの大物だった。凶器の解明で見えてきた、絡み合う巨大宗教団体と利権の構造。ついに山場を迎えた青山と黒幕・神宮寺の直接対決。

は-41-6

濱　嘉之
警視庁公安部・青山望
頂上決戦

分裂するヤクザとチャイニーズ・マフィア！　悪のカリスマ、神宮寺武人の裏側に潜んでいたのは中国の暗闇だった。青山、大和田、藤中、龍の「同期カルテット」が結集し、最大の敵に挑む！

は-41-7

濱　嘉之
警視庁公安部・青山望
聖域侵犯

パナマ文書と闇社会。汚職事件、テロリストの力学。日本の聖地、伊勢で緊急事態が発生。からまる糸が一筋になったとき、公安のエース青山望は「国家の敵」といかに対峙するのか。

は-41-8

濱　嘉之
警視庁公安部・青山望
国家簒奪（さんだつ）

組のご法度、覚醒剤取引に手を出した暴力団幹部が爆殺された。背後に蠢く非合法組織は、何を目論んでいるのか。国家の危機に、公安のエース、青山望が疾る人気シリーズ第九弾！

は-41-9

（　）内は解説者。品切の節はご容赦下さい。

上田早夕里
薫香のカナピウム
生態系が一変した未来の地球、その熱帯雨林で少女は暮らす。ある日現われた〈巡りの者〉と、森に与えられた試練。立ち向かうことを決めた彼女たちの姿を瑞々しく描く。（池澤春菜）
う-35-1

冲方　丁
十二人の死にたい子どもたち
安楽死をするために集まった十二人の少年少女。全員一致で決を採り実行に移されるはずのところへ、謎の十三人目の死体が!?　彼らは推理と議論を重ねて実行を目指すが。（吉田伸子）
う-36-1

逢坂　剛
禿鷹（はげたか）の夜
ヤクザにたかり、弱きはくじく史上最悪の刑事・禿富鷹秋（とくとみたかあき）——通称ハゲタカは神宮署の放し飼い。だが、恋人を奪った南米マフィアだけは許さない。本邦初の警察暗黒小説。（西上心太）
お-13-6

大沢在昌
魔女の笑窪
闇のコンサルタントとして裏社会を生きる女・水原。男を一瞬で見抜くその能力は、誰にも言えない壮絶な経験から得た代償だった。美しいヒロインが、迫りくる過去と戦う。（青木千恵）
お-32-7

大沢在昌
魔女の盟約
自らの過去である地獄島を破壊した「全てを見通す女」水原は、家族を殺された女捜査官・白理（バイリー）とともに帰国。自らをはめた「組織」への報復を計画する。『魔女の笑窪』続篇。（富坂　聰）
お-32-8

大沢在昌
魔女の封印（上下）
裏のコンサルタント水原が接触した男は、人間のエネルギーを摂取し命を奪う新種の〝頂点捕食者〟だった！　女性主人公・水原の魅力が全開の人気シリーズ第3弾。（内藤麻里子）
お-32-10

大沢在昌
極悪専用
やんちゃが少し過ぎた俺は、闇のフィクサーである祖父（じい）ちゃんの差し金でマンションの管理人見習いに。だがそこは悪人専用住居だった！　ノワール×コメディの怪作。（薩田博之）
お-32-9